KB024541

서금석 장편실화소설

비얼로 간다 ①

이 도서의 국립중앙도서관 출판예정도서목록(CIP)은 서지정보유통지원시스템 홈페이지(http://seoji.nl.go.kr)와 국가자료종합목록 구축시스템(http://kolis-net.nl.go.kr)에서 이용하실 수 있습니다.
(CIP제어번호 : CIP2020048607)

비얼로 간다 1

서금석 장편실화소설

지구문학

| 작가의 말 |

'비얼로 간다' 는 대전 둘레산 잇기 7구간 오봉산—구룡고개—보덕봉 사이의 상공에 2013년 6월 어느 날 갑자기 나타난 UFO를 타고 비얼나라로 간 안사람과 함께 쓴 글이다.

제9부에 개념 설계의 내용을 상세하게 기술한 비얼로는 나와 안사람이 함께 꿈꾸던 비얼나라에서 사용하는 원자로인데, 1,500개의 비얼거봉을 장전하고 한 번 가동되면 100Mwe의 출력으로는 30년을, 1Mwe의 출력으로는 5천년을 사용하고 그대로 폐기되는 일회용 원자로이다.

비얼로 인근에 세워질 예정인 비얼수련원은 은하우주선 피폭장애와 후유증을 전문으로 힐링시키는 방법을 연구하는 곳인데, 나와 안사람이 함께 가꾸어 나가고 싶어 하던 비얼나라의 힐링센터이다.

이곳을 찾아오는 어떤 나그네도 나와 안사람의 돌봄을 받고 건강한 새 사람이 되어 다시 사회로 나갈 것이다.

지금은 비록 두레아파트 작은 거실에서 비얼수련원을 시작하지만 은하우주선 피폭증후군으로 아파 고생하는 누군가가 비얼수련원을 찾아와 나에게 비얼힐링을 받을 때 안사람이 UFO를 타고 살그머니 내려와 이것저것 꼼꼼히 잘 챙기고 알뜰살뜰 돌보아줄 것이다.

이 글이 세상으로 태어나게 도움을 주신 계간 지구문학의 양창국 회장님과 김시원 주간님, 한누리미디어 김재엽 대표님, 그리고 수고해 주신 모든 분들께 감사드린다.

서금석 살바토르 올림

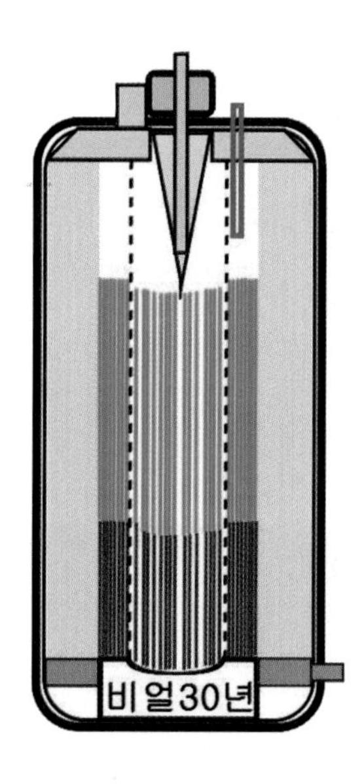
비얼30년

| 차례 |

金井山梵魚

제 1 부

장가를 간다

서얼로 가는 길은 멀고멀어 나의 느린 걸음으로는 족히 4~50년은 걸리는데, 그래도 제 1단계로 장가를 간다.

나는 1979년 2월 11일 목포에 있는 한 예식장에서 결혼식을 올렸다.

그 42일 전인 1978년 12월 31일 오후 5시쯤 나는 내 바로 아랫동생과 같이 목포에 있는 지금의 처갓집으로 맞선을 보러 갔다. 즉, 내 동생과 지금의 큰처남이 군대 동료인데, 이 둘은 또한 우리 부부의 중신아비가 된다.

여산에 있는 하사관학교에서 통신병으로 근무하던 내 동생은 군대 말년에 이등병 계급장을 단 내 처남을 만나 둘이는 자주 통신선로 보수를 명목으로 밖에 나가서 술을 마시곤 했던 모양이다.

지금 생각해 보면 믿기지 않는 우연이지만 한 번은 전주 시외버스 터미널에서 이등병 계급장을 달고 전방에서 근무를 하다 첫 번째 휴가를 나온 나와 우연히 마주쳐서 우리 세 명이 같이 터미널 근방에서 술을 한 잔씩 걸친 적도 있다.

이렇게 둘이는 단짝으로 붙어 다녔는데 내 동생은 좋아하는 술을 얻어 마셔서 좋고, 내 처남은 적응이 잘 안 되는 이등병 생활에서 벗어나 잠시라도 바깥 공기를 마실 수 있어서 좋아 둘이는 저절로 단짝이 되었다.

한 번은 여동생이 있다는 처남의 말을 듣고 같이 목포까지도 간 모양이다. 그리고 내 동생은 그 때에 지금의 내 안사람을 처음 만났다고 한다.

그 후에 우리는 모두 제대를 하고, 나는 서울에서 연구소에 취직을 하였다. 동생은 수자원공사에 다니고 미래의 처남은 학교에 복학을 하였는데, 어떻게 연락이 되었는지 미래의 내 처남은 내가 사는 사글세방에 자주 놀러오곤 했다.

그 당시에 나는 여동생들과 같이 서울 마포 근처에서 살았다. 나의 둘째여동생은 이화여대 무용과에 다녔고, 큰여동생은 우리의 살림을 도맡아 하였다.

미래의 큰처남은 연세대 경제학과에 다니고 있었는데, 나는 미래의 큰처남이 내 둘째여동생에게 관심이 있어서 우리 집에 자주 놀러 오는 모양이라고 생각했었다.

1977년 여름 장맛비가 주룩주룩 내리던 어느 일요일 오후. 우리 집 방에서 나와 단둘이 소주잔을 맞대며 이런저런 이야기를 나누던 중에 미래의 큰처남이 내 사주팔자를 물어 보길래 무심히 알려 주었다.

그리고는 그 사실을 까맣게 잊고 지냈는데, 1978년 12월 29일 초저녁 무렵에 내게 전화를 걸어 자기의 여동생과 맞선을 보라는 것이다. 내 남자동생하고도 연락이 되었으니 같이 목포로 내려오라고 하면서….

나는 본래 32살에 장가를 가려고 생각하고 있었다. 같은 동네에 살던 나보다 11년 연하의 여자 아이를 마음에 두고 있었기 때문에 누구하고 선을 본다는 것은 별로 생각지도 않았었다.

그런데 미래의 처남에게 전화를 받고는 마치 기다리고 있었던 것 같은 착각에 빠져 선을 보러 간다고 선뜻 승낙을 했다.

내가 선을 보러 목포에 간 것은 어떤 운명의 이끌림이었을 것이다.

앞서 내가 결혼하고 싶다고 다짐했던 계기가 있는데, 상대 아이는 그 당시에 중학교 2학년이었고 나는 대학교 4학년이었다.

그 여자아이는 초등학교 2학년 때 군산시 신영동에 살던 우리 집 바로 앞집으로 이사를 왔다. 서울에서 고등학교를 거쳐 대학교에 다니고 있던 나는 방학 때마다 집에 내려가 우리 여동생들과 같이 놀던 그 아이를 어느 순간부터 좋아하게 되었다.

내가 대학교 졸업반이던 여름 어느 날 사업에 실패한 우리 집이 정읍 내장사로 이사를 가게 되었다. 트럭에 이삿짐 싣는 것을 돕던 나는 친구들과 함께 멀리서 나를 지켜보고 있는 그 소녀를 발견했다.

나는 이삿짐 싣기를 마무리하고 바로 그녀에게 다가서는데 그녀는 또래 친구들과 동네 주변을 계속 다람쥐 쳇바퀴 돌 듯하고, 나는 그녀들의 뒤를 10여 보 쯤 떨어져서 따라갔다.

그러기를 한 시간여 지나 날이 어둑어둑해질 무렵, 그녀들은 둥지에 찾아드는 새들처럼 어느 집 처마 밑에서 발길을 멈춘다. 나는 그녀들에게 다가가 무슨 이별의 말을 하려니 가슴이 쿵쾅거리며 터질 듯했다.

아무튼 나는 처음 이사 온 6년 전 그때부터 방학 때에 만나서 즐거웠던 일들을 주섬주섬 회고하면서 이야기하고 그녀들은 듣기만 했다.

6년이라는 제법 긴 세월이었지만 방학 때에 우연히 몇 번 마주치는 것들이 고작이어서 회고할 거리도 별로 많지 않아 어느덧 이야기를 마치고, 이제는 헤어져야 한다고 생각하니 입안이 말라 바삭거린다.

별로 재미없는 내 이야기를, 그것도 처음부터 끝까지 더듬거리기만 한 내 이야기를 꼼짝 않고 듣기만 한 그녀들. 나는 도저히 이대로는 그냥 헤어질 수 없다는 생각이 문득 들어 그녀 친구들에게 잠시 자리를 비켜 달라고 부탁하고 그녀에게 꼭 하고 싶은 말 한 마디를 했다.

"난 이다음에 니가 어른이 된 후에 너에게 장가를 가고 싶다."

그리고 이삿짐을 나른 후에 서울로 올라가기 전에 한 번 더 군산에 들러서 만나고 싶다고 말하고, 어느 날 몇 시에 어디에 있는 빵집으로 나오라고 했다.

그리고 나는 그날 그 시간에 맞춰 그 장소로 갔다. 하지만 그 자리에는 그 소녀의 학교 카운슬러 선생이라는 젊은 여자분이 혼자 나타났고, 나는 무슨 큰 잘못을 저지르고 꾸중을 받는 학생처럼 꼼짝 없이 머리를 숙인 채 앉아 있었다.

군산에 들러서 만나고 싶다고 말하고, 어느 날 몇 시에 어디에 있는 빵집으로 나오라고 했다.

여선생 말이 자기는 태릉에 있는 여자대학을 금년에 졸업하고 이 학교에 선생으로 처음 부임해 왔는데, 처음부터 카운슬러를 맡겨서 어려움이 많다고 한다. 그러면서 우리는 같은 68학번이고 학교가 가까이에 있어서 어쩌면 대학 1학년 때 미팅으로 서로 만났을 수도 있었는데…, 그런 어른이…, 하며 똑 부러지게 선생 노릇을 한다.

그 이후 내가 군대 제대를 하고 다시 군산에 가서는 고등학생이 되어 등교하던 그녀를 따라가며 취직을 한 후에 다시 오겠다는 말을 하였는데…, 그녀는 한 마디 대꾸도 없이 묵묵히 등굣길을 재촉했다.

그리고 취직을 한 후에 그녀의 집에 다시 한 번 찾아갔는데, 그녀는 없고 대신 그녀의 어머니가 딸과 사귀는 것을 반대한다고 하신다.

하지만 이 반대는 그녀의 어머니가 하는 것이어서 언젠가 그녀를 만나 직접 이야기하면 바뀔 수 있는 것이라고…, 나는 가끔 그런 생각을 하곤 했는데…, 그럴 때는 당장이라도 그녀를 찾아가 확인해 보고 싶었다.

그러다 슬그머니 자신감이 사라지면, 아직은 그녀를 만나러 갈 여건이 안 되었다고 나 자신을 위로하는 것이었다.

하여간 직장에 다니면서 다른 여자들 몇 명을 만나긴 했는데 한두 번 만나고 난 후에는 항상 무슨 걸리는 일이 생겨 틀어지기만 했다. 하기야 주머니 사정이 늘 빈털터리인데 어느 여자가 관심을 가질까?

내 미래의 처남에게서 전화가 오기 얼마 전, 우리 집안에 가족들이 모두 모여 의논할 일이 있다는 연락이 와서 시골집에 갔었다.

그런데 그 자리에서 내 동생은 장가를 가야겠다고 하고, 부모님은 형이 아직 장가를 안 갔는데…, 하시며 반대를 하신다.

나는 장가를 천천히 갈 터이니 내 걱정은 하지 말고 동생부터 장가를 보내라고 하였었는데, 그러한 것들이 마음에 걸리던 차에 전혀 생각지도 않았던 곳에서 선을 보라고 한 말이 선뜻 내 마음에 와 닿은 모양이다.

다음 날 선을 보러 간다고는 했는데 주머니를 뒤져보니 돈이 한 푼도 없다. 제길…!

일단 직장 동료에게 돈을 조금 빌리고 급한 대로 양말 한 켤레를 샀다.

나는 그 때까지 거의 2년간 직장 생활을 하였지만 그동안 내 몸에 걸치는 것을 하나도 산 적이 없다.

나는 군대 제대를 하고 6개월 후에 취직을 했는데, 그동안에는 군대에서 받은 월급을 저축한 돈으로 그럭저럭 해결했다.

그리고 취직이 되었다고 축하차 고모님이 구두 한 켤레를 사주셔서 잘 신고 다닌다. 내가 입고 걸치는 것 모두는 내가 가끔 시골집에 가서 얻어오는 것으로 아버지와 형, 그리고 동생이 입던 것들이다.

나는 내가 받은 첫 월급부터 대학에 다니는 여동생의 등록금과 생활비에 보태 쓰도록 하였다. 때문에 돈 쓸 일은 될 수 있으면 만들지 않으려고 부단히 노력하였다. 그래도 가끔 쓸 돈이 필요하면 항상 직장 동료에게서 빌려 쓰고 월급을 받으면 바로 갚았다.

그렇게 최대한으로 절약해서 쓰고 나머지는 모두 여동생에게 보내주었다. 그래서 항상 무일푼인 내가 장가를 간다는 것은 언감생심 말도 안 되는 것이었다.

'아, 비얼로 가는 길은 초반부터 험난하기만 하구나.'

그 당시에 나의 여동생은 대학 3학년이었고 내가 받는 월급으로 동생들 생활비를 보탰다. 그러한 것을 뻔히 아는 부모님들이 물론 나한테는 미안해서 하시는 말이겠지만 동생보다 내가 먼저 장가가야 한다고 우기시는 것이 나를 더욱 서글프게 했다.

선을 보러 가면서 양말 한 켤레를 새로 산 것은 정말 큰맘을 먹은 것이다. 이 양말 한 켤레도 어쩔 수 없이 산 것인데…, 사실 양말 바구니를 샅샅이 뒤져봐도 모두가 구멍이 나서 여기저기 기운 것들뿐이고 그런대로 성한 것이 하나도 없었기 때문이다.

그러면 다시 선보러 간 이야기를 계속하자면, 내가 동생과 같이 미래의 처갓집에 들어갔더니 그날이 마침 장인 후보님이 동료 직원들을 불러 연말 망년회를 집에서 한다며 음식 준비에 부산했다.

내가 동생하고 앉아서 기다리던 방 앞으로 핫팬츠 차림의 여인이 어른거리는데, 건강한 다리를 온통 드러낸 발랄한 모습이 내 마음을 은근히 설레게 한다.

동생과 미래의 처남과 나는 집에서 저녁을 먹은 후에 핫팬츠 차림에서 근사한 정장 차림으로 변신을 한 아름다운 여인하고 밖으로 나가 술을 한잔하기로 하고 나오는데 장모 후보님께서 한 말씀 하신다.

"저녁에 집에 들어와 자소~."

나는 엉겁결에 "예~!" 하고 대답했는데, 이것저것 따질 것 없이 돈을 빌려서 선을 보러 온 나에게는 이 말이 여간 고마운 말이 아닐 수 없었다.

아마도 나는 장모 후보의 이 말에 장가들 생각을 어느 정도 굳혔는지도 모른다.

그래서 우리들이 같이한 술자리에서 노랑머리 여인이 맥주를 한 컵 마시는 것을 보고, 내 마누라가 되려면 저 정도는 술을 마실 수 있어야지, 하고 생각하였다.

다음날 아침에 그 집에서 일어났을 때 또 하나의 놀라운 일이 벌어졌는데…, 나의 소중한 양말이 잘 말려지고 곱게 접혀진 채 내 머리맡에 있었다.

그것은 어제 저녁 내가 빨아서 마당에 있는 빨랫줄에 널어둔 것이었는데, 그 양말이 나에게 어떠한 의미가 있는지는 누구도 몰랐을 것이다.

결혼을 하고 한참 지난 후에 들은 이야기이지만, 그날 나의 차림은 그야말로 가관이었던 모양이다.

엿장수 아저씨들이나 입고 다닐 몇 십 년이 된 다 낡은 외투를 걸치고 나타난 후줄근한 작업복 차림의 사나이가 선보러 온 집에서 저녁에 잠자기 전에 발을 씻으면서 그 물에 양말을 주물주물 빨더니 마당에 있는 빨랫줄에 걸어 놓는 것을 보고는, 집사람 후보가 다시 비누칠을 여러 번 해 가며 잘 빨아서 부엌의 솥뚜껑 위에 올려놓고 말린 후에 밤늦게 살며시 잠자고 있는 내 머리맡에 갖다놓았다는 것이다.

'이 부분에서 뭔가 좀 이상하다. 처녀가 밤늦게 총각 둘이 잠자고 있는 방에 들어와 뭔가를 하였다니…, 글쎄…?'

그리고 나는 기억이 나지 않지만 그날 저녁에 콜롬방이라는 목포에서 매우 유명한 빵집에 가서 내가 단팥빵을 먹으며 입가에 팥을 하나 붙이고 있었다는데, 그걸 어떻게 알려 주어야 할지 애만 태웠다고 한다.

그리고 자기 오빠가 선을 보기 전에 나를 시커멓게 생긴 막걸리 타입이라고 했다는데, 그날 보니까 눈에 콩깍지가 끼었는지 곱살하니 예쁘기만 하더란다.

하기야 나하고 선보는 조건으로 평소에 꼭 입어보고 싶었던, 그 당시의 명품으로 알려진 무슨무슨표 실크블라우스에 고급 스커트 정장 한 벌을 얻어 입고 콜롬방 빵집에 갔으니 나에게 고마워서라도 점수를 후하게 준 모양이다.

사실 그날 저녁에 선보인 그녀의 차림은 무척이나 발랄한 공주님의 모습이었다.

그것은 나의 후줄근한 모습과는 극히 대조적이었는데 베이지색 코트에 롱부츠, 수박색 실크블라우스, 연두색 스커트, 노랗게 물들인 웨이브 머리, 구멍 뚫린 귀에 달랑거리는 진주 귀걸이 등, 휴…!

어쨌든 새해의 첫날을 놀라움으로 맞이한 나는 그날 낮에 중신아비들과 함께 유달산에 올라가서 이것저것 살피며 놀다가 내 동생은 근무교대를 하여야 한다고 돌아가고, 처남 후보도 일이 있다고 살짝 빠졌다.

그리고 나는 하루 더 있다 가기로 하고 집사람 후보와 단 둘이서 남았는데…, 어디 조용한 곳으로 가자고 하니 일제강점기 시대에 사용하던 야외 수영장 자리로 안내한다.

그곳은 바닷가 해변에 있는 것으로 뻘밭에 네모진 수영장 터만 남아있었는데, 그 터에 남아있던 시멘트로 만든 얕은 담에 둘이서 걸터앉았다. 주변에는 사람 하나 안 보이고 한적하기만 하다.

선보러 온 후 지금까지는 항상 주변에 누가 있었는데 갑자기 두 사람만 남으니 나는 무언가 꼭 중요한 이야기를 해야 할 것만 같은 생각이 들었다.

그래서 불쑥 내뱉은 말이,

"나한테 시집 올래요?"

그러자 잠시 머뭇거리며 뜸을 들이던 여인이 되묻는다.

"마음에 준비가 되었나요?"

사실 나는 그때까지 여자아이에게 한 나 혼자만의 약속 때문에 결혼은 빨라도 그녀가 성년이 되는 20살은 넘긴 내 나이 31살 이후에나 한다는 생각이었다. 그래서 당연히 그때까지 마음에 준비 같은 것은 한 번도 해 본 적이 없었다.

그런데 집사람 후보가 마음에 준비가 되었냐고 묻는데 차마 마음에 준비가 되지 않았다고 말할 수는 없었다.

그것은 내가 땡전 한 푼 없는 거지라는 것을 자기 오빠를 통해 잘 알고 있어서 경제적으로 결혼 준비가 안 되어 있는 것을 잘 알 터인데, 마음에도 준비가 안 되었다고 하면 '뭘 하러~! 멀리 목포까지 선보러 온 것이냐' 고 할 것만 같았다.

그러한 생각이 들자 나는 '마음에 준비는 되었다' 고 얼결에 거짓말을 하고 말았다.

그런데 나의 말을 들은 집사람 후보가 '그렇다면 시집을 오겠다' 고 한다.

'아니…? 여자 꼬시기가 이렇게 쉬울 수가…! 그냥 시집오라고만 하면 되는 것을 그걸 모르고…. 매번 주춤거리기만 했던 것인가!'

나는 그동안 십여 년이나 여자들에게 온갖 수를 다 써가며 어렵게 어렵게 접근하기만 하고…, 그때마다 여지없이 딱지를 먹었던 것이다.

일단 우리 둘은 단독회담 5분 만에 결혼하기로 전격 합의했는데, 그럼 그것으로 만사가 해결되는 것인가?

나는 집사람 후보에게 내가 목포에서 하루 더 머물면서 장인장모 후보님들께 일차 허락을 받고, 다음 주말에 우리 부모님들을 목포로 모시고 와서 양가 허락을 받는 절차를 밟자고 했다.

나는 사실 그때까지 집사람 후보에 대하여 아는 것이 거의 없었다. 부모님에게 결혼 허락을 받으려면 집사람 후보의 장단점을 어느 정도 아는 것이 필요하다는 생각이 들어 나는 걸으면서 조용하게 대화를 나눌 수 있는 곳으로 가자고 했다.

집사람 후보는 나를 버스에 태우고 어디론가 가다가 갑자기 내 손을 잡더니 내리자고 한다.

결혼을 하기로 합의하고 나니 모든 것이 너무나 쉽다. 아마 그냥 연애로 만났으면 손목을 잡는 데까지도 몇 달은 걸렸을 텐데….

우리는 차에서 내려서도 아주 당연한 듯이 손을 마주 잡고 배를 타고 고아도로 갔다. 그리고 그 섬 안에 있는 어느 조용한 호숫가를 거닐었다.

나는 호수를 거의 한 바퀴 다 돌 즈음에 이때쯤 가벼운 포옹 정도는 해야 되지 않나 하는 생각이 들어서 더 이상 말을 하지 못하고 땅바닥만 쳐다보며 마냥 걸었고 집사람 후보도 조용히 따라오기만 한다.

그때 나는 포옹은 아직 시기상조라는 생각을 하며 근처에 있는 식당으로 들어가 탁자에 마주 앉았다.

음식을 주문하고 손금을 좀 보자고 하니 손을 내민다. 연애하는 사람들이 손을 잡고 싶으면 손금을 보자고 한다던데 나도 드디어 그 수법으로 성공을 한 것이다.

역시 결혼을 하기로 합의를 하니 남들이 하는 연애 수법을 나도 능통하게 쓸 수가 있군, 하는 생각을 하며 볼 줄도 모르는 손금을 무심히 보는데, '아니! 이럴 수가…?' 집사람 후보의 생명선이 아주 짧은 것이 아닌가.

사실 사람의 손금 중에서 가장 알기 쉬운 것이 생명선이다. 그것은 엄지와 검지 사이에서 시작하여 손바닥 가운데를 지나 엄지 아래에서 손목으로 내려가는 선인데, 지금 내가 잡고 있는 부드럽고, 자그마하고, 포동거리는, 정말로 느낌이 끝내주는 이 손에 있는 생명선은 손바닥 가운데에서 조금 내려간, 손목에서 2센티미터 정도 떨어진 곳에서 끝이 나 있었다.

나는 다른 쪽 손을 슬그머니 잡아보니 손에 잡히는 모든 느낌이 전과 똑같이 끝내준다. 나는 조마조마한 마음으로 손바닥을 펼쳐보니 그쪽의 생명선도 마찬가지로 손바닥 중간에서 뚝 끊어져 있다.

내가 한참을 신중하게 이쪽저쪽 손금을 들여다보는데, 그 여자가 남자들의 상투적인 수법은 다 알고 있다는 듯이 웃으며 자기 손금이 어떠냐고 물어본다.

나는 엉겁결에 손금이 아주 좋다고 또 거짓말을 했다.

평소에 거짓말을 하기 싫어하는 나는 '오늘 벌써 두 번이나 이 여자에게 거짓말을 하는구나' 하며 자책을 하는데 다행스럽게도 마침 식사가 나와 위기의 순간은 넘어갔다.

그리고 식사를 하는 동안에 나는 이 여자하고 꼭 결혼을 해야 하는 이유를 또 하나 발견했다.

그것은 내 마음 속에 스친 엉뚱한 생각인데, 이 여자가 정말 손금대로 명줄이 짧다면 나랑 몇 년 같이 살다 죽을 것이다. 그리고 그때쯤이면 내가 결혼하고 싶다고 하였던 그 소녀가 시집을 갈 수 있는 나이가 될 것이 아니겠는가!

'ㅎㅎㅎ~.'

'그러면~! ㅎㅎㅎㅎㅎ~.'

'ㅎㅎㅎ~.'

나는 이 순간에 내 마음을 확실하게 정리할 수 있었고, 드디어 장가를 갈 마음의 준비가 완료되었다.

나는 다시 배를 타고 목포로 돌아오면서 유유히 떠다니는 구름을 보며, 또 갈라지는 물살을 좇아오는 갈매기 떼를 보며 나만의 은밀한 음모가 깔린 이 결혼을 완벽하게 성공시킬 세부적인 전술을 구상하기 시작하였다.

사실 이 결혼은 나 같은 고수가 작전을 짜야 할 만큼 어려운 것은 아니었다. 그러나 결혼 당사자인 내가 작전의 고수이니 어쩔 수 없이 고수인 내가 작전을 짤 수밖에 없었다.

이 결혼의 조건들을 세밀하게 검토해 보니 양가의 부모들이 모두 자

나만의 은밀한 음모가 깔린 이 결혼을 완벽하게 성공시킬 세부적인 전술을 구상, 그러나 이 음모는 혼인의 추억을 슬픈 홀로그램으로 바꾼다.

기의 자녀가 결혼하기를 바라고 있다. 물론 나의 경우는 동생이 결혼을 한다고 하니까 형인 내가 먼저 결혼하기를 희망하는 것이지만.

여자의 경우는 자세한 내용은 모르지만 실크블라우스에 정장 투피스를 사 주면서까지 선을 보게 하는 것을 보면 부모가 강력하게 결혼을 시키고 싶다는 것이다.

그리고 그날 저녁 그 집에서 하루를 더 자는데, 시집을 간 언니가 영암에서 찾아와서는 그날 있었던 단독회담의 진행 상황을 브리핑 받느라 밤늦도록 웃고 떠드는 소리가 들려온다.

다음날 아침에 장인 후보님과 아침을 같이하라고 하여 안방에 들어가니, 그분은 40대 초반의 젊은 모습인데, 나의 고향하고 아버지의 함자만 물어본다.

나중에 대전으로 돌아가는 버스 터미널에서 여자에게 물어보니, 자기 아버지가 두 마디나 물어 본 것은 내가 맘에 든다는 표시라고 말한다. 물론 이 말의 진실 여부는 확인할 수가 없지만 말이다.

'아니, 이 여자! 나한테 시집오고 싶어서 안달이 난 것 아녀?'

하기야 여자 쪽은 큰처남 후보의 의견이 가장 비중이 큰데 그 친구는 몇 년 동안 나를 몰래 관찰하였고, 자기 동생의 짝으로 삼으려고 1년여 전에 내 사주팔자를 물어 보았으니 여자 쪽에는 작전에 지장을 주는 요인이 거의 없어 보인다.

문제는 내가 빈털터리라는 것이다.

빈털터리가 꼭 결혼을 성공시키려면…. 이 작전은 다음 주에 있을 다자회담의 결과, 우리 부모님의 결혼 허락을 받는 것이 1차적인 목표다.

우리 부모님은 나에게 장가를 가라고 이야기했지만 사실 내가 결혼을 하면 경제적으로 여러 가지 어려움을 겪게 된다. 그래서 마음속으로는 내가 결혼하지 않는다고 이야기하였을 때 어느 정도 안도의 한숨을 내쉬었을 것이다.

그런데 내가 그런 이야기를 한 지 몇 주도 안 되어 결혼을 한다고 하였을 때 우리 부모님의 반응은 어떠할까? 이 1차 작전에 성공하는 비결은 우리 부모님에게 경제적인 부담을 전혀 주지 않는 방법(?)을 찾으면 된다.

그런데 빈털터리가 부모의 도움을 전혀 받지 않고 결혼을 할 수 있는가? 물론 이것은 2차 작전을 수행하면서 내 스스로가 해결해야 할 문제이다.

우선은 1차 작전을 성공시키는 것이 급선무. 우리 부모님은 내가 번 돈을 전부 동생들의 생활비로 내놓고 있어서 내가 빈털터리라는 것을 잘 알고 있을 것이다. 하지만 내게 뭔가가 있어서 부모의 도움 없이도 장가를 간다고 하면 부모로서는 속는 줄을 알면서도 속아줄(?) 것이다.

그러려면 일단은 다음 주 회담 비용을 내가 다 준비하여야 하고, 그때 은연중에 나에게 뭔가가(?) 있다는 느낌을 주어야 한다. 특히 나의 결혼에는 집에서 전혀 도와주지 않아도 된다는 것을 확실하게 알려드려야 한다.

그러려면 물론 공작금이 필요하고, 내가 돈을 써야 할 일이 있을 때에 항상 그러했듯이 또 직장 동료에게 빌려야 한다. 그것도 이번에는 꽤나 많이….

나는 이 글을 쓰면서 김대중 대통령이 왜 돈을 빌려 가며 남북정상회담을 해야 했는지 이해할 수 있는 심정이다.

목포에서 대전으로 가는 직행버스를 타고 오면서 나는 공작금을 조달할 전략을 세웠다. 지금까지는 같은 실의 동료들에게서 매달 용돈을 꾸어서 썼는데 이번에는 그 규모가 훨씬 커야 한다. 좀 더 많은 돈을 조달하려면 어떻게 하여야 할까?

나는 그 당시에 대덕연구단지에 있는 핵연료개발공단에서 근무하고 있었고, 그곳에는 회사 바로 정문 앞에 독신료가 있어 한 방에서 2명이 같이 생활하였다.

독신료에는 근 100여 명이 기거하고 있었는데, 저녁 시간에는 휴게실에서 TV도 보고, 당구도 치고, 또는 어느 한 방에 모여 술도 마시곤 한다.

내가 맞선을 보고 돌아온 것을 아는 동료들 몇 명이 내 방으로 찾아와서 자연스럽게 술자리가 벌어지며 내가 하는 브리핑에 귀를 기울인다.

나는 최대한 자세히 회담 진행 상황을 이야기했는데 모두들 재미있다고 야단이다. 하기야 재미있으라고 하는 이야기가 재미없으면 공작금 조달작전에 지장이 오지 않겠는가?

나의 이야기에 재미있어 하는 녀석들의 얼굴을 보니 공작금 조달은 문제없을 것 같다.

나는 다음날 동생에게 전화를 해서 회담 결과를 알려주고 집에 연락해서 다음 주에 목포로 양가 맞선을 보러 가야 한다고 전하라고 했다.

동생은 그날 저녁에 곧바로 전화를 걸어왔다. 그리고 내가 토요일 날 내장사로 내려가서 부모님과 함께 광주 외갓집에 들러 거기서 자고, 일요일 날 목포로 가는 일정을 잡았다고 알려준다.

광주에서는 외할아버님이 많이 편찮으셔서 그렇지 않아도 부모님 모두 문병을 가려고 했단다.

외할아버지가 많이 아프신 것은 안 되었지만 이 소식은 나의 작전을 수월하게 했다.

부모님과 나는 정읍시장에 가서 외할아버지께 드릴 고기를 샀는데, 내가 소꼬리가 기력이 쇠약해진 외할아버지에게 도움이 될 것 같다고 하며 소꼬리 하나를 사고는 돈을 내자 은연중에 부모님들이 안도(?)하시는 기색이다.

하기야 소꼬리에 붙은 엉덩이 살이 족히 대여섯 근은 되니 소꼬리 하나 값이 장난이 아니었다. 비싼 소꼬리를 선뜻 사는 아들이 대견한지, 아니면 내가 외할아버지를 걱정하는 것이 대견한지, 그것도 아니면 수년 만에 처갓집에 가는 자신이 대견한지 아버지는 매우 기분이 좋아 보이신다.

외할아버지는 노환으로 병이 깊어 거의 몸에 살이 없는 초췌한 모습으로 누워 계셨는데, 내가 목포로 선을 보러 간다고 하니 기력이 탈진된 상태에서도 색싯감의 생년월일을 묻는다.

외할아버지는 한학에 정통하셔서 건강하실 때에는 다른 사람의 사주를 잘도 풀어 주셨고, 우리 집 식구 중에서는 내 사주가 가장 좋다 하시며 특별히 나를 좋아하셨다.

내가 색싯감의 사주를 모른다고 하자 이번에는 성을 묻는다. 내가 정씨라고 하자 다시 본을 물어 보신다. 그래서 다음에 와서 알려드린다고 하였는데, 그런 일이 있고 겨우 4일 후에 외할아버지는 내가 사간 소꼬리로 만든 곰국을 별로 드시지도 못한 채 돌아가셨다.

혼인을 앞두고는 상가에 가지 말라는 권유를 뿌리치고 외할아버지의 장례식에 참석한 나는 외할아버지의 영정을 보며 살그머니 마음속으로 이야기를 했다.

'할아버지! 제 색싯감은요, 나주 정씨이고요. 생년월일은 모년 모월 모일 모시래요. 그 집에서 궁합을 보았다는데요! 겉궁합은 조금 나빠도 속궁합(?)이 아주 좋대요.'

1979년 1월 7일.

34년 만에 목포에 온 부모님은 감회가 새로우신 듯 터미널에서 나의 후보 처갓집이 있는 목포고등학교 앞까지 오는 동안 이런저런 추억을 말씀하신다.

후보 처갓집에서 있었던 상견례는 약 20분만에 간단하게 끝났는데 양가 부모들이 서로 인사를 나누고…, 집사람 후보가 다과상을 들고 와서 인사를 하고…, 많이 변한 목포의 모습에 대한 이야기 잠깐 나눈 것이 고작이었다.

나는 부모님에게 옛날 사시던 동네를 한 번 둘러보시겠느냐고 물으니 아버지께서 선창으로 가자고 하신다.

우리 집은 그 당시에 이곳에서 10여 년간 각종 음식점을 했었는데 아버지는 모든 식재료를 손수 사 오셨고, 특히 군산에서 식당을 할 때에는 새벽에 선창에 나가 싱싱한 생선을 사는 것을 매우 좋아하셨다.

내장사로 이사한 후에는 선창에 나갈 기회가 거의 없었기 때문에 목포에서 살던 먼먼 옛날의 추억보다는 선창에서 싱싱한 생선을 사는 실리를 택하신 것이다. 역시 상고 나오신 분은 실리에 밝아, 특히 오늘은 아들이 팍팍(?) 돈을 써야 되는 날이 아닌가?

나는 군자금을 충분히 빌려온 것에 안도를 하며 부모님을 선창으로 모셨고, 아버지는 오랜만에 이런저런 생선을 고르고 흥정하는 재미에 푹 빠지셨다.

나의 양손과 어머니의 양손이 잡다한 생선 보따리로 가득 차갈 즈음에 아버지가 문득 "얘야…! 니 색싯감이 너무 까매서 흠이다…!" 하시고는 이런 흠(?)을 눈감아 주려면 내가 돈을 좀 더 써야 한다는 듯이 다른 물건을 흥정하신다.

'아니…! 내 색싯감이 그렇게 까맸었나…?'

나는 아무리 내 기억을 더듬어 봐도 노랑머리에 구멍 뚫은 귀밖에 생각이 나지 않는다.

사실 내가 군자금을 충분히 준비한 것은 내 색싯감의 이런 흠을 무마하기 위해서였고, 상견례를 짧게 한 것도 색싯감의 흠을 조금만 보게 하기 위해서였다. 그런데 아버님은 잠깐 사이에 이런 옥의 티(?)를 발견하시고 피부색부터 흠을 잡으시니….

'아니…! 이거 내 군자금이 바닥나는 것 아녀…?'

'아니! 아버지는 상고까지 나오시고도 흑진주가 더 비싼 거 모르시나벼…! ㅎ~ㄱ ㅎ~ㄱ…!'

이런 생각을 하며 아버지의 뒤를 따라가는데 아버지는 더 이상 살 것이 없는지 어머니 손에 들린 보따리들을 받아 들고는 터미널로 가자고 하시며 한 말씀 하신다.

"좀 까매서 흠이지만…(?), 다른 것은 다 맘에 든다. 그 집 어른들하고 상의해서 결혼식 날 잡아라. 양석이(내 바로 아래 동생)가 4월에 결혼을 한다니까 너는 그 전으로 잡아라. 약혼식은 오늘 만난 것으로 대신하는 것이 좋겠다고 말씀드려라."

그러고는 두 분이 무엇이 그리 좋은지 빙글빙글 웃으며 가신다.

아마 마음속으로는 더 없이 흡족하신 모양이다.

'야! 너도 살아봐라. 진주는 흑진주가 더 좋으니라….'

사실 우리 어머니도 흑진주인데, 아버지는 어디를 가나 어머니 곁에서 한시도 떨어질 줄을 모르신다.

어쨌든 나의 1차 작전은 완벽하게 성공했다. 나는 다시 처갓집으로 가서 승전보를 전하는 용사인 양 의기양양하게 아버지의 말씀을 전하고, 결혼 날은 이쪽 어른들이 정해서 알려 달라고 전했다.

그리고 나는 다음의 작전을 유리하게 하기 위한 사전 포석으로 내가 회사 일로 조만간에 프랑스로 파견을 가게 될지도 모르는데, 배우자를 초청하려면 혼인신고를 빨리 하는 것이 유리하다고 이야기하였다. 그러자 여자 집에서도 이왕 결혼을 하기로 했으니 혼인신고에 필요한 서류를 준비하여 바로 부쳐주기로 했다.

나는 약혼녀의 손을 잡고 터미널로 가면서 예쁘게 방실거리는 흑진주를 보고 또 보았다. 그리고 내 결혼상대로 확정되어서인지 노랑머리도, 뚫린 귀에서 달랑거리는 귀걸이도 너무나 흑진주하고 잘 어울렸다.

아마 아버지도 우리 어머니가 조금만 젊었어도 귀도 뚫어주고, 머리 염색도 시켜 주고 싶었을지도 모른다.

나는 다시 회사 독신료로 돌아왔다. 내가 돌아오기를 기다리던 동료들이 하나둘 내 방으로 몰려들고, 또 술잔을 돌리며 나의 무용담을 열심히 듣는다.

특히 나와 같은 방을 쓰고 있고 나와 같은 실에서 근무하며 나와 생년월일이 똑같고 시간만 나보다 5시진 빠른 녀석이 열을 올린다. 이 친구는 뻐드렁니에 왕이빨인데 작달막한 친구들이 그렇듯이 의리 하나는 끝내준다. 나의 군자금은 이 친구한테서 주로 나오는데 자기 주머니에 없으면 지가 나서서 어디서든 꾸어다 준다.

그 외에 실 동료, 입사 동기, 학교 동창, 낚시 친구, 포커 친구, 술 친구, 그리고 나한테 '토요일 밤의 열기' 에서 나오는 춤을 배웠던 동료 등등이 내 방을 기웃거린다. 특히 현재 연애 중인 친구들은 더 열심이다.

나는 그 당시에 개봉되어 젊은이들에게 인기 있던 '토요일 밤의 열기' 에서 나오는 춤을 여동생에게서 배워 와서 독신료에서 지내던 동료들에게 가르쳐 주었다.

그 당시에 내가 한 달에 받는 월급이 정확하게는 기억이 안 나지만 15만원 정도였고, 내가 직원 상조회에서 융자받을 수 있는 금액이 30만원이었다.

나는 빼드렁니를 꼬드겨 그 친구보고도 융자신청을 해달라고 했다. 그리고 서울에 사는 여동생에게 전화를 해서 이번 달에는 내 월급을 보낼 수가 없다고 했다.

그리고 내가 결혼을 한 이후에는 상조금을 매달 6만원씩 갚아야 하고, 생활비도 있어야 하니 서울에 돈을 조금밖에 부칠 수 없어 여동생이 좀 고생을 하여야 될 것 같다고 했다.

내 착한 여동생은 그동안 도와준 것만으로도 고맙다고 하고, 자기 일은 자기가 알아서 해결할 터이니 걱정하지 말라고 한다.

이렇게 해서 내가 조달할 수 있는 결혼 자금은 약 75만원이 되었다. 그 당시와 지금의 화폐가치는 대략 20배 정도의 차이가 있으니 지금 돈으로 치면 약 1500만원이 된다.

나는 집의 도움을 안 받기로 했으니 내 결혼 자금은 이것이 전부이다. 그리고 이 돈으로 무사히 모든 것을 해결해야만 한다.

이러한 생각들을 하면서 손에 잡히지 않는 일을 하고 있는데, 목포에서 전화가 와 3월 며칠로 날을 잡았다고 한다. 그리고 저녁때에 독신료로 다시 전화가 왔는데 2월 11일이 더 좋을 것 같다며 내 의견을 묻는다.

나도 2월 달에 하는 것이 더 좋겠다고 했다. 그 이유는 늦게 해 봐야 결혼 자금이 더 늘어나는 것도 아닌데 목포까지 왔다 갔다 하는 비용도 큰 부담이었다. 그리고 무엇보다 회사 일을 제대로 할 수가 없었다.

나는 그 당시에 연구원 초년병이 하기에는 좀 비중이 큰 일을 맡고 있었는데 일의 진척 상황이 어떻게 되느냐에 따라 어쩌면 조만간에 외국으로 파견을 가야 할 수도 있는 상황이었다.

나는 결혼을 하고 얼마간 같이 살아보지도 못하고 떨어져 살고 싶지는 않았다. 그 당시에는 외국에 파견을 갈 때 자기의 배우자를 데리고 갈 수가 없었다. 그래서 장기 파견을 가는 사람들은 일단 남자가 먼저 가고, 6개월이 지나서 자기의 짝을 초청하여야 했다.

나는 생명선(?)이 별로 길지 않은 내 배우자가 내가 외국에 있을 때에 어떻게 되는 것을 원치 않았다. 그래서 외국으로 파견을 안 가려면 현재 내가 맡고 있는 일을 내 스스로 성공시켜야만 하였다.

만약 내가 스스로 해결하지 못할 기미를 조금이라도 보이면 이 일의 책임자인 실장이 나를 외국에 내보내 필요한 기술을 배워오게 할 수밖에 없다.

그런데 사실 이렇게 하기에도 근본적으로 큰 문제가 있는데, 내가 맡아서 하고 있던 그러한 일은 어느 나라에서도 핵심 기술을 가르쳐 주는 나라가 없으니 어디에 가서 슬쩍 훔쳐 와야 한다. 하지만 그러한 기술을 훔쳐가라고 가만히 있을 나라가 어디에 있을지….

아마 내가 결혼을 함으로써 곤란했던 사람은 우리 부모님, 여동생들, 이외에도 나의 상관인 실장님이었을 것이다. 아니 그 이외에도 내 주변의 몇몇 여자들도 당혹스러워 했고, 또 독신료에 있던 노총각들도 어려움을 겪었다.

나는 10여 일 전만 해도 전혀 생각지도 않았던 결혼을 전격적으로 하는 것이 이렇게 많은 사람들에게 영향을 미칠 것은 상상도 해 보지 못했다

내가 독신료에서 선을 본 이야기를 하는 것은 군자금을 조달하기 위한 것이었는데, 이러한 이야기가 소문으로 여기저기 퍼져 나가자 나하고 이런저런 이야기가 오갔던 여자들에게서 항의가 들어온다.

나는 애써 변명하고 사과도 하였지만 마음속으로는 여간 즐거운 것이 아니었다.

나는 취직을 한 후에도 나를 위해서는 쓸 돈이 거의 없어 데이트다운 데이트 한 번 제대로 못하던 나에게 그녀들은 대부분 시큰둥했었다.

그 중에서 지난 여름 회사에서 개설한 캠핑장에서 즐겁게 같이 놀았던 한 여직원에게 바로 10여 일 전에 앞으로 정식으로 사귀자고 했었는데, 그 여직원은 거절을 하였다. 그리고 그 소식을 들은 다른 여직원들은 '잘 했네…, 못 했네' 를 하던 중이었다.

또 한 건은 지난 가을에 대학 동창의 처남 소개로 전주에 살고 초등학교 선생을 하는 여성을 만나서 3번쯤 가난뱅이 데이트를 하였는데, 최근에는 몇 번 연락을 해도 이상하게 틀어져서 연락이 안 되었다.

나는 가난한 나를 그녀가 만나기 싫어하는 줄 알았는데, 내가 부모님을 모시고 목포에 가 있던 날 그 여성이 친구 처남과 같이 독신료로 나를 찾아 왔었다고 한다. 나는 친구에게, 친구 처남에게, 그리고 그 여자분에게 전화로 사정을 이야기하고 즐거운 마음으로 사죄를 했다.

그 외에도 여동생들이 자기 친구 중에서 누구누구가 서운해 한다는 둥, 그런 이야기를 전화로 알려 온다.

아마도 내가 킹카였는데…, 나도, 그녀들도 그것을 미처 알아보지 못

하였다가 내 처남이, 그리고 내 흑진주가 나를 찜하자 그제서야 알아보고 한꺼번에 '앙~! 앙앙!' 거리는 것 같았다.

이러한 과정을 거쳐서 내 주변의 여자들은 정리가 되었다.

다음은 우리가 살 보금자리를 마련하는 것이 중대사였다. 나는 대전에서 사는 둘째이모님을 찾아가 의논을 하였는데, 그 당시 선화동 성결교회의 집사님이었던 이모님이 교회 신도의 집을 소개해 주었다.

그 집은 선화동 산마루 중턱에 있는 무명용사탑 근방에 있었는데, 새로 지은 지 얼마 안 되는 이태리 풍의 양옥이어서 나는 그 집의 구석방 하나를 사글세로 10달에 20만원을 주고 얻었다.

그 방은 약 2평쯤 되는 크기에 반 평정도의 부엌이 딸려 있고, 그 부엌문을 통해서 방으로 들어가게 되어 있어서 출입이 매우 편리하였다.

결혼을 하려면 주변 정리를 하고 살집을 장만하는 것이 가장 중요한 일이지만, 그 외에도 잡다한 것이 해결되어야 한다. 그 중에는 각자가 해결해야 할 것도 있지만 둘이서 함께 다니며 해야 할 일도 많이 있다.

우리는 주말에 만날 수밖에 없는데 결혼날짜가 잡히고 보니 그때까지 5번의 주말이 남아 있었다. 우리가 첫 번째 주말에 하기로 한 것은 약혼자가 내장사에 있는 우리 집에 와서 우리 집 식구들에게 인사를 하는 것이었다.

특히 이번 토요일(1월 13일)은 우리 할머니의 기일이어서 대부분의 우리 식구들이 다 모이니 한꺼번에 인사를 끝낼 수 있는 좋은 기회다.

더구나 지난 목요일, 혼인신고에 필요한 서류를 모두 받았다는 전화를 나한테서 받은 약혼자는 정신적으로는 이미 나의 아내가 되어 있었고, 그래서 손주며느리의 자격으로 할머니의 제사에 참여하는 것이다.

나는 토요일 오후에 정읍에서 약혼녀를 만나 함께 집으로 갔다. 거기에는 중신아비인 내 동생도 와 있었고, 다른 동생들과 가까운 친척 분들도 있었다. 일단 인사를 간단하게 하고 늦은 점심에 술 한잔 걸치고 난 후에 나는 약혼녀와 집에서 500미터쯤 떨어진 곳에 있는 할머니 산소에 갔다.

그러나 산에는 눈이 많이 쌓여 있어 멋진 옷차림에 롱부츠를 신은 약혼녀가 가파른 산길을 오를 수는 없었다. 그래서 할 수 없이 할머니 산소가 보이는 큰길에서 할머니에게 장가간다고 신고를 했다.

그곳은 내장사에서 백양사로 넘어가는 구불구불한 갈치재의 초입인데, 가을에는 경치가 좋아 많은 차가 다니지만 겨울에는 차량 통행이 별로 없다. 할머니의 산소는 그 당시에 그 갈치재의 초입에서 급경사의 산을 50미터 정도 올라간 위치에 있었고, 우리 집은 그곳에서 내려다보이는 내장사 버스 종점 바로 옆에서 조그마한 식당을 하고 있었다.

나는 멋쟁이 약혼녀의 손을 잡고 흔들면서 "할머니~! 보여요~? 제 약혼녀예요~! 이쁘지요~? 저 이번에 결혼해요~!" 하고 소리쳤지만 왠지 맹숭맹숭하였다.

그래서 우리 여기서 뽀뽀하는 것을 할머니에게 보여주자고 하니 약혼녀가 주변을 살핀다.

그래서 "괜찮아~! 여기 아무도 안 와~!" 하는데 그래도 쭈뼛거린다. 그리고 하필 그때 꾸불꾸불한 길을 돌아 차 한 대가 내려온다.

'젠장…!'

다시 차가 안 오는 것을 확인하고 내가 어설프게 포옹을 하며 입을 내밀어 약혼자의 입을 맞추려고 하는데 이것이 생각보다 어렵다. 그래서 겨우 살짝 스치는 것으로 끝이 났는데…, 이것이 우리들의 첫 키스였다.

'우씨~! 영화를 보면 다들 쉽게 잘 하던데, 이럴 줄 알았으면 미리 연습이라도 좀 할걸…? 우씨~!'

'아니~? 이 여자~! 생기기는 영화배우 뺨치게 생기고는 어찌~? 뽀

뽀도 하나 제대로 못 한다냐~! 우씨~!'

나는 좀 무안하기도 하고 좀 창피하기도 해서 시무룩하니 집으로 돌아왔는데….

'아니~? 이 여자 왜 이런다냐?'

이 여자가 내 동생하고 뭐가 그리 좋은지 신나게 웃고 떠든다.

그리고 내 동생이 내 처남하고 같이 군대 생활을 할 때 있었던 무용담을 마치 자기도 같은 부대에서 근무한 것같이 맞장구를 친다.

자기 오빠 어디에 곰바리가 나고…, 기합을 받다 잘못 맞아 고막이 터져서 어쩌고…, 양석씨가 오빠랑 같이 목포에 왔을 때 저쩌고…!

'아이쿠~! 이 여자~! 이제 본격적으로 영화를 찍어요. 우씨~! 아까 뽀뽀할 때에 제대로 찍지. 우씨~! 우씨~!'

우리 집은 할머니의 제사를 모시러 온 식구들로 복작거려 우리는 제사 초반만 참석하고 자리를 조용한 곳으로 옮겼는데, 그곳은 내 동생의 친구가 경영하는 여관의 가장 조용하고 아늑한 방이었다.

우리는 그곳으로 자리를 옮겨 술을 마시며 밤늦도록 흥겨운 분위기를 이어갔고, 한참 바람을 잡던 동생이 나에게 잘 해 보라는 눈짓을 하고는 슬그머니 사라진다.

내 동생이 슬그머니 사라지고 난 이후의 일은 유감스럽게도 나는 지금 기억할 수가 없다. 그 이유는 이날 저녁에 둘 사이에 있었던 일을 그 누구에게도 이야기하지 않았기 때문인 것 같다.

그 당시에는 결혼식을 하지 않고 첫날밤을 보내는 것이 일종의 흉으로 받아들여졌었기 때문일 것이다. 나는 군자금을 지원하는 동료들에게 흉을 잡히고 싶지 않았을 것이고, 또 다른 누구에게도 그 일을 이야기할 필요가 없었던 것이다.

나는 결혼식 전에 내 기억으로는 약혼녀와 3번 같이 잤는데, 결혼한 지 몇 십 년이 지난 지금 그것을 공개한다고 해도 누가 나를 흉보지는 않을 것이다.

제 1회전은 동생이 남기고 간 분위기를 그대로 유지하기만 하면 되는 그런 것이었다. 우리는 동생이 사라지는 것을 기다렸다는 듯이 불을 끄고 이불 속으로 들어갔다.

그 다음날 아침 10시쯤 막냇동생이 깨우는 소리에 깜짝 놀라 일어나 정신없이 옷을 주워 입고는 아무 일도 없었다는 듯이 팔짱을 끼고 집으로 가서 아침을 먹었다. 그리고 동생들과 같이 내장사를 구경한 후에 약혼녀는 영암 언니 집으로 갔다.

나는 대전으로 돌아오는 차안에서 1회전에서 생성된 모든 파일에 극비사항이라는 빨간색 도장, 미성년자 관람 불가라는 파란색 도장, 무단 반출 금지라는 노란색 도장을 찍어 내 기억의 가장 깊숙한 곳에 있는 비밀실에 꼭꼭 숨겨 버렸다.

나는 이 추억담을 쓰며 좀 더 사실에 충실하기 위하여 그 비밀실을 열어보니 그 안에는 알록달록한 꽃도장이 찍힌 몇 개의 파일 뭉치가 들어 있다. 이 1회전에 관한 파일은 내용이 얼마 안 되고, 그것도 초점이 흐릿하여 그 내용을 잘 알아볼 수가 없다.

아마 그날 저녁에 웃고 떠들면서 마신 술기운에 카메라의 초점을 잘못 맞춘 모양이다. 아니면 첫 키스의 실패를 만회하려고 내가 너무 허둥댔을지도 모르고…. 아니면 관객이 없는 연극을 내 약혼녀가 하고 싶지 않았는지도 모른다.

이러한 것을 뭐하러 비밀실에 넣어 두었을까? 아마도 첫날밤의 가장 큰 비밀은 볼 만한 내용이 별로 없다는 것이 아닐까.

그런데 각종 예술 작품에서는 왜 그것을 그렇게 미화시켰을까. 나는 이러한 의문을 가슴에 품고 2회전에 관한 파일을 열어 보았다.

이 파일은 그런 대로 내용도 있고 초점도 잘 조정이 되어 있었으며, 아주 신비하고 예술적인 분위기를 풍긴다. 아마 예술 작품에서 이야기하는 첫날밤이 이런 것이 아닐까.

3회전에 관한 것은 몇 편의 짧은 요즘 유행하는 플래시 같은 것인데 진행 속도가 빠르고 대체적으로 코믹한 분위기이다. 아마도 이 모든 것이 합쳐져서 우리들의 첫날밤으로 기억이 되는 것이 아닐까.

나는 3개의 파일 중에서 2번째 파일이 제일 맘에 들었다. 이것은 2번째 주말에 있었던 일이고, 배경은 목포 처갓집이다.

나는 약혼녀의 형제들과 인사를 나누고 몇 가지 결혼 절차에 관한 간단한 상의를 하였는데 결혼식은 목포에서 하고, 나는 살집을 마련하는 것 등이었다. 약혼녀는 먼 길을 오느라 피곤할 터인데 저녁을 먹기 전에 목욕을 하라고 하며 집 근방의 공중목욕탕으로 안내한다.

그리고 목욕탕 입구에서 들고 온 보따리를 내주며 목욕 후에 갈아입으라고 한다. 안으로 들어가서 펼쳐 보니 그것은 세면도구와 각종 내복 한 세트였다.

'아, 이 여자가 벌써부터 지 신랑을 챙기기 시작하는구나!'

나는 따뜻한 목욕탕 물에 몸을 담그며 무척 겸연스럽기도 하였지만 일면으로는 흐뭇하기도 했다. 그리고 목욕을 마치고 갈아입은 새 속옷은 학교 다닐 때에 입어보고 수년 만에 처음 입어보는 것이었다.

새 옷의 감촉이 좋아서인지, 아니면 좋은 여자를 마누라로 얻는다는 생각이 들어서인지 처갓집으로 향하는 내 발걸음이 둥둥 떠가는 것 같았다.

싱글거리며 들어오는 나를 맞으며 약혼녀는 시내로 가서 구두와 양복을 맞추어야 한다고 하면서 저녁도 나가서 먹자고 한다.

한겨울의 저녁. 거리는 제법 쌀쌀하였지만 오동포동하게 안기는 미녀와 팔짱을 끼고 걷는 나는 온몸에서 뭔지 모를 열기가 솟아오른다.

나는 이날에 있었던 모든 일들을 어떻게 글로 표현해야 하나(?) 하는 생각을 아주 오랜 동안 하였다. 왜냐하면 이날이 내 인생에 있어서 최고의 날이었기 때문이다.

나는 우연찮은 기회에 나의 청춘의 한 때를 회고하는 '비얼로 간다' 라는 제목의 글을 쓰면서 내 인생에서 그 한 때에 있었던 일들을 그대로 쓰기로 하고 지금까지 내가 확실히 기억하지 못하는 세부사항을 내가 했음직한 것들로 채우면서 글을 썼는데, 이날 있었던 일들은 사실 나도 믿을 수가 없어서 정말 있었던 일을 사실 그대로 쓰기가 어렵다.

그러나 내가 지금까지 쓴 글 중에도 그 글을 읽는 분들 중에는 정말 그랬을까, 하고 생각하는 분들이 많이 있었을 것이고, 앞으로 쓸 글 중에도 그런 것이 많이 있을 것인데 이날 있었던 일을 꼭 이 글을 읽는 분이 그대로 믿을 이유도, 필요도 없을 것이다.

그렇다면 그때의 일을 있었던 사실 그대로 적는 것이 전체의 흐름으로 보아 맞을 것 같다.

1979년 1월 20일, 토요일의 저녁은 그냥 평범한 저녁 중의 하나인데 낮에 있었던 감격의 여운으로 온몸과 맘이 들 떠 있는 나에게는 모든 것이 신기하기만 하였다.

우리는 그럴듯한 경양식 집에서 붉은 포도주를 곁들인 스테이크를 먹고 미리 연락이 되어 있어 친밀하게 맞이하는 축하 인사를 받으며, 내 몸의 치수를 재는 양복점 주인아저씨, 내 발의 사이즈를 재고 여러 가지 디자인의 구두를 선보이는 구둣방 아저씨, 내 손가락에 이런저런 사이즈의 반지를 끼워 보는 보석점 아줌마…, 이러한 모든 것이 나에게는 신기

'아! 지금…, 이 여자와 나는 영화를 찍고 있는 거야!'
나는 영화 속의 엑스트라인 양 둥둥 뜨는 내 발걸음을 겨우 가누며 위풍당당한 여주인공의 팔에 안겨 이리저리 끌려 다녔다.

하기만 한데 마치 이러한 것은 매일 한다는 듯이 능숙하게 주인들하고 인사하고, 주문하고 하는 이 여자! 나에게는 이러한 것 하나 하나가 다 충격이었다.

'아! 지금…, 이 여자와 나는 영화를 찍고 있는 거야!'

나는 영화 속의 엑스트라인 양 둥둥 뜨는 내 발걸음을 겨우 가누며 위풍당당한 여주인공의 팔에 안겨 이리저리 끌려 다녔다.

이러한 모든 것들은 결혼을 하는 사람들이 모두 다 하는 것인데, 갑작스럽게 결혼을 하는 나에게는 상당히 많은 것이 미처 생각하지 못한 것들이었다. 그리고 결혼하기 위하여 해야 하는 잡다한 것들에 대하여 특별히 생각해 보지 않은 나에게는 이 모든 것들이 당혹스럽기도 하고 신기하기도 하였다.

나는 얼얼한 기분으로 이리저리 끌려 다니다 콜롬방이라는 간판이 걸린 빵집으로 들어갔다.

그리고 내 약혼녀는 자기 아버지가 좋아하신다며 크림빵을 주문하고, 나를 위해서는 단팥빵을 주문한다.

'아! 이 여자는 효녀로구나…!'

진열대 앞에서 빵을 봉투에 넣는 종업원을 보고 있는 그녀의 효심어린 얼굴을 물끄러미 바라보고 있는 나에게 그녀 또한 시선을 돌리며 문득 내 입가에 손을 댄다.

나도 어떤 착각에 빠져 손으로 그녀를 감싸며 얼굴을 내밀다 우리 둘은 후닥닥 놀라 떨어지고, 빵을 담던 종업원이 의아한 눈으로 우리를 보다가 다 담겨진 빵 봉투를 내민다. 그 순간 우리는 뭔가에 쫓기듯이 그곳을 나와 택시를 타고 집으로 향했다.

그녀의 집은 목포고등학교 정문에서 골목길을 돌고 돌아 50미터쯤 떨어진 곳에 있는데, 보름달이 휘영청 밝은 골목길을 우리는 팔짱끼는 것만 허용된 커플인 양하고 애써 구석진 그늘을 피하며 집으로 들어갔다.

지금 이 낡은 파일을 반복해 가며 들쳐보며 지난 일을 회고하니 아마 그때 그 빵집에서 그녀가 내 입가에 손을 대려 한 것은 종업원이 봉투에 담는 단팥빵에 자극이 되어 맞선 첫날 이곳에서 빵을 먹을 때 내 입가에 붙어 있던 단팥의 환상을 보았던 것인데…, 그때 그것을 자기가 바로 떼어주지 못한 것을 안타까워하다 지금 그 단팥의 환상을 보고 문득 손을 내밀어 떼어내려고 했던 것이고, 첫 키스에 실패한 나는 그것을 키스하자는 환상으로 보았던 것이다.

그래서 우리는 감독의 큐 사인을 받은 배우처럼 얼굴을 접근시키다 어딘가에서 들려오는 NG소리에 놀라 떨어진 것이다.

이러한 돌발사태는 연애하는 청춘 남녀에게는 수시로 일어나기 마련인데, 그것이 성공을 했든 아니면 불발로 끝이 났든 이러한 돌발사태는 항상 우리를 그 전에 경험해 보지 못한 알 수 없는 새로운 세계로 끌고 간다.

그날 우리 두 사람의 몸속에서는 알 수 없는 무엇이 들끓고 있었고, 우리는 그것이 매우 위험한 것이라는 것을 감지하고 있었던 모양이다.

우리는 대문 안으로 들어가며 방금 통과한 그 골목길은 온갖 함정이 도사린 위험한 곳이었고, 여자의 부모와 형제들이 기다리는 대문 안은 절대 안전한 곳이라는 듯이 안도의 숨을 내쉬었지만…, 그러나 그날 밤의 열기(?)는 우리를 가만히 놔두지 않았다.

독자 여러분의 상상에 조금이나마 도움을 주기 위하여 이 혼인의 추억에 나오는 두 주인공의 혼인 전의 삶에 대하여 간략하게 소개한다.

남자 주인공인 나는 1949년 2월 전북 군산에서 태어났는데, 위로는 형님이 있고, 아래로 우리의 중신애비인 바로 아래 남동생, 그 아래로 여동생이 줄줄이 3명, 또 그 아래로 막내 남동생 등, 이렇게 7남매이다.

우리 집은 내가 선을 볼 당시에는 정읍 내장사에서 조그마한 식당을 얻어 장사를 하였는데, 내리막길을 가는 집안이 다 그러하듯이 돈은 잘 벌리지 않고 쓸 일만 많이 생겼다.

이러한 상황은 내가 대학교 4학년 여름방학 때에 군산에서 내장사로 이사한 이후로 쭉 계속된 것이다.

그래서 나는 졸업을 하고 군대에 입대를 하면서 결심을 한 것이 하나 있었는데, 앞으로는 집에서 돈을 타서 쓰지 않는다는 것이었다.

대학교까지 졸업한 남자가 자기 스스로의 능력으로 살아야겠다고 결심하는 것이 별로 대단한 것은 아니겠지만 이것을 잘 지키려면 제법 큰 노력이 필요하다.

나는 1973년 9월 28일에 전주에 있는 35사단 신병훈련대에 입대를 하였는데, 첫날 오후 옷을 군복으로 바꾸어 입는 순간부터 나는 완벽한 가난뱅이로 다시 태어났다.

이 당시의 훈련대 조교들은 신병들이 가지고 온 돈을 털어내는데, 아주 노련한 솜씨를 보인다. 나같이 어리버리한 친구는 조교들의 명령에 따라 '앞으로 굴러! 뒤로 굴러!' 몇 번 하다 보면 여지없이 자기가 가지고 온 돈을 다 털린다. 하기야 나는 별로 돈을 가지고 오지 않아 털리고 말고 할 것도 별로 없었지만….

그리고 난 후에 군복으로 갈아입고 자기가 가지고 온 옷과 신발은 잘 포장을 한 후에 사물꾸러미를 만들어 집으로 부치는데, 그때에 주머니를 뒤져보니 조금 남아있던 잔돈도 몇 번 구르는 사이에 다 없어지고 없다.

'하기야, 앞으로는 돈을 안 쓰기로 했는데 잔돈은 몇 푼 남아있어 무엇하랴.'

그리고는 정신없이 몰아붙이는 신병훈련대 특유의 분위기에 휩쓸려 며칠 지났는데, 중대 본부 서무 행정병이 나를 보잔다고 하여 가 보니 나의 신상기록표를 보면서 내가 이번 훈련병 중에서는 제일 좋은 대학교를 졸업했다고 한다. 그러면서 훈련병에게는 본부당번이 가장 좋은 특과라고 하며 나보고 그것을 하라고 권유를 하였는데, 거절을 하자 매우 이상한 놈이라는 듯이 쳐다본다.

사실 훈련병에게는 본부당번이라는 직책이 훈련을 편하게 받는 것을 보장하는 아주 좋은 자리이다. 훈련병 시절에 가장 힘든 순간의 하나가 바로 저녁 점호인데, 본부당번은 그 시간에 본부 행정요원들의 보좌를 해야 하기 때문에 저녁 점호에서 열외를 한다.

그 이외에 힘든 훈련이 예상되면 적당한 구실을 붙여 열외를 할 수 있는 자리가 바로 본부당번이다. 그래서 훈련대에 입대를 하는 훈련병 중에는 미리 손을 써서 본부당번이 되려는 사람들이 많이 있다. 그러한 결정권을 가지고 있는 그 당시의 우리 중대 서무병은 공정 인사를 주장하며 가장 좋은 대학교를 졸업한 친구가 본부당번 일을 가장 잘 볼 수 있다는 논리를 내세워 나를 본부당번으로 임명하려 했던 것이다.

그런데 나는 군대에 들어와 고생을 하기로 결심을 하였는데, 처음부터 가장 편한 자리로 가면 나머지 군대 생활을 내가 원하는 대로 어떻게 고생, 또 고생을 할 수 있겠는가.

군대는 인간 개조를 하기 위하여 가장 좋은 장소중의 하나이며 나는 이러한 군대의 특성을 잘 이용하여 내 자신의 인간 개조에 어느 정도 성공을 하고 제대를 했다.

이 이야기의 여자 주인공인 나의 집사람의 혼인 전의 삶은 어떠했는지 잠깐 살펴보자.

물론 이러한 모든 이야기는 그 당시에는 전혀 알지 못하던 것이며 결혼을 하고 살면서 또는 10여 년 전에 이 회고록의 전 작품인 '혼인의 추억'을 쓰기 위하여 집사람에게 그녀의 과거에 대하여 이것저것 물어보아 알아낸 것을 종합한 것이다.

나의 집사람은 1954년 11월 생으로 말띠이며, 위로 시집을 가서 아들 하나, 딸 하나를 둔 나랑 동갑의 언니와 우리의 중신아비이며 그 당시 학교를 졸업하고 은행에 취직한 오빠, 아래로 그 당시 대학에 다니던 남동생, 그리고 막내 여동생, 이렇게 5남매의 한가운데였다.

아버지는 그 당시 목포에서 고등학교 서무과장을 하셨고, 어머니는 독실한 천주교 신자이시다.

집사람의 고향은 전남 무안군 몽탄면이며 어린 시절에는 주로 고향에서 할머니와 같이 살았다고 한다.

그 마을의 한가운데에는 아주 커다란 당산나무가 두 그루가 있었고, 그 옆으로는 조그마한 개천이 흐르는데 집사람이 어렸을 때에는 물이 아주 맑아서 여름에는 그곳에 들어가 동네 아이들과 함께 물놀이를 하는 것이 하루의 주요 일과였다. 그러다 보니 자연스럽게 온몸이 새까맣게 반짝거리는 흑진주가 되었다고 한다.

그 마을에서 1킬로미터쯤 동쪽으로 나오면 몽탄면 소재지를 남북으로 관통하는 신작로가 있고, 또 거기에서 논길을 따라 동쪽으로 1킬로미터쯤 가면 바로 영산강의 중하류가 되는데, 그곳은 강폭이 거의 100미터나 된다.

지금은 영산강에 하구언이 설치가 되어 있어 장어들이 회귀하지 못하지만 집사람이 어렸을 때에는 마을 앞 개천에도 장어들이 많이 있었다고 한다. 집사람이 가장 좋아하는 음식중의 하나가 바로 이 장어인데, 그 당시에 아버지가 가끔 무슨 나무의 잎과 뿌리를 찧어서 그것을 시냇물에 풀면 장어가 많이 잡혔고, 그것을 구워서 맛있게 먹은 가락이 있어서 아직도 그 맛을 잘 기억하고 있기 때문이다.

이 어린 시절의 기억 중에서 또 한 가지 집사람이 가끔 기분이 좋을 때에 꺼내는 이야기가 자기가 어느 날 신작로 옆에 있는 초등학교까지 혼자서 갔는데 물놀이를 하다가 길을 따라 혼자서 간 것이어서 홀랑 벗고 있었는데 지나가는 사람들이 자꾸 쳐다보더란다.

그래서 학교 담 밑에 쭈그리고 앉아 웅크리고 있었다고 한다. 그리고 어둑어둑해 질 무렵 할머니가 거기까지 찾아와서 집으로 무사히 돌아왔다고 한다.

그 외에 할머니와 연관된 추억들을 가끔 이야기하는데 나는 그 분을 직접 뵌 적이 없어서인지 집사람의 이야기에 '응~응~' 하고 맞장구를 치는 것이 고작이다.

집사람은 초등학교는 목포 산정초등학교를 나왔다. 중고등학교는 광주 중앙여자중고등학교를 나왔다. 그것은 목포중학교를 졸업한 오빠가 광주일고에 입학을 하면서 집사람이 꼭 3년 터울인 관계로 같이 광주로 유학을 갔다는 것이다.

이 두 남매는 광주에서 자취를 하였는데 다행히 살림을 해주는 식모 언니가 있었다고 한다. 그래도 부모 슬하를 떠나 두 남매만 객지에 나와 자취를 한다는 것이 수시로 어려움이 따르는 일이고, 이러한 것을 둘이서 헤쳐 나가다 보니 두 남매 사이가 특히 가까워졌을 것이다.

우리 집사람은 중학교 때에 키가 다 커서 그 당시에는 반에서 큰 키에 속했다. 그래서 짝꿍들이 키가 크고, 또 친한 친구들이 다 키가 크다.

우리 집사람은 중학교 때에 키가 다 커서 그 당시에는 반에서 큰 키에 속했다. 그래서 짝꿍들이 키가 크고, 또 친한 친구들이 다 키가 크다.

특히 중학교 때에는 광주일고에 다니는 큰 키에 얼굴이 하얗고 단정한 용모의 멋쟁이 오빠를 친구들이 은근히 좋아하여 친구들이 우리 집사람을 자기들 모임의 마스코트로 대우해 주었다.

오빠가 고등학교를 졸업하고 서울에 있는 대학으로 진학을 하자 혼자 남게 된 집사람을 친한 친구중의 하나가 자기의 집에서 같이 지내도록 배려를 하였는데, 이 두 사람의 외모는 거의 정반대이지만 성격과 취향이 같아서 친자매같이 사이좋게 지낸 모양이다.

나도 서울에 사는 친척집에서 몇 년 얹혀 산 적이 있지만 남의 집에서 산다는 것이 결코 쉬운 일이 아닌데 3년간 둘이서 같이 잘 지낼 수 있었던 것은 여러 가지 공통점, 다른 점 등이 잘 조화가 되어서일 것이다.

두 사람은 다 성당에 다녔는데 집사람은 '소피아', 친구는 '스텔라'가 세례명이다. 또 두 사람은 모두 음악반에서 바이올린을 연주하였고, 일년에 한두 번 연주회에도 나갔다.

이렇게 해서 객지에서 6년을 지내며, 중고등학교를 졸업할 즈음에 아버지가 고등학교 3학년 겨울방학인 1973년 초에 목포에 있는 교육청에 교육감의 임시직 비서로 취직을 시켜주었다.

그 후로 6년간 직장생활을 하면서 자기가 번 돈 일부는 시집갈 밑천으로 저축을 하고, 일부는 자기 마음대로 쓸 수가 있어서 철철이 광주 충장로에 가서 자기가 좋아하는 옷도 샀다. 특히 구두나 부츠는 집사람의 발이 아주 작아서 일반 기성화는 그 당시에는 맞는 것이 없어서 거의 다 맞추어 신고, 휴가 때면 명산대천으로 친구들과 함께 놀러 다녔다. 교양을 쌓기 위하여 목포문화원에 가서 가야금도 배우고, 유행을 하는 것이라면 모두 최첨단을 걸었다는데….

그래서 내가 선 볼 때에는 집사람의 온몸이 그냥 그대로 뉴 패션이었고, 아침에 출근을 하러 나가면서 목포고등학교 정문 앞길을 지나가려면 등교하는 학생들이 눈이 빠져라 하고 집사람을 흘깃거리며 "야~! 저기 칠면조 간다~!" 하고 수군수군 했다.

이렇게 즐거운 인생을 사는데 별로 시집갈 필요를 느끼지 못했을 것이다.

그런데 운명이 나하고 짝이 되려고 그랬는지 엉뚱하게도 1978년도에 몰아친 제2차 석유파동의 전초전으로 관공서의 임시직에 대한 해고바람이 불었다. 그 바람에 그때까지도 그냥 임시직으로 있던 집사람도 1978년 12월 말부로 다니던 직장에서 해고가 되고 말았다.

이렇게 본의 아니게 해고가 된 집사람은 12월 초까지만 직장에 나갔다. 그래서 나하고 선을 보던 날이 공식적으로는 직장생활 마지막 날이었지만 벌써 한 달 가까이 실업자 노릇을 했으니 무언가 다른 돌파구가 필요했을 것이다.

그리고 집사람이 해고가 된 원인이 임시직이라는 이유 때문이었다. 이것은 그 전에 장인영감이 조금만 신경을 썼어도 정식 직원으로 돌릴 수 있었을 텐데, 그걸 안 해서 딸이 해고가 되었다고 장모님이 수시로 잔소리를 하는 바람에 장인영감은 근 한 달간 곤욕을 치루고 있었던 것이다.

그러니 딸이 나하고 만난 후에 바로 시집을 간다고 하자 장인영감은 곤경에서 벗어날 절호의 찬스라고 생각하여 선본 다음 날 나와 겸상을 하면서 겨우 두어 마디만 체면치레로 물어 보았던 것이다.

이와 같이 집사람은 나한테 시집오는 것이 최선의 선택이었기 때문에 나의 형편이 많이 나빴어도 우리의 혼인은 순풍에 돛을 단 듯이 아주 순조로운 항해를 할 수 있었다.

1월 달의 월급봉투를 받고 그동안 선을 본 이후에 동료들로부터 지원받았던 외상 군자금을 갚고 나니 수중에 남는 것이 얼마 없다. 그래도 얼마 되지는 않지만 내 자신의 군자금을 가지고 맞이하는 3번째 주말은 내 자신의 놀이판으로 만들고 싶었다.

'지난주는 너무 일방적인 약혼녀의 놀이판이었지…. 아니? 그 많은 일들을 단 몇 시간 만에 그렇게 깔끔하게 처리하다니…!'

아마도 그녀는 그날의 각본을 어느 인기 주말연속극 유명 작가한테서 받은 모양이다.

그런데 그날 저녁 늦게 통금 사이렌이 울리고도 한참 지난 시간에 그녀의 집 골방에서 있었던 일도 과연 그 각본에 있었을까(? ~♥~?).

더욱 알 수 없는 것은 골방과 벽 하나를 격하고 있는 안방에서 그 늦은 시간에 들려오는 그녀 아버지의 잔기침소리와 골방 옆에 나란히 달린 입식 부엌을 안방 쪽문을 통해 몇 번씩 들락거리는 엑스트라 역을 맡은 그녀 어머니의 기척은, 그리고 그때마다 더욱 더 몸을 웅크리며 파고들 듯이 안겨오는 그녀의 몸짓(♥) 맘짓(♥) 얼짓(♥) 아~! 그리운 그 얼짓(♥), 그리고 야릇야릇하게 내 혼을 스르르 비우는 알지 못할 혼짓은…♥, 그짓은…★.

이 세상 모든 여자가 다 요물이라더니 나의 몸과 맘과 얼을 한꺼번에 다 앗아가고, 야릇한 혼짓으로 나의 혼을 반쯤 비운 후에 그곳에 그 누구에게도 알리지 못할, 지금도 잘 알 수 없는 얄궂은 비밀의 환상을 심어 놓은 이 모든 것이 그녀가 꾸민 놀이판이었던가(?).

나는 서울로 올라가는 기차 안에서 지난 주말에 있었던 골방 아랫목의 열기를 회상하니, 이런저런 생각에 저절로 흐뭇한 미소가 떠오른다.

그리고 이 번 주말은 내 놀이판으로 꾸며야지(?~♥) 하는 생각을 하며, 내가 아는 온갖 전술을 구사하여 작전 계획을 세웠다.

그런데 이 모든 계획은 화곡동 그녀의 오빠가 혼자 사는 자취방에서 두툼한 솜이불이 깔려 있는 뜨끈뜨끈한 아랫목으로 이끌려 들어가며 어긋나기 시작했다.

'아! 그놈의 아랫목이…, 늘 말썽이야…♥'

나는 그녀의 오빠가 퇴근하는 시간에 맞추어 화곡동에 도착하였는데, 전날 미리 와서 기다리고 있었던 그녀가 추운데 따뜻한 곳으로 들어오라며 아랫목에 깔린 이불 안으로 나를 끌어들인다.

오빠가 오려면 30분쯤 남았다는 말을 하는 것을 듣고 임기응변(?)으로 작전의 묘를 살려 본 계획에 없는 1급 비밀 파일을 하나 더 '후닥닥~♥

~ 번갯불에 콩볶듯이…!' 만들었다.

겨우 사건의 현장을 원상 복구하고 대문으로 들어오는 그녀의 오빠를 마치 나도 방금 왔다는 듯이 맞으며, 나는 모든 작전권을 그녀에게 이양하여야만 했다.

그 주말을 위하여 내가 세운 작전 중에서 그나마 할 수 있었던 것은 남산 아래 옥수동에서 양장점을 개설한 지 2년째 되는 사촌여동생의 가게에 가서 약혼녀의 양장 한 벌과 오버를 맞춘 것이 고작이었다.

또 한 번의 주말을 약혼녀의 놀이판으로 내주고 돌아온 나에게 독신료의 동료들이 몰려들어 전황을 묻는데, 애써 목에다 힘을 주지만 도무지 힘이 실리지 않는다.

그것은 헤어지기 직전에 그녀와 나눈 말들이 뇌리에서 떨어지지 않았기 때문이다.

"다른 예물은 언제 준비해요?"

"무슨 예물?"

"결혼반지, 결혼시계…, 그런 거 있잖아요?"

"아, 그거…? 나는 무엇을 해 주어야 하는지 잘 모르니까…! 다음 주에 목포에서 만날 때, 적어 가지고 와. 나한테서 받고 싶은 것 모두 적어와…!"

"알았어요. 그리고…, 다음 주에는 혼배성사를 해야 하니…, 좀 일찍 오세요."

"혼배성사가 뭔데…?"

"내가 천주교 신자잖아요. 천주교 신자는 혼배성사를 꼭 해야 돼요."

"나는 아무 교도 안 믿는데…."

"그래도 괜찮대요. 좀 일찍 와서…, 몇 가지 준비를 해야 하니, 꼭 일찍 오세요."

“알았어.”

‘아~! 내가 이 여자의 콧등을 꿴 줄 알았는데, 내 콧구멍이 먼저 뚫어졌구나….’

— 음메…, · ! ·

‘나는 역시 소띠야! · ♥ ·’

— 음메…, ~ ㅇ ~ · ♥ · ~

‘메… 소리가 길게~ 길게 맥놀이를 하며 귓가에 긴 여운을 남긴다 ~ ㅇ ~ · ♥ · ~’

순간 이중섭 화가의 소 그림이 자꾸 어른거린다.

‘아이쿠! ~ · ♥ · ~ 내 거시기 살려! ~ · ★ · ~’

— 이노무 거이는 와! 이리 달라붙는기여?

필자가 최근에 개발한 ‘비얼 힐링’ 을 하면서 가끔 기분을 내다보면 비

이중섭 그림 ‘비소 · 비거이’

얼에 이어 이중섭의 비소 · 비거이가 나타나 '내 거시기 살려! ~·★·~' 하고 아우성친다.

'야! 뭐니 뭐니 해도…, 니 거시기는 살려놔야 돼야…! ~♥~★'

빼드렁니의 이빨 가는 소리에 섞여 들려오는 비거이의 아우성이 환청처럼 울린다.

'야! 뭐러? 쓸 일도 없는디….'

어느 날 불현듯이 짝을 잃은 비소는 애써 소꼬리를 내린다.

나는 다른 사람이 4년 다니는 대학을 5년을 다니면서 각종 시험 때마다 수 많은 백지 답안지를 냈고, 또 인생을 살면서 가끔 눈물이 얼룩진 백기를 들어야 했지만…, 그런다고 그러한 모든 것들이 나에게 이기려는 마음이 없어서는 아니다.

나는 항상 이기려고 하지만, 하늘이 나를 돕지 않을 때는 어쩔 수 없다.

그리고 제 3주째는 내 깐에는 열심히 준비하여 가볍게 승리를 낚을 수 있으리라 생각했는데, 어느 답글에서 지적한 대로 결과는 KO패를 했다.

만약 그때에 그녀의 오빠가 약속 시간에 왔더라면 나는 어쩌면 완벽한 승리를 거두었을 것이다.

나는 목포에서 치러야 할 제 4회전은 영 자신이 없었다.

결혼 예물은 반지나 시계 그런 거라고 했으니 겨우 체면 유지는 할 것 같은데, 무신론을 강력하게 주장하던 내가 혼배성사라는 것을 하여야 한다니….

사실 나의 무신론은 뿌리가 상당히 깊다.

나는 고등학교 때에 서울로 유학을 가서 고모님들과 삼촌 집에 여기 저기 전전하며 의탁하고 있었는데, 그분들 중에서 한 분이 지금은 여의

도에 있지만, 그 당시에는 서대문 로터리에서 기반을 다진 신흥 개척교회를 다니시며 집사를 하시던 열성 신자이셨다. 어쩐 일인지 나를 교회에 나가게 하는 것이 인생의 목표인 양 들볶았는데, 사춘기의 소년이 다 그렇듯이 나는 고모의 뜻에 반항하기 위하여 신이 없다는 증거를 긁어모아 놓고 있다가 고모가 교회에 가야 하는 이유를 증거하기 시작하면 나는 내가 모아 놓은 막무가내 창고에서 거기에 딱 맞는 반박 논리를 찾아내 순간의 위기에서 벗어나곤 했다.

그런데 그것조차도 어느 면에선 고모를 크게 도와준 것인데, 그 당시 신학교에 다니시던 그 분은 나의 반박 논리를 들으며 점점 더 깊은 신앙의 세계로 들어갔고 나는 점점 더 무신론에 빠져들었다.

마치 이 세상은 유신도 무신도 아닌 그 중간인데, 무신으로 놀아나는 사람이 많아지면 그것을 중화하려고 신앙심이 돈독한 사람도 많아지는 것 같다.

어쨌든 나의 약혼녀가 천주교인이고, 내가 무신론자인 것은 어쩌면 잘 짝꿍이 맞는 것일 수도 있다. 그래서 그런 대로 결혼을 하자는 것인데, 교회법에 의하여 혼배성사를 하여야 한다면, 하기야 나중에 알았지만 성당에서는 일반 사회적인 결혼식은 결혼으로 인정을 안 하니…! 내가 2월 11일 날 하기로 한 결혼식은 무신법에 의한 결혼식에 가까운 것이다.

그러니 교회법으로 결혼하고, 또 무신법으로 결혼하고, 그러면 공평한 것이겠지…(?), 그러한 생각을 하고 있는데 삐드렁니가 나한테 와서 말을 건다.

"야! 너 무슨 일 있니?"

"아냐. 일은…, 무슨…?"

"결혼 준비는 잘 돼가니?"

"응…."

"돈은 부족하지 않아?"

"응, 그런 대로 괜찮아."

"그런데…, 너! 그거 했니?"

"뭐…?"

"그거 말야…. 너! 그것 군대 있을 때에 깠니?"

"아…, 그거? 아니…."

"그럼…, 넌! 그것도 안 까고 결혼을 하려고…?"

"그럼, 어때서…!"

"야! 너, 그것 하고… 안 하고는 엄청 차이가 난다!"

"……."

사실 '야! 무슨? 나는 암시랑 않던데…' 라는 이야기는 할 수가 없었다. 그래서 묵묵히 있었다.

"너! 지금 빨리 병원에 가서 수술해라."

"결혼 날이 며칠이나 남았다고…?"

"가만 있어 보자! 아직도 12일이 남았으니까…, 수술하고 일주일 후에 실밥을 빼고, 5일이면 완전히 아물지…? 그럼 아직 시간은 충분하다야…!"

응답을 않고 생각에 잠긴 나를 보고 그 뻐드렁니가 왕이빨의 진수를 보여준다.

"야! 너, 그거 안 하면 첫날밤을 못 치를 수도 있다."

'야…, 그거 안 하고도 벌써 3합이나 치렀다 야!'

그러나 이 사건은 모두 비밀 파일로 숨겨놔서 지금 말할 수가 없다.

그런 이야기를 하는 중에 내 뇌리에(~·!·~) 이번 작전을 완전히 성공시킬 수 있는 묘책이 떠올랐다.

1979년 2월 3일 토요일 오후.

나는 목포행 무궁화 열차 안에서 이번에 치를 4차전의 작전 계획을 면밀히 재검토했다. 이번 주말만 무사히 잘 넘기면 다음 주에는 결혼식을 하느라고 정신없이 지나갈 것이다.

나는 이번 주말의 전투를 성공적으로 치루기 위하여 준비한 장비들을 하나하나 마음속으로 점검해 보았다.

첫 번째 주요 장비는 뭐니뭐니 해도 군자금이 가장 중요한데 나의 빛바랜 회색의 엿장수 오바 안에는 직원상조대출로 받은 돈에서 사글세값을 내고 남은 40만원이 있다.

나는 이 돈을 군자금으로 이번 작전을 성공리에 완수하여야 한다.

또 하나의 장비는 다 낡은 헌 책가방인데, 이 안에는 현재 내가 맡아서 하고 있는 일거리에 관한 주요 자료들과 연구노트가 들어 있었다.

이 자료에는 현재 내가 하고 있는 일의 연구 중간 결과, 설계도 등 극비자료가 포함되어 있어 그 당시의 나에게는 가장 중요한 것들이었다.

마지막 비장의 무기는 당연히 나의 소중한 보물 1호인데, 며칠 전에 그 끝부분을 감싸고 있던 껍데기를 잘라 버리고 바늘로 잘 꿰매서 빨간 소독약을 이리저리 잘 발라 새로 단장을 하고 붕대로 칭칭 감아논 놈이다.

'후후후~ · 이 정도 준비를 했으면…, 이번 전투를 치루는 데 충분하겠지…, 후후후~♥'

목포역에는 오늘도 멋지게 차려입은 그녀가 기다리고 있었다.

그녀는 헌 책가방을 들고 어기적거리면서 맨 마지막으로 느릿느릿 나오는 나를 보고 눈이 둥그레져서 왜 그러느냐고 묻는다.

나는 그럴 일이 있다고 하며 일단 역 근처의 다방으로 가자고 했다.

나는 계란 노른자를 동동 띄운 쌍화탕을 한잔 시켜 마시며 내가 어기적거리며 걷는 사연을 이야기했다.

그녀는 신혼여행은 제주도로 가자고 하며, 사촌오빠가 여행사를 하는데, 비행기표하고 호텔을 아주 싸게 예약을 했다고 하며 그때까지는 다 아물어지느냐고 걱정스레 묻는다.

그래서 나는 왕이빨한테 듣고 의사한테 확인한 대로 앞으로 이삼일 지나 실밥을 뽑고, 그 후에 사오일이 지나면 다 아물어지니 신혼여행을 가는 데는 아무런 문제가 없다고 했다.

나는 그녀와 이번 주말의 일정을 협의하며 지금은 제대로 걸을 수 없으니 모든 일정을 가능한 한 덜 걷는 방향으로 재조정을 했다.

이러한 이야기 중에 그녀가 대학노트 한 장을 반으로 접은 것을 핸드백에서 꺼내 나한테 보라고 주는데, 그것은 지난 주에 적어 오라고 한 결혼 예물에 관한 목록표였다.

거기에는 예물 이름이 또박또박한 글씨로 한 줄에 두 가지씩, 약 20여 줄이 가지런히 적혀 있는데…, 그러니까 우리가 준비해야 할 예물의 가짓수가 무려 40여 가지나 되었다.

나는 결혼반지, 시계 등 10여 가지이려니 하고 생각했었는데, 그것이 무려 네다섯 배로 늘어나자 순간 아찔한 느낌이 온다.

나는 목록표를 자세히 들여다보려고 고개를 숙였지만 흐릿한 다방 불빛 때문인지, 내 가슴의 억장이 다 무너져 내려서인지 나의 눈에는 시계, 반지, 귀걸이, 목걸이, 팔찌 정도까지만 흐릿하게 보이고 내 눈시울에 이상한 느낌이 오더니 그 나머지는 눈에 들어오지 않는다.

휴…, 나는 속으로 한숨을 쉬며 다시 한 번 양손에 백기를 들고 만세 작전을 할 수밖에 없었다.

나는 냉수 한잔을 시켜 마시고 마음을 다시 가다듬으며, 내 오바 주머니에서 가지고 온 군자금 봉투를 통째로 꺼내 모두 그녀에게 건네주었다.

그러며 어차피 같이 다니며 예물을 살 수가 없으니 이 돈으로 필요한 것들을 알아서 준비하라고 했다.

그러면서 이 돈은 상조대출을 2인분 받은 것에서 사글세 10개월치를 선금으로 지불하고 남은 것이라는 이야기도 해 주면서, 비록 적은 돈이지만 내가 스스로 준비할 수 있는 것 전부이니 그리 알고 쓰라고 하였다.

나중에 들은 이야기이지만, 집사람은 미리 모든 예물을 다 맞추었는데 일부는 취소하고, 일부는 좀 싼 것으로 바꾸고, 일부는 언니가 대신 인수하면서 그런대로 내가 준 돈으로 모든 예물을 준비하였다고 한다.

'휴…!'

나는 아직도 집사람에게 크게 빚을 진 것 같은 느낌을 떨쳐 버릴 수가 없다.

그래서 그 후에 같이 살면서도 집사람이 어떤 것을 사려고 할 때에 자기가 사고 싶은 것을 모두 다 사라고 하는데….

집사람은 항상 세일을 하는 품목 중에서도 막판 덤핑을 하는 제일 싼 것만 잘도 골라서 산다.

'옛날의 그 멋쟁이 아가씨를…, 이런…! 이런…? 어떡해…?!'

다방을 나와 집으로 가는 차 안에서 나는 좀 시무룩하였지만 그녀는 실망하는 기색이 전혀 없고 오히려 무슨 좋은 생각이 떠올랐는지 환하게 웃는 밝은 얼굴로 지금부터 할 일을 다시 한 번 정리하여 차근차근 이야기한다.

내가 거시기가 머시기하여 빨리빨리 걸을 수 없으니 자기가 빨리빨리 말하면 잘 알아듣지 못할까 봐 신경이 쓰이는 눈치이다.

'으흠…, 참! 훌륭한 마누라감이야.'

나는 그녀의 부축을 받으며 조심조심 그녀의 집으로 들어갔고…, 나를 다시 그 추억의 골방으로 안내한 다음에 그녀는 의아해 하는 식구들에게로 가서 무슨 이야기를 하는데, 왁자지껄 터져 나오는 웃음소리가 아예 담장을 넘어간다.

그녀는 얼굴에 웃음이 가시지 않은 채로 다시 나에게 와서 나의 모든 것을 신랑 예복으로 갈아입힌다.

나는 거동이 불편하여 그녀의 도움을 받으며 옷을 갈아입는데, 그러는 중에 내 물건을 감싸고 있는 붕대에 핏자국이 배어 있는 것을 발견하고는 깜짝 놀라며 괜찮냐고 걱정스레 묻는다.

그럭저럭 옷을 다 갈아입고 조금 있자 오늘 우리의 혼배성사에 증인을 서줄 사람들이 왔는데, 바로 우리 집사람이 고등학교 다닐 때에 함께 지냈던 절친한 친구 부부였다.

이들 부부는 수년간 연애를 하다가 한 6개월쯤 전에 결혼을 했는데, 남자도 천주교인으로 세례명이 '안드레아' 여서 이들 부부가 증인이 되는 것은 집사람에게는 큰 의미가 있었다.

사실 집사람이 시집을 가야 되겠다고 생각을 하게 된 데에는 친한 친구들이 그 당시에 줄줄이 시집을 간 것도 한 몫을 한다.

연동성당은 집에서 약 1킬로미터 정도 밖에 떨어지지 않았지만 나의 거동이 불편하여 택시를 타고 가야 했다.

우리는 골방에서 나오면서부터 혼배성사를 하러 가며 이리저리 걸어가야 하는 모든 순간순간을 한 번도 빼지 않고 벌써 몇 년 된 잉꼬부부처럼 서로 꼭 달라붙어 있어야 했다. 그것은 단순히 거동이 불편한 나를 그녀가 온몸으로 부축을 해 주기 위해서였지만 수년간 연애를 하고, 결혼한 지도 이미 6개월이나 되는 신혼부부를 슬슬 자극하는 도화선 역할을 하였으니…?, 참!

혼배성사는 내가 걱정한 것과는 달리 아주 간단하였다.

먼저 사제관에 가서 신부님에게 인사를 하고 혼인서약서에 사인을 하는 것인데, 서약의 내용이 아내 '소피아' 와 그 자녀가 성당에 다니는 것을 막지 않아야 된다는 것이었으며, 그것은 내가 얼마든지 지킬 수 있는 내용이어서 내 이름을 적고 사인을 하였다.

다음에는 본당으로 가서 혼배미사를 본다. 우리가 제단 바로 앞에 나란히 서고, 그 양옆으로 증인이 선다. 미사를 보는 내내 신부님과 집사람, 두 증인은 아주 엄숙한데 나는 가벼운 마음으로 집사람을 따라서 무릎을 꿇었다 섰다를 몇 번 하고 나니 약 30분 만에 끝이 나는 간단한 것이었다.

엄숙하게 미사를 집전하던 신부님이 식을 마친 후에 나와 집사람에게 결혼을 축하한다는 악수를 해 주고, 증인들에게 수고 많이 했다는 말을 한 후에 얼굴에 장난기가 살짝 엿보이는 웃음을 지으며, 다음 주에 할 결혼식은 형식적인 것이고 오늘 한 이 결혼식이 우리 부부의 실질적인 결혼식이니 오늘 밤에 꼭 합방을 하라고 아주 친절하게 일러준다.

우리는 '예! 잘 알았습니다' 하고는 아주 고마운 복음을 전해 들은 듯이 공손하게 절을 하였지만 속으로는…?!

'아휴…, 신부님도! 우리는 오늘 밤에 절대로 합방을 할 수가 없는데요. 휴…!'

그러고 난 후에 신부님의 충고를 꼭 실천하겠다는 의지를 몸으로 보이기라도 한다는 듯이 다시 찰떡같이 붙어서 신부님이 눈치 채지 못하게 아주 다정한 잉꼬처럼 성당을 나왔다.

아마 그러한 우리 뒷모습을 보고 그 신부님은 아주 대단히 만족스런 미소를 지었을 것이다.

'혼배성사만 하면 되는데 또 쓰잘데기 없이 비싼 결혼식은 왜 하누? 쯧쯔쯔….'

신부님 말씀대로 우리는 오늘 진짜 결혼식을 하였으니 거기에 합당한 피로연을 벌이기로 하고 시내로 나갔다.

우리 두 쌍의 부부는 둘 다 다정한 잉꼬처럼 하고서 목포에서 가장 그럴듯한 레스토랑으로 가서 샴페인을 곁들인 칼질을 우아하게 하고, 다시 두 쌍의 찰떡 잉꼬가 되어서 목포 시내를 아주 조금 거닐다가 목포역 앞에 있는 캬바레로 뒤풀이를 하러 갔다.

우리는 그럴듯한 안주 둘에 맥주를 십여 병 비우면서 몇 번의 브라보를 했다. 얼큰히 취한 우리 부부는 비록 밑으로 합궁은 못해도 얼굴에 있는 것은 얼마든지 합칠 수 있다는 듯이 얼싸안고 낄낄대며 뽀뽀를 하기 시작하자 그쪽 잉꼬도 살짝 입을 맞추다가 춤을 추러 나간다.

스텔라와 안드레아 부부는 둘 다 키가 늘씬하게 커서 블루스를 추는 모습이 정말로 아름답다.

우리도 잠깐 나가 몸을 비비작거리다가 집사람이 나의 물건을 잘못 건드리는 바람에 움찔하고는 다시 조심조심 자리로 돌아와서는 오늘 저녁 우리가 할 일은 오직 찰떡궁합의 잉꼬부부에 합당하게 뽀뽀 연습을 완벽하게 하는 것이라는 듯이 이리저리 자세를 바꾸어 가며 뽀뽀를 하다가 낄낄거리다를 하느라 정신이 없는데, 갑자기 내 머리 위로 무엇이 쏟아진다.

'이건 뭐야?!' 하면서 벌떡 일어나 둘러보니 주변에 아무도 없다.

그런데 옆에서 낄낄거리는 소리가 들려 '뭐야?!' 하면서 내려다보니 옆자리의 어떤 녀석이 빈 맥주컵을 들어 보이며 씩하고 웃는다.

'아니! 이 녀석이 나한테 맥주를 뒤집어씌운 것 아냐? 이 새끼를…!'

하는 생각으로 뭐라고 하려고 하는데 집사람이 내 바지를 살짝 잡아당긴다.

그래서 다시 눈을 조금 더 크게 뜨고 살펴보니 옆 자리에는 네다섯 명의 사내들이 앉아있는데, 모두 그 사이사이에 여급차림의 아가씨들을 끼고서 나를 쳐다보며 낄낄거린다.

'아니! 지들도 옆에 지지배가 있으면서…! 나에게 웬 시비야…?'

그렇게 생각하며 좀 더 눈을 크게 뜨고 보니 앉아있는 사내들이 다 우리부리한 떡대들이다.

'오늘 내가 여기서 뼈를 묻어? 말어…?' 라며 생각하는데 집사람이 나를 끌어당겨 주저앉힌다.

대개 술이 거나하게 취한 사람들이 그러하듯이 서서 성질을 내려다가 갑자기 주저앉게 되면 더 취기가 올라 세상이 온통 몽롱해진다. 그러면서 헤부적거리는데 집사람이 나를 감싸 안으며 손수건으로 머리와 얼굴을 닦아준다.

나는 원병만 있으면 저 똘만이들하고 한판 해 볼 텐데, 하는 생각을 하며 플로어를 보니 스텔라 부부는 아직도 춤을 추는 데 열심이다.

'1대 5는 무리이겠지. 더구나 나는 오늘 가운데 다리에 좀 문제가 있지 않은가?'

생각을 고쳐먹고 다시 옆자리를 보니 글쎄, 이 놈들이 그 새 다 도망가고 없었다.

나중에 들은 이야기이지만, 그 지방에는 여수에서는 돈 자랑 말고, 순천에서는 인물 자랑 말고, 목포에서는 주먹 자랑하지 말라는 말이 있다는데, 그 녀석들은 바로 그 목포의 주먹에 해당하는 녀석들이다. 항상 목포역 주변이나 그 당시의 목포 출신 인기가수인 남진의 집 근방에서 얼쩡거리는 녀석들이란다.

우리는 스텔라 부부가 자리로 돌아오는 것을 기다렸다가 꺼림칙한 뒤풀이를 그만 끝내고 함께 집으로 돌아왔다.

그리고 다시 그 추억의 골방으로 들어가 이번에는 당당하게 이부자리

두 벌을 깔고 쌍쌍이 그 속으로 들어가 낄낄거리며 속궁합 맞추기를 두 쌍이 서로 경쟁이라도 하듯이 한참 요란스럽게 해댔다.

옆방에서는 장인영감의 잔기침소리가 다시 들리고, 장모님이 쪽문을 열고 부엌으로 들어왔다가 물을 가지고 다시 들어가는 소리가 들린다.

이튿날 아침 내가 요새 일이 밀려 일거리를 가져왔다는 나의 말을 기억한 새각시가 동생을 시켜 오전에 출발하는 새마을호 기차표를 끊어 왔고, 그래서 나는 가지고 간 비밀서류가 가득 들은 책가방은 아예 열어 보지도 못하고 다시 대전으로 올라오는 열차에 몸을 실었다.

흔들리는 열차 안에서 이번 작전은 성공인가(?) 하고 생각해 보니, 비록 초반에 한 번의 만세를 부르긴 했지만 그런대로 모든 것이 나의 의도대로 된 것 같았다.

'에이! 그놈의 목포 떡대들하고 1대 5로 한판 붙어서 여기저기 좀 깨졌으면 아예 멀고 먼 제주도로 신혼여행을 갈 수도 없게 되니 더 좋았는데…! 에이! 참…!'

사촌오빠가 싸게 해 주었다지만 비행기 타고 제주도로 가는 신혼여행의 경비가 만만치 않을 것이다. 여행을 좋아해서 전국 각지를 친구들하고 놀러 다니면서도 제주도는 신혼여행 때 가려고 아껴 두었다는데, 그런 소망을 그냥 회사 일이 바쁘다는 핑계로 뭉개 버릴 수도 없잖은가. 나는 새로운 걱정거리를 어떻게 해결할까 궁리를 하느라 시간 가는 줄 모르다가 서대전역이라는 안내 방송에 놀라 후다닥 일어나 어기적거리며 역을 빠져 나왔다.

우리의 결혼식은 1979년 2월 11일 일요일 12시에 목포에 있는 결혼식장에서 하기로 했으며, 그 당시의 목포 국회의원을 하시던 분의 부친이 주례를 맡아주신다고 한다.

나는 그러한 내용이 담긴 청첩장을 100장쯤 받아 왔지만 그것을 돌릴 데가 별로 없어 그냥 전화와 구두로 몇 군데에만 연락을 했다.

나의 생각으로는 멀고 먼 목포에까지 와서 나의 결혼을 축하해 줄 사람을 꼽아보니 우리 부모 형제, 가까운 친척 몇 분, 그리고 잘 하면 직장 동료 몇 명이 고작이었다.

고향 친구, 학교 친구들도 연락을 하면 몇 명은 오겠지만 너무 폐를 끼치는 것 같아서 망설여졌다.

지난 주말의 어려운 상황을 그런대로 무사히 넘겼으니 남은 일은 체면을 유지할 정도로 나의 손님을 오게 하는 것이다. 그런데 결혼식장이 나의 텃밭에서 워낙 떨어져 놔서…, 이런 생각 저런 생각을 하느라고 싱숭생숭하고 있는데 왕이빨이 와서 실밥을 뽑았느냐고 물어본다.

오늘 오후에 병원에 가야 한다고 하자 잘 되었다고 하며 자기네 자이안트 클럽의 회장이 미국으로 유학을 가는데 오늘 밤 환송회를 하니 나도 꼭 참석하라고 한다.

이 자이안트 클럽은 우리 회사가 대전으로 이전을 하면서부터 결성이 된 것인데, 남자는 키가 160센티미터 이하이어야 자격이 있고, 여자는 누구나 다 들어갈 수 있다. 나는 그보다는 키가 커서 그 클럽의 회원은 아닌데 그 클럽의 대부분이 나하고 친구이고, 또 왕이빨이 총무를 보고 있어서 나도 준회원 자격으로 오늘 모임에 특별히 초청을 한다는 것이다.

전체 회원이 참석하는 1차 회식이 끝난 후에 2차는 가볍게 생맥주를 마시며 시간을 죽이다가 3차는 몇몇 특별회원들만 가는데, 그곳은 자기가 어렵게 개발한 정말 끝내주는 곳이니 꼭 참석하라고 한다.

나는 우리의 혼인에 크게 도움을 준 왕이빨의 호의에 찬 초청을 거절을 할 수가 없었다. 그래서 병원에 가서 실밥을 뽑고 이모집에 가서 식사를 한 후에 2차 모임부터 참석하기로 했다.

그 당시는 우리가 대전으로 내려온 지가 7개월 정도밖에 되지 않아서 새로운 음식점이나 술집을 누군가가 개발하면 '우…' 하고 몰려가던 그런 시절이었다.

2차 모임 장소는 대전시내 극장가에 있는 생맥주 집이었는데, 내가 약속시간보다 조금 늦게 그곳에 도착하자 다른 회원들은 다 집에 가고 3차 모임에 갈 정예멤버만 5명이 나를 기다리고 있었다.

우리는 왕이빨의 안내를 받으며 꾸불꾸불한 골목길을 몇 번 돌아 약 5분 거리에 있는 3차 모임 장소로 갔는데, 그곳은 허름한 판잣집으로 된 아주 낡고 구질구질한 맛이 물씬 풍기는 그런 집이었다.

'아니! 시내에서 이렇게 가까운 곳에 이런 곳이 다 있네?'

이곳은 지금은 없어졌지만 아주 오랜 전통을 가지고 있는 대전역 앞에 있던 대전천을 따라 형성된 창녀촌이었다.

왕이빨이 엉뚱한 곳을 개발하여 오늘의 모임 장소로 정하였지만 거기에 모인 누구도 싫어하는 기색이 전혀 없다.

우리는 그 집에서 가장 큰 방을 차지하고 술판을 벌렸는데, 부담이 없는 안주에 막걸리를 마시는 것이어서 마음 놓고 즐길 수 있는 그런 곳이었다.

그러는 중에 왕이빨이 주모를 불러 무어라고 하자 허름한 옷차림의 아가씨들이 한 명, 두 명 돌아가며 들어와서 술을 치다가 주모가 눈짓을 하면 나갔다를 반복한다.

아마 이 아가씨들이 속칭 숏타임 손님을 모시러 갔다가 다시 와서 우리들의 술시중을 드는 것 같았다.

그녀들은 우리가 오늘 술판을 벌인 후에 롱타임을 하기로 한 손님이라는 것을 알고 있었고 그래서 들락거리면서 자기의 롱타임 파트너를 물색하는 눈치였다.

나는 이곳의 풍속을 잘 모르기 때문에 이런저런 상상도 하고 예전 추억도 되새겨 보는데, 고등학교 2학년 겨울방학 때에 호남선 야간열차를 타고 새벽녘에 이리역에 도착하여 군산으로 연결되는 기차 시간을 기다리던 기억이 난다.

그 당시에 날씨가 어찌나 추운지 역 안에서 가만히 앉아있을 수가 없어 역 주변을 어슬렁거리는데, 곱상하게 생긴 젊은 아줌마가 와서 '학생! 학생…! 뜨끈한 아랫목에서 몸을 녹이고 가지!' 하면서 은근히 유혹을 한다.

나는 뜨끈한 아랫목이라는 말에 마음이 조금 움직여 '돈이 없는데요…' 하고 응답을 하자 '얼마 있는데…, 그래! 학생에게는 아주 싸게 해주께!' 한다.

그래서 내가 가지고 있던, 군산가는 기차표를 사고 남은 잔돈인 몇 십 원밖에 없다고 하자, 그거라도 괜찮다고 하며 따라오라고 한다.

그 아줌마는 이리역 뒤로 고불고불 골목길을 돌아 엉성한 판잣집 촌으로 나를 데리고 갔는데, 그때의 그 창녀촌도 지금의 이곳과 거의 비슷하였다.

우리는 술잔을 주거니 받거니 하면서 한참 홍겨워 떠들면서 통행금지 사이렌이 울리기를 기다렸다.

이런 자리에서 오고 가는 이야기들이야 늘상 있는 우리 주변의 신상잡기, 각종 에피소드, 어디에서 주워들은 음담패설 등인데 언제부터인지 내 옆에 앉아서 시중을 드는 아가씨가 들락거리기를 그만두고 자리 지키기를 한다.

나는 이런 자리가 별로 익숙하지 않아 가만히 앉아서 오고가는 이야기에 점잖게 미소만 흘리면서 건네져 오는 술잔을 비우는 게 고작인데, 내 옆에 고정석을 마련한 아가씨의 다른 옆구리에 앉은 왕이빨은 재미있는 이야기를 하랴, 술을 마시랴, 옆자리의 아가씨 몸을 이리저리 더듬으랴 한창 신바람을 내고 있었다.

이런 자리에서는 왕이빨처럼 해야 그나마 대접을 받는데, 하기야 왕이빨이 이 자리를 주선하였으니 이 집 주모하고는 어느 정도 안면이 있을 것이고, 또 오늘의 총무로 돈 지불을 포함하여 모든 것을 이리저리 결정할 수 있기 때문에 일찌감치 이 집에서 그런대로 곱상한 아가씨를 그 친구의 옆자리에 앉힌 모양이었다.

시간이 지남에 따라 오늘의 주인공인 회장 옆자리에도 한 아가씨가 고정석을 차리고, 또 다른 자리에도 고정석을 차지하는 아가씨가 생기고…, 그러면서 상 주변에 앉는 사람의 숫자가 늘어나자 자연히 자리를 좁혀 앉아야 했다. 그래서 옆자리의 아가씨와 내 옆구리가 점점 밀착이 되면서 술잔을 치기 위하여, 안주를 집어주기 위하여 들썩거리는 그녀의 몸의 감촉이 자연히 나의 옆구리를 괴롭힌다.

그러면서 지난 주말들의 나의 약혼녀와의 진한 감동들이 내 몸 안에서 은근히 살아나기 시작한다.

통행금지 사이렌이 울리고 모든 자리가 다 차서 나의 양 옆구리에서 들썩거리는 아가씨들의 움직임에 나의 온몸에도 자동적으로 진한 육향이 진동을 하는데, 그러기를 한참 후에 주모가 와서 준비가 다 되었다고 한다.

우리는 아가씨들의 안내로 각자 그날 밤을 보낼 방으로 갔는데, 의외로 나를 안내하는 아가씨가 제일 처음부터 자리보전을 하던 곱상한 그 아가씨이다.

'아니! 이 아가씨는 오늘 밤 왕이빨을 시중들기로 한 것이 아니었나?

이 아가씨는 자기의 파트너를 언제 바꾸었지?'

나는 이런 곳에서 자기의 파트너를 어떻게 선택하는지는 잘 몰라도 이 아가씨의 오늘 선택은 크게 잘못한 것이 분명하게 느껴졌다.

'그런다고, 그런다고 내가 좋다고! 나를 선택한 그녀를 그냥 돌려보낼 수는 없지 않은가?'

그 아가씨가 안내한 그 방은 고등학교 2학년 겨울방학 때에 들어가 본 이리역 뒤편에 있던 그 판잣집의 쪽방과 거의 흡사하였다.

아마 그 당시의 그런 집, 그런 방은 구조가 다 비슷비슷했을지도 모른다. 그 방은 헌 종이로 덕지덕지 바른 사람 하나가 겨우 들락거릴 수 있는 짝문이 유일한 구멍이고, 나머지는 다 막힌 흙벽에 역시 헌 신문지 나부랭이로 도배를 한 방이다. 방바닥에는 혼자서는 편히 드러누울 수 있는 이불 하나가 꽉 차게 들어차는 그런 크기의 쪽방이어서 두 사람이 나란히 누우면 양 어깨가 옆의 벽에 꽉 차게 닿는 그런 크기의 폭이다. 길이는 중키의 사내가 다리를 뻗으면 발이 문지방에 닿고 머리맡이 한 두어 뼘 정도가 남아 자리끼하고 일을 벌리고 뒤처리를 할 휴지마리나 물수건을 한 장 놓을 만한 공간이 남는 그런 방이었다.

그래도 이들 방은 명색이 온돌방이어서 아랫목에 손을 집어넣으니 짤짤 끓는 것이 쌩쌩거리는 겨울바람에 잠시 움츠러진 몸과 맘이 금세 푸근해진다.

나는 야한 잡지 사진이 여기 저기 찢겨진 채로 붙어 있는 지저분한 벽을 이리저리 쳐다보며 또 잠시 옛날 생각에 잠긴다.

나는 이리역의 쪽방 아랫목에 얼은 손을 집어 넣어보고 이 정도로 방바닥이 짤짤 끓으면 내 주머니에 남은 돈을 모두 털어주어도 아깝지 않다는 생각을 하며 가지고 있던 전 재산인 몇 십 원, 아마도 계란을 하나 넣은 그런 라면 한 그릇은 사 먹을 수 있는 돈을 털어서 아줌마에게 주었다.

그 아줌마는 그러는 나를 보고 싱끗 웃으며 '학생…, 아직 숫총각이지?' 하고 묻는다.

나는 얼결에 '예…?' 하고 놀라는데, '학생! 조금만 가다려. 내가 예쁜 색시 보내줄게' 하고 문을 닫는다.

'아니, 몇 십 원으로 짤짤 끓는 아랫목에 예쁜 색시까지 덤으로 얹어 주나? 에이! 저 예쁜 아줌마가 나를 놀리는 것이겠지' 하고 자리에 누우니, 밤새 야간열차를 타고 오면서 승객이 꽉 들어찬 객차 안에는 들어가 보지도 못하고 칸과 칸 사이에서 꼬박 선 채로 쌩쌩 몰아쳐 오는 찬바람에 시달려서인지 바로 온몸이 늘어지며 막 잠이 들려고 하는데, 누가 방문을 열고 안으로 들어와 어둠 속에서 주섬주섬 옷을 벗고는 슬그머니 내 옆으로 파고든다.

나는 '어! 진짜였네' 하는 생각과 혹시 그 아줌마가 직접 들어오지 않았을까? 하는 기대로 얼굴을 자세히 들여다보는데, 원체 어두워서인지 알 수가 없다.

다만 일체의 말이 없이 내 몸의 남은 옷을 다 벗기고 나를 자기의 몸속으로 끌어들이는 폼이 '그 아줌마는 아니구나' 하는 실망이 앞서 오고, 잠시 들뜨는 것 같은 느낌이 오다 '아야…!?' 하는 순간이 오더니 모든 볼 일을 다 보았는지 그 아가씨는 뒤처리를 대강 해 주고 옷을 주섬주섬 다시 입더니 아무 말 없이 다시 나간다.

'아! 숫총각! 동정 잃어버리기가 이처럼 허무하다니….'

어쨌든 그 당시에는 잃어버릴 동정이라는 것이라도 있었지. 오늘 저녁에는 잃어버릴 것이 아무 것도 없지 않은가 하고 안심을 했는데, 이 세상은 하도 험악하여 남의 것을 노리는 사람은 별 이상한 것까지 다 노리니…!?

이 아가씨가 초저녁부터 내 옆자리에 자리보전을 했던 것은 왕이빨한테 잘 보이려고 한 것이 아니고 나한테서 뭔가를 훔쳐갈 것이 있어서였다.

내가 별로 영예롭지 못한 이런 이야기를 쓰는 것은 내가 쪽방의 생태에 대하여 잘 안다는 것을 이야기하기 위한 것이 아니다.

나는 이러한 곳에 별로 가 보지 않았고, 가서도 항상 수동적이어서 이 쪽방의 생태에 대하여는 별로 아는 것이 없다.

다만 결혼 며칠 전에 우연히 간 그곳에서 아주 희한한 경험을 하였고, 그것이 그대로 나의 '장가를 간다' 중반부의 흐름을 바꾸는 주요 변수로 작용했기 때문이다.

또 한 가지는 지금 다시 옛날을 회고해 보면서 혼전에 있었던 집사람과의 3합의 접전을 담은 3개의 X파일과 이름 모를 여인과의 하룻밤의 추억 안에는 어찌 보면 내가 20여 년에 걸쳐 그 비밀을 깨우치려고 했던 음양화합대법에 대한 열쇠가 숨어 있는 것 같았다.

이것은 참으로 이상한 이야기이지만 행복이라는 이름의 파랑새를 좇아 평생을 유랑한 사람이 늙어서 자기 집에 돌아오니 파랑새가 자기 집에 있더라는 이야기와 비슷한 것이다.

그날 밤의 이상한 이야기를 하기 전에 내가 쪽방에 대하여 느끼는 감정이 다른 사람하고는 좀 다른데, 그 연유는 내 인생에 있어서 가장 행복했던 1년을 나는 여인이 없는 쪽방에서 보냈기 때문이다.

사람마다 행복의 기준이 다른데 나의 경우에는 그런대로 마음의 평정을 유지하면서 자기의 목표를 이루기 위하여 한 걸음 두 걸음 나아가면서 자기의 목표가 점점 가까이 오는 것을 조용히 만끽하는 그러한 순간순간들이라고 생각한다. 나에게는 그러한 시절이 고등학교 3학년 때였다. 나는 그때에 작은 아버지 집에서 기숙을 하였는데 내가 잠을 자고, 공부를 하고, 사색을 하고, 남모를 행복에 젖어 있던 방은 지금은 그런 방을 가진 집이 별로 없겠지만, 항상 방 부족을 느끼던 서울에 사는 서민들의 아이디어로 집과 담 사이의 폭이 1미터도 채 못 되는 좁은 공간을 활용하여 만든 마루로 된 쪽방이었다.

그곳은 들어가는 쪽문과 아주 작은 창문이 담쪽에 달린 그런 방인데, 학교 도서관에서 밤늦게까지 공부하다가 돌아오면 아침에 다시 학교에 갈 때까지 뒹구는 곳이며, 일요일에는 아예 하루 종일 온갖 공상을 다 하며 죽치고 뒹구는 그런 곳이다.

그런 공상 중에는 내가 나중에 죽을 때가 오면 아무도 찾아오지 않는 그런 곳에 꼭 이런 쪽방을 하나 만들고, 그곳에 들어가 지금처럼 뒹굴다가 그냥 그대로 죽어야지 하는 생각을 하며 눈가로 알지 못할 눈물을 흘리곤 했다.

그래서 나에게 그 쪽방은 어찌 보면 고향 같기도 하고, 어찌 보면 무덤 같기도 한 바로 그런 곳이다.

그 당시에 내 눈에서 물이 흐르게 한 것들에는 쪽문 위의 벽에 항상 삐뚤어진 채로 걸려 있는 사진틀이 가장 큰 원흉이다.

나는 항상 쪽문 반대편 벽에 조그만 책상을 하나 놓고 책을 보다가 앉아있기가 힘이 들면 바닥이 차서 항상 깔아 놓고 있는 이불에 엎드려 누워 책을 보았다. 그러다가 책을 밀치고 드러누우면 먼저 격자무늬 도배지를 바른 천장이 보이고, 자연스레 쪽문 위에 걸린 사진틀에 시선이 머무른다.

그 틀 안에는 해사한 얼굴의 시골 처녀가 물동이를 비스듬히 이고서 항상 변함이 없이 뽀시시 웃는 얼굴로 나를 바라보고 있었다.

그 사진은 아버지가 한창 잘 나가던 시절에 찍었다는 30×40센티미터 크기의 흑백 작품사진이다. 배경으로는 코스모스 꽃이 흐드러지게 피어 있고, 그 앞에 화면을 3분의 2 정도 차지하고 있는 장독대가 있다. 그 앞에 정면에서 약간 오른쪽으로 치우친 위치에 그 처녀가 흰 저고리에 짧은 검정치마, 옥색 고무신을 신고 있는데, 물동이를 잡은 손의 소매가 살짝 내려와서 가냘픈 하얀 팔뚝이 살짝 보이고 하얀 버선 위로도 새하얀 종아리가 살짝 보인다.

그런 속살과 같은 색의 해사하고 단아한 얼굴에 엷은 미소를 머금고서 나를 보고 있는 그녀가 나에게 무슨 말을 하기 시작하면 내 눈에서는 여지없이 눈물이 흘러내리곤 하였다.

나는 그녀의 새까맣게 윤이 나는 머리 결의 한가운데에 언뜻 보이는 하얀 가르마, 그리고 치렁치렁한 긴 머리를 묶은 댕기에 눈길이 머물면 자연히 눈물이 흘러 시야를 흐리게 하는데, 그때쯤이면 왠지 그녀가 야속하다는 생각이 들어 손으로 눈가를 훔치다 자리를 박차고 일어난다.

갑자기 눈앞으로 다가온 그녀를 다시 바르게 세워주고 방문을 나서며 뒤로 쪽문을 덜컹하고 닫으면 그녀는 나가는 나를 붙잡기라도 하려는 듯이 다시 살며시 몸을 기울인 채로 하염없이 나를 기다린다.

아주 먼 옛날, 추운 겨울 날 새벽. 이리(현재는 익산)역 근방에서 군산으로 가는 첫 기차를 기다리며 추위에 오들거리던 나에게 뜨끈한 방이 있으니 쉬었다 가라는 말은 거부하기 힘든 유혹이었지만 그래도 그렇지…, 그렇게 쉽게 동정을 잃어버린 나 자신이 몹시도 부끄러워서 한 동안 자책을 하였다.

그 이후로는 으슥한 길을 지날 때에 어떤 아줌마들이 나에게 접근을 하면 일찌감치 길을 돌아 피해가거나 그럴 여유가 없어 할 수 없이 몇 마디 유혹의 말을 듣게 되는 경우에도 일체 응대를 안 하고 묵묵히 지나간

덕분에 그 후로는 여인이 있는 쪽방에는 들어갈 일이 없었다.

사람이 한평생 겪는 삶에는 어떤 때에는 이상한 어떤 힘이 작용을 하여서 평소에 열심히 노력을 해서 피하려던 일이 결혼식을 며칠 앞두고 또 다시 발생하고, 내가 다시 여인이 있는 쪽방에서 하룻밤을 보내야 하는 그런 운명이 되었다.

사실 이것은 통행금지 사이렌이 불기 전에 충분히 잘 알 수 있었던 것이고, 그래서 적당한 핑계를 대고 피할 수 있었던 것이다. 그런데 내가 어떤 핑계를 대든 이런 자리에서 물러나는 것은 직장 동료들에게 내가 도망가는 모습을 보이는 것이어서 내키지 않는 그런 것이었고, 또 하나는 오늘 내 가운데 다리에 감고 있는 붕대가 아주 든든한 갑옷이어서 어떠한 공세도 다 막아 줄 것이라는 어떤 믿음이 있었기에 구태여 꼴사납게 등 뒤를 보이고 도망갈 필요가 있겠느냐는 어리석은 자만 때문에 또 한 번의 큰 낭패를 보게 된 것이다.

음양화합대법의 원칙 중 하나로 남녀가 붙으려 하는 것을 막을 수 있는 것은 이 세상 그 어디에도 없다.

나는 술을 마시는 동안 내내 오늘 저녁의 위기를 넘길 수 있는 전략을 새웠는데, 그것은 일단 술자리를 파한 후에 모두 자기의 파트너와 롱타임을 하러 각자의 방으로 들어간 후에 나와 내 파트너가 둘이만 남게 되면, 그녀에게 내가 오늘 몸의 상태가 좋지 않으니 롱타임을 한 것으로 하고 그냥 돌아가라고 하면 되는 그런 간단한 것이었다.

물론 롱타임에 대한 화대는 총무가 미리 술값하고 같이 지불하기로 했으니 내 파트너는 공짜로 돈을 벌게 되는 그런 상황이 되는 것이어서 당연히 아주 좋다고 하고 나가면, 나는 그 방에서 새벽까지 쿨하게 쿨쿨 자고 그냥 나가면 되는 것이었다.

그런데 그러한 나의 전략은 처음부터 자리보전을 하며 총무인 왕이빨을 시중들 것으로 생각했던 여자가 나의 시중을 들려고 나를 쪽방으로 안내하면서부터 틀어지기 시작하였다.

우리가 전쟁을 할 때에 세우는 각종 전략은 주어진 상황에서 알아낸 첩보나 정보를 토대로 만들어지는데 어떤 것을, 이것은 절대 틀림이 없이 성공한다고 굳게 믿었다가 그것이 틀어지면 순간적으로 판단이 흐려져서 으레 모든 일이 다 삼천포로 빠지게 마련이다.

나는 나의 옆자리에서 내 옆구리를 비비적거리던 여자가 틀림없이 왕이빨의 파트너라고 생각하고 느긋하게 옆구리의 감촉만 즐겼지 별로 눈여겨보지도 않았다. 그런데 그녀가 나를 안내하자 의아한 마음과 더불어 호기심이 발동하여 뒷모습을 눈여겨보고 방으로 나를 안내하는 태도도 슬쩍 살펴보는 나 자신을 발견하고는 '에이! 오늘은 누구든 바로 돌려보내기로 했는데…' 하는 처음에 세운 작전을 되풀이하며 생각했다.

하지만 그녀의 은근 은근하며 몰래 몰래 다가서는 태도가 나의 마음을 슬근 은근 어지럽힌다. 젠장!

나는 그녀와 나란히 뜨끈한 아랫목을 파고들며 의례적인 이야기를 하거나 방안을 두리번거리면서 방문 바깥쪽의 기척에 귀를 기울였다.

바깥에서 들려오는 가장 큰 소리는 왕이빨이 주도면밀한 총무답게 오늘의 회원 모두가 파트너와 함께 각자의 방으로 들어간 것을 확인하고 주모에게 돈을 계산한 후에 자기도 방으로 들어가는 소리였고, 잠시 후에 온 집안이 조용해진다.

'아…, 이제는 이 여자를 돌려보내고 이 방을 여자 없는 추억의 쪽방으로 만들 시간이군…!'

이렇게 생각하며 나에게 자기의 두 손을 마음 놓고 만지작거리게 하며 조용히 앉아있는 그녀에게 총무가 모든 계산을 다한 것 같으니 오늘은 그냥 돌아가라고 했다.

그러자 그녀가 '왜 그러냐?' 고 되묻는다.

그래서 각본대로 내가 몸이 불편하여 그냥 편히 잠이나 자다가 통행 금지가 풀리면 가고 싶다고 했는데, 그녀는 방해를 하지 않고 얌전히 옆에서 누워만 있을 것이니 같이 있게 해달라고 부탁조로 말을 한다.

나는 순간적으로 의아한 생각이 들어, '혹시 지금 나가면 주모한테 야단을 맞느냐?' 고 물어보니, 그녀는 배시시 웃으며 그런 게 아니고 처음부터 내가 좋아서 같이 자려고 기다리고 있었다고 한다.

나는 전에도 가끔 접대하는 여자가 있는 술집에 가면 너무 얌전하게 술만 마셔서인지 어떤 여자는 나를 적극적으로 유혹하기도 했는데, 아마 이 아가씨도 옆에서 요란스럽게 주물러대던 왕이빨보다 점잖하게 술만 마시는 내가 더 마음에 들었나 보다고 생각했다.

그러다가 뭔가 다른 것 때문에 이 아가씨가 이러는 것이란 생각이 들어 '혹시 내가 이번 주말에 결혼을 하는 것 때문이냐?' 고 묻자 또 배시시 웃으며 '그것을 어떻게 아느냐' 고 되묻는다.

그래서 '아…! 그랬군요. 전에 어느 책에서 이런 이야기를 읽어본 적이 있는데…' 하고 말을 흐리자 '사실 우리 같은 여자는 결혼을 앞둔 남자하고 하루 저녁이라도 같이 잠을 자고 싶어 한다' 고 하며 또 배시시 웃는다.

나는 이 찰거머리 아가씨를 떨쳐버리기 위해서는 최후의 무기를 사용할 수밖에 없겠다고 생각하면서 그래도 좀 부드럽게 쫓아내기 위하여 '아가씨는 결혼을 앞둔 남자하고 자본 적이 없냐?' 고 묻자, 이 말이 나오기를 기다렸다는 듯이 '그런 사람들하고는 여러 번 같이 자 보았다' 고 하며, 실은 아까 큰방에서 술을 마실 때에 내가 그곳을 며칠 전에 수술을 했다는 이야기를 들었고, 자기는 수술을 하고 아직 붕대를 감고 있는 남자하고는 한 번도 자본 적이 없어서 처음부터 계속 기다리고 있었다고 한다. 컥!

아, 이 여자는 내가 무기로 써 먹으려고 했던 것을 오히려 자기의 무기로 삼아 나를 꼼짝 못하게 역공을 가하여 왔던 것이다.

바둑에서 역끝내기는 2배의 가치가 있다. 그런데 남녀 사이의 신경전에서 역공은 몇 배의 충격을 주고 받을까.

수술을 한 나하고 자보려고 몇 시간 전부터 숏타임도 뛰지를 않고 나를 기다렸다는데 어찌 매정하게 돌려보낼 수가 있겠는가(?)

'이런…, 바보! 넌, 벌써 된장이다.'

나는 어찌할 바를 몰라 머뭇거리는데, 그녀는 나의 손을 어루만지며 자기는 오늘 목욕을 하고는 그 후에 손님을 받지 않아 깨끗하다고 한다.

그래서 내가 무의식적으로 '그럼 아다라시군요?' 라며 또 바보짓을 했더니, '어떻게 그 말을 아느냐?' 고 이상하다는 표정을 짓는다.

나는 어떻게 해서든 시간을 끌다가 적당한 구실을 찾아내어 그녀를 돌려보내려고 벌써 어찌하기에는 아주 늦은 시간이었음에도 불구하고 내가 '아다라시' 라는 표현을 알게 된 사연을 이야기해 주었다.

그녀는 나의 이야기가 길어질 것 같자 피곤할 터인데 누워서 이야기해 달라고 하며 나의 겉옷을 벗겨 준다.

나는 그녀의 진한 체취를 맡으며 혹시 이 여자가 나의 최후의 탈출 전략을 눈치 챈 것이 아닐까(?) 하는 의심이 들었지만, 이제 한 시간 정도만 버티면 통행금지가 해제가 되는데 누워서 이야기를 나눈다고 별 문제가 생기랴, 하는 생각으로 지금까지 사근사근 잘 시중을 드는 그녀가 잠시 하자는 대로 내버려 두기로 했다.

그런데 이러한 안이한 생각이 마지막 탈출 기도마저 완전히 무산시켰으니…, 그녀는 내가 자리 속으로 들어가는 것을 보고 천천히 쪽문 쪽으로 가더니 비스듬히 서서 지긋이 나를 바라보며 천천히 자기의 옷을 벗기 시작한다. 아뿔싸!

그녀는 자기의 옷을 천천히 하나씩 벗어서 벽에 있는 옷걸이의 내 옷이 걸린 옆에 가지런히 걸어 놓는다.

그리고는 내복도 하나씩 하나씩 모두 벗어서 가지런히 개키더니 다시 내 머리맡으로 와서 구석에 놓으려고 몸을 구부리는데, 그것을 시작으로 그 이후에 보여주는 그녀의 동작 하나하나가 '~♥~♥' 이어서 나는 이야기를 하다 말고 이제는 어쩔 수 없다는 심정이 되어 그녀의 일거수 일투족을 바라만 보았다.

나는 아주 먼 옛날에 이런 쪽방에서 자리에 누워 뒹굴거리며 사진틀 속의 여인을 이리저리 들여다보던 기억을 되살리면서 마치 그때의 그 여인이 나의 공상 속에서 하던 짓거리를 지금 이 여인이 그대로 하는구나, 하는 착각 속으로 빠져들었다.

나의 기억 속에 남아 있는 쪽방의 여인들은 내가 만난 다른 부류의 여인들보다 더 정감이 있다.

내가 앞에서 아다라시에 관한 이야기를 잠깐 하였는데, 이 표현은 본래 일본말로서 숫처녀라는 뜻이다. 성매매에 종사하는 직업여성 사회에서는 목욕을 하고 온 후에 아직 남자 손님을 받지 않은 상태를 의미한다.

예전에는 목욕을 한 번 다녀오는 것도 큰마음을 먹어야 할 수가 있었는데 어쩌다가 목욕을 다녀온 후에는 꼭 마음에 드는 남자 손님을 골라 몸을 대주려고 노력을 하였으니 그녀들의 마음 씀씀이가 여간 가련하고 가상한 것이 아니었다.

내가 이러한 것을 아는 연유는 내가 대학교에 다닐 때에 우리 집에서 속칭 요정업을 한동안 하였다. 그래서 방학 때에 집에 내려가면 으레 카운터 일을 맡아 보곤 하였는데, 그때에 얼굴이 동그스름한 애기 기생 하나하고 사이좋게 지내게 되었다.

그녀는 점심시간 영업이 끝이 나면 나를 찾아와 저녁 영업이 시작되기 전까지 같이 놀곤 하였는데, 주로 이런 저런 이야기를 하거나 같이 영화를 보러 가는 것이 고작이었다.

하루는 낮 시간에 술손님들이 와서 거의 3시까지 술판을 벌리고 갔는데, 이런 때에는 우리 집에서 잠을 자는 애기 기생들이 술시중을 들곤 한다. 이날 술판이 끝이 나고 술자리를 다 치우고도 나하고 친하게 지내는 애기 기생이 그 방에서 나오지를 않는다.

왜 그런가(?) 궁금하여 가 보니, 그녀가 방 한쪽에서 쭈그리고 앉아있는데, 술이 많이 취하여 제 정신이 아니다. 나는 얼른 박카스를 사와서 그녀의 등을 두드려 주며 마시라고 주자 내 몸에 해롱해롱 엉기기만 하고 연신 괴롭다고만 한다.

어찌하는 수가 없어 일단 내가 박카스를 한 모금 입안에 넣고 그녀에게 입맞춤을 하자 내 입안의 박카스가 모두 그녀의 입 안으로 넘어간다.

이렇게 몇 번에 걸쳐 은근슬쩍 입맞춤을 하며 박카스를 마시게 하니, 더 이상 가슴이 답답하고 괴롭다는 말이 나오지 않는다.

대신 더욱 더 내 품안으로 파고들어 오는데, 손님방에서 그러한 짓을 계속하다가 누가 들어오면 곤란하므로 안채로 가자고 하니 군말 없이 냉큼 따라온다.

안채는 안쪽 모서리에 있는 별채인데, 전에는 창고로 쓰다가 식당을 차리면서 그곳에 방 2개를 만들어 안채로 쓰고 있는 곳이다.

내가 그녀를 데리고 안채로 가 보니 방 하나에는 동생들이 놀고 있고 다른 하나는 비어 있었다. 우리는 그 방으로 들어갔는데, 바로 입맞춤을 하고 서로 몸을 부비다가 덥고 답답하다는 그녀의 말에 나도 모르게 그녀의 몸에 걸쳐져 있는 한복을 어찌어찌하여 모두 벗겼다.

'휴…. 한복 벗기기가 어찌나 까다로운지…!'

이때 마당에서 누가 헛기침을 하는 소리가 들린다.

나는 화들짝 놀라 그녀에게 다시 옷을 입히려고 하는데, 그녀가 불평을 하며 앙탈을 하니 옷을 다시 입힐 방법이 없다.

나는 하는 수가 없어 지금은 시간이 안 좋으니, 저녁 시간을 마친 후에 어디 조용한 곳으로 가자고 꼬셨고, 그제서야 그녀는 옷을 주워 입고 목욕을 하러 간다며 횡하고 나간다.

나는 그녀들이 목욕을 하러 가는 속뜻을 알고 있었기 때문에 그날 오후 저녁 영업시간 내내 들떠 있었고, 나름대로의 준비를 이것저것 하여 두었다.

그러나 이러한 나의 준비는 모두 허사로 끝이 났는데, 저녁 영업시간이 끝이 날 즈음에 그녀의 기둥서방이 보낸 자가용을 타고 그녀가 훌쩍 사라져 버렸기 때문이다.

나는 기생들과 그녀들의 기둥서방과의 관계를 어느 정도 알고 있었기 때문에 아무런 불평도 할 수가 없었지만 그래도 심적인 타격을 받은 것은 사실이어서, 다음날 서울에 일이 있다고 하고 일찍 방학을 마치고 서울로 올라갔다.

내가 결혼을 며칠 남겨 놓고 만난 쪽방집 여인은 이 방면의 베테랑답게 모든 것에 서두르는 법이 없이 자연스럽게 나를 자기가 원하는 쪽으로 살살 몰고 갔다.

아니, 내가 그녀가 빨아들이는 어떤 힘에 이끌려, 휩쓸려 갔다는 표현이 더 적합할지 모르겠다.

그녀는 알몸이 된 채로 내 옆에 가만히 모로 누워 재미없는 내 이야기를 차분히 들으면서 자연스럽게 내 몸에 걸친 나머지 내복을 벗겨내고 조심스레 붕대를 칭칭 감고 있는 내 가운데 다리를 한 손으로 살포시 감싸 안는다.

그리고 나머지 한 손과 몸을 슬슬 움직여 자기의 몸을 내 몸에 밀착시키는데, 나의 가운데 다리를 거의 건드리지 않게 아주 조심 조심을 한다.

그녀의 몸놀림은 완벽하였다. 얼마 후 나의 몸은 그녀의 몸 안으로 빨려 들어가고 극심한 통증을 수반한 폭발로 이어졌다.

다음 날 아침 왕이빨이 나를 깨우며, 지금 가야지 출근 버스를 탈 수 있다고 하는데, 나는 수술한 곳이 어제 저녁에 터져서 병원에 가서 손을 좀 보아야 할 것 같으니 너 먼저 가라고 했다.

그 녀석은 예의 뻐드렁니를 드러내고 웃으며 '야! 너 정말 괜찮냐? 좀 조심하지 그랬어!' 하면서 낄낄대고 사라진다.

나는 병원에 가서 붕대를 풀어 보니 한쪽이 살짝 벌어져 있다.

의사는 내가 주말에 결혼을 한다는 것을 알고 있었고, 혹시 잘 아물면 주말에 쓸 수 있을지도 모르니, 실밥을 풀지 않아도 되는 것으로 꿰매자고 하며, 한 바늘을 꿰매고 약을 발라 붕대를 감아 주었다. 그때에 꿰매고 뽑지 않은 실밥의 꼬투리가 그때의 영광(?)과 환희(!)를 되새기라고, 어언 40여 년이 지난 지금도 그 자리에 그대로 남아있다.

회사에 들어가니 뻐드렁니가 반갑게 나를 맞이하며 '어떻게 되었냐' 고 묻는다. '한 바늘 꿰맸는데 결혼식 날까지 아물지 모르겠다' 고 하자, '첫날밤에 못 쓰면 큰일인데…' 하며 '제수씨에게는 정말 미안하게 되었다' 고 말은 하는데 얼굴은 연신 빙글거린다.

'야! 너 다른 사람들에게는 절대 말하지 말아라' 고 했는데, 그 녀석 표정이 '꼭 이야기해야지' 하는 것 같았다.

'야! 내가 돌아다니기가 어려우니 니가 이번 주말에 목포에 갈 희망자 좀 알아보라' 고 하니, 좋다고 하며 바쁘게 이리 저리 돌아다닌다.

다음 날 오후까지 모집한 결혼식 참가 희망자는, 토요일 날 나하고 같이 내려갈 사람이 5명, 다음 날 결혼식장으로 바로 오기로 한 사람이 예닐곱 명쯤 된다고 한다. 회사에서 열 몇 명이 온다고 하니 참 다행이었다.

이 정도가 참석을 해 주면 따로 고등학교 친구나 고향 친구를 부를 필요는 없을 것 같았다. 대학교 친구들은 거의 대부분이 서울에 있는 연구소에서 근무를 하는데, 이 녀석들은 직접 참석을 못해서 미안하다고 하며 벌써 축의금을 모아서 봉투를 보내왔다.

나는 그 봉투에 들어있는 돈을 꺼내어 뻐드렁니에게 주면서 이번에 나의 결혼식에 참가하는 희망자 중에서 높은 분들은 빼고 연구원하고 기능원들의 차표를 사서 전해 주라고 했다.

뻐드렁니가 모든 잔일을 다 처리해 주는 바람에 나는 책상에 가만히 앉아서 내 보물 1호가 빨리 제 기능을 발휘하도록 기다리는 것이 고작이었다.

신혼여행에 가서 사용할 카메라도 뻐드렁니가 알아서 동료들이 가지고 있는 것 중에서 가장 좋은 것을 빌려와서 나에게 사용법을 설명해 준다.

그런데 막상 토요일 날 출발을 앞두고 집안에 급한 일이 생겼다고 하며 뻐드렁니는 빠지고, 나는 4명의 신랑 들러리와 함께 목포로 출발을 하였다.

목포역에는 예비 큰처남이 마중을 나와 있다가 우리를 처갓집 근처의 여관으로 안내를 한다.

나는 친구들을 그곳에서 잠시 쉬고 있게 하고 처갓집으로 갔는데, 반갑게 맞이하는 예비 신부하고 마지막 준비 사항을 점검하였다.

사실 막상 결혼날이 가까이 오면, 모든 것이 다 저절로 이루어지니 신랑신부는 주위의 누가 하라고 하는 것을 그냥 그대로 하기만 하면 된다.

토요일 저녁에 주로 할 일은 신랑 들러리에게 저녁 식사를 대접하는 것인데, 나는 함을 준비하여 오지를 않아서 함 팔기는 생략하고 그냥 저녁 식사를 처갓집에서 먹는 것으로 하자고 하니, 예비 장모가 '그러소' 하고 승낙을 한다.

나는 여관으로 돌아와 그동안 고스톱을 치고 있는 친구들에게 그렇게 이야기하니 다들 안 된다고 야단이다.

자기들은 함을 팔려고 빼드렁니가 선발한 사람들이고, 자기가 못 가는 대신에 잘 하라고 특별히 부탁을 받았다고 한다.

그리고 이 지역에 명망이 있는 처갓집이 딸을 시집보내면서 맹숭맹숭하게 어물정하면 체면이 안 서니 신랑 친구들의 예의가 아니라고 한다.

듣고 보니 이 친구들이 하는 말이 옳은데, 내가 함을 준비하지 않았으니 어떻게 함을 팔려고 하느냐고 묻자, 한 친구가 다시 처갓집에 가서 신혼여행을 갈려고 준비한 가방에 내가 준 돈으로 준비한 예물을 넣어서 가져 오라고 한다.

참…! 이런 식으로 함을 준비하는 경우도 있는지 잘 모르겠지만 어쨌든 지금 함을 따로 만들 수도 없으니 나는 다시 처갓집으로 가서 친구들이 꼭 함을 팔아야 된다고 하니 이리이리 함을 만들어 달라고 하여 그것을 친구들에게 가져다주었다.

친구들은 이제 되었으니 나는 다시 처갓집으로 가서 자기들이 함 팔러 오는 것을 기다리라고 하며 고스톱에 열을 올린다.

저녁 해가 뉘엿뉘엿 다른 여느 날보다 더욱 아름다운 석양의 여운을 남기며 넘어가고, 가로등에 불이 하나 둘 들어올 즈음에 멀리에서 기다리던 소리가 들려온다.

"함 사려…! 함 사세요!"

예비 작은처남이 함진아비들을 맞으러 나갔는데 한참이 지나도 별다른 기척이 없다.

아니, 조금 전에 함 파는 소리가 들린 곳이 집에서 약 50미터 떨어진 목포고등학교 정문 근처일 터인데, 왜 아무런 기척도 없고 작은처남도 되돌아오지를 않는다.

여자들이 궁금해 하며 언니의 아들이 되는 대여섯 살 먹은 조카를 내

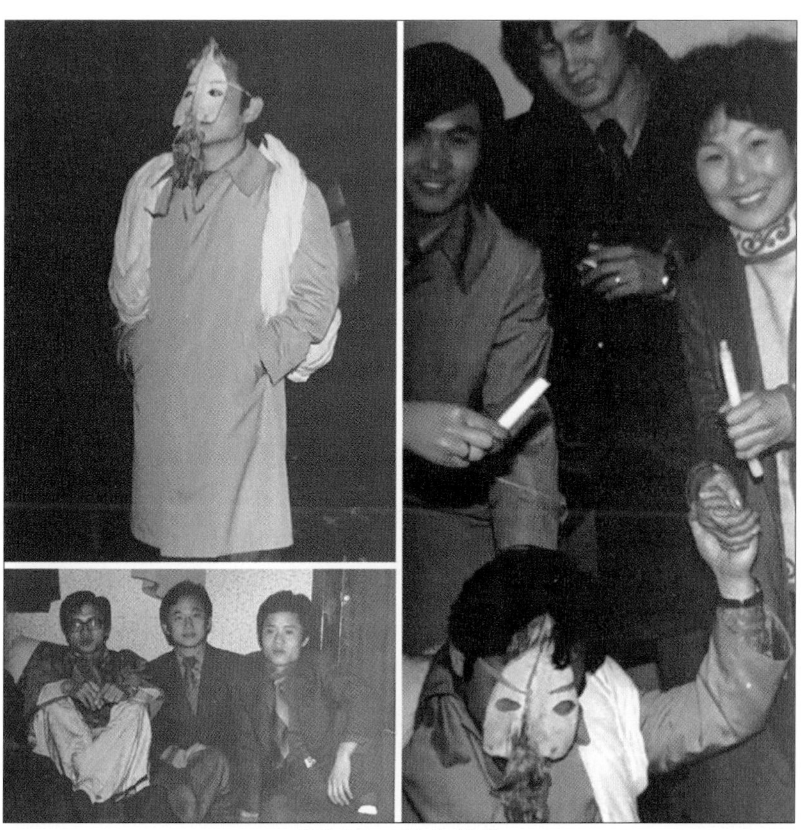

"함 사려…! 함 사세요!"

보내 알아보게 하니 함진아비들이 근처 구멍가게에서 뭔가를 하고 있다고 한다.

그러고도 10여 분이 더 지난 후에 다시 멀리서 어지럽게 들려온다.

"함 사려…! 이 동네 함 사는 집 없어요?"

조금 지나자 집으로 들어오는 골목 어귀에서 다시 왁자지껄하며 어지럽게 함 파는 소리가 요란스럽게 들린다.

이때 쯤 일단 처형, 처제, 조카들이 먼저 나가서 함맞이를 하니 더 요란한 소리가 왁자지껄 들려온다.

조금 지나서 큰처남이 실탄이 든 봉투 한 주먹을 안 주머니에 챙겨 넣고 점잔을 빼며 나가고 작은처남의 중개로 말이 조금씩 조금씩 움직이는 소리가 들린다.

마지막에는 봉투가 대문 앞까지 쫙 깔리고 청사초롱을 앞세우고 함을 진 말이 거들먹거리며 들어오는 소리가 들린다.

나는 안에서 기다리고 있다가 친구들이 오는 모습을 보니 청사초롱을 든 친구, 마른 오징어를 얼굴에 쓴 친구가 함을 광목으로 단단히 메고서 위풍당당하게 들어오는데, 내 가슴이 찡하고 코끝이 시큰하다.

'저 친구들…! 언제 저런 것도 다 준비를 했네.'

'아…! 이제 정말 장가를 가는구나…~♥'

일요일 점심 무렵에 있었던 나의 결혼식은 그 당시에 목포에서 할 수 있는 가장 호화로운 것이었다.

가장 크고 좋은 결혼식장, 목포에서 제일 잘 나가는 주례 선생님, 결혼식장을 가득 메운 손님들, 가장 좋은 식당에서 있었던 결혼 피로연, 제주도로 비행기를 타고 가는 신혼여행, 이러한 모든 것이 차례를 기다리고 있었고, 나는 정해진 대로 따라가기만 하면 되는 것이었다.

이러한 것이 빈털터리가 월부 장가를 가는 것으로는 너무 과분한 것인데, 그래도 잘 하면 크게 궁상을 떨지 않고 그런대로 될 것도 같았다.

결혼식 비용과 피로연 비용은 여자 쪽에서 부담을 하고, 남자는 신혼여행비만 부담을 하면 된다고 한다. 제주도로 가는 신혼여행 코스도 여행사를 하는 신부 사촌오빠가 싼 것으로 예약을 하였다니, 그 비용이 얼마인지는 잘 몰라도 친구들이 어제 저녁에 수고를 하여 뜯어낸 함값이 있잖은가.

사실 이것은 함진아비들이 수고한 것이어서 그 친구들이 저녁에 술값으로 써야 하는데, 빼드렁니의 주도면밀한 나의 결혼 지원 작전에 의해서 그 돈으로 신혼여행비에 보태 쓰도록 사전에 계획이 된 것이다.

'후후후…, 좋은 친구를 둔 것도 큰 복이고 힘이지, 암…!'

그리고 거기에 결혼식 날 친척들이 내는 축의금을 보태면 그런대로 신혼여행비가 되리라는 계산이 있었다.

그런데 나와 빼드렁니가 세운 이 계획에 커다란 구멍이 생기는 비상사태가 발생하였다.

함값은 친구들의 몸과 맘을 사리지 않는 적극적인 함 팔기로 해서 기대 이상의 돈을 벌어들였다. 친구들이 이 돈을 축내지 않기 위하여 어제 저녁에 여관에서 주구장창 맨땅 고스톱을 치면서 마른안주와 소주로 술판을 벌였으니…, 함값은 받은 그대로 남아있었다.

결혼식장에 도착하는 나의 친척 분들도 대충 예상한 대로 오셔서 신랑 쪽에 드문드문 봉투가 건네지는 것을 보고, 신혼여행비가 예상대로 모금이 될 것 같아 어느 정도 안도를 하며 잠깐 시간을 내서 신부대기실로 갔다.

신부는 대기실에 있을 때가 가장 아름답게 보인다고 하던데, 친구들에게 둘러싸여 뭔가 재미있는 이야기를 하는지 예쁘게 방실거리는 모습이 참으로 아름다웠다.

흰 드레스에 하얀 면사포가 예쁘게 방실거리며 빛나는 나의 흑진주를 감싸고 있고 뭔지 모를 꽃으로 만든 부케도 분위기에 잘 어울리는 그런 것이었다.

나는 신부 친구들하고 가볍게 인사를 나누었는데, 그 중의 한 명이 어제 저녁에 함을 진 친구들이 어디에 있는지 물어본다.

나는 그 친구들이 어제 저녁 늦게까지 놀다 늦게 자서 아마 조금 후에나 올 모양이라고 하니, 전에 혼배성사를 할 때에 증인을 서 주어서 잘 아는 친구가 함값 중에서 일부를 신부 친구들이 꽃값으로 받아간다고 한다.

나는 그러냐고 하며 나중에 피로연을 하는 중에 친구들에게 말하여 꽃값을 아주 많이많이 받아주겠다고 하니 모두들 좋아라고 한다.

'젠장! 꽃값이 있었네…?'

나는 신부의 하얀 장갑을 낀 손에 들린 아름다운 저 꽃이 과연 얼마짜리인지 궁금하였지만, 누구한테도 물어 볼 수가 없었다.

빼드렁니와 내가 열심히 머리를 굴렸는데도 꽃값이라는 큰 구멍이 있다는 것을 계산에 넣지를 않았던 것이다.

나는 크게 실망을 하였지만 내색을 할 수는 없고 좋은 말만 몇 마디 더 한 후에 신랑대기석으로 되돌아가는데, 신랑 측 접수석 앞에 생각지도 못한 친구의 얼굴이 보인다.

"야! 너 어떻게 알고 왔어?"

그러자 접수를 보고 있던 내 동생이 자기가 연락을 했다고 한다.

"야! 너 언제…, 입항을 한 거야?"

하고 물으니, 한 일주일 쯤 되었다고 한다.

"그럼…, 배는 언제 다시 타고…?"

그렇게 재차 물으니, 한 달 쯤 후에 다시 나간다고 한다.

이러한 이야기를 나누고 있는데, 사회자의 결혼식 시작을 알리는 안내 방송에 이어 잠시 후에 '신랑 입장!' 이라는 소리가 들린다.

나는 서둘러 주례석 앞의 신랑 위치로 걸어가며, 나의 신혼여행 작전을 전면 수정하였다.

'후후후…, 하늘이 무너져도 솟아날 구멍이 있다더니…. 후후후….'

《비얼로 간다》 제1부 '장가를 간다' 를 이렇게 길고 장황하게 세세한 부분까지 잘 묘사를 하면서, 막상 나의 결혼식 장면은 별로 특별히 쓸 것이 없다.

주례 선생님의 말씀도 아주 좋은 말들을 재치와 노련미를 곁들여 재미있게 하셨는데, 지금 돌이켜 보니 막상 생각나는 말은 하나도 없다.

요즈음은 캠코더로 비디오를 찍어서 다시 새겨서 볼 수가 있다. 하지만 그 당시에는 그러한 것이 없어서 결혼 장면을 찍은 사진 몇 장뿐이다. 그것을 보니 그 당시에 참가해 주신 친척분들의 모습, 또 회사에서 찾아온 동료들의 모습, 그리고 고향 친구 한 명의 모습이 고작이다.

저자의 결혼식 장면

사진 중에는 전통 예복을 입고 폐백을 드리는 모습도

전통 예복을 입고 폐백을 드리는 모습

있는데, 이것도 특별히 생각에 남아있는 것이 없다.

결혼식을 마치고 있었던 결혼 피로연은 목포에서 유명한 온갖 요리가 오른 아주 훌륭한 요리상이어서 참가한 하객들의 입맛을 돋우는 것이었다.

아마 내가 참석한 피로연 음식 중에서는 가장 고급이었고 맛도 모두 일품이었다.

나는 신나게 먹고 있는 친구들 중에서 함진아비말로 수고한 친구를 불러서 신부 친구들에게 꽃값을 주어야 하는데, 어차피 저녁 막차를 타려면 대여섯 시간 목포에서 놀아야 하니까 그 돈을 따로 나누지 말고 모두 가지고 가서 신부 친구들하고 좋은 데에서 함께 재미있게 놀다가 가라고 했다.

그 친구는 나의 신혼여행비를 걱정하는데 다른 방법으로 해결을 할 예정이니 그것은 걱정하지 말라고 안심을 시켰다. 나는 신부 친구들한테도 가서 그런 의견을 이야기하자 그 쪽도 모두 좋다고 한다.

나중에 들은 이야기이지만, 신랑측과 신부측 친구들이 함께 전에 내가 혼배성사를 한 날 뒤풀이로 갔던 목포 역전에 있는 캬바레로 가서 서너 시간 재미있게 잘 놀았다고 한다.

우리 식구와 친척들을 위해서도 축의금 받은 것 중에서 절반 정도를 동생에게 주어 차표를 사서 주도록 하고 검정 세단에 테이프로 장식한 차를 타고 일단 광주공항 근처에 있는 호텔로 갔다.

이때까지도 우리의 신혼여행 목적지는 제주도였다. 그래서 나의 결혼식에 참석한 모든 사람들은 오랜만에 보는 초호화판 결혼식, 피로연, 신혼여행에 모두 부러워했을 것이다.

제주도로 가는 비행기는 월요일 아침에 광주공항에서 출발할 예정이었다. 그래서 일요일 날 결혼을 한 커플은 일단 공항 근처에 있는 호텔에서 첫날밤을 보내야만 하였다.

신랑측과 신부측 친구들이 함께

나는 호텔로 들어가며 새각시에게 바짝 붙어서 찰떡 신혼부부임을 과시하였지만 사실은 가운데 다리가 좀 불편하여 걷기가 조금 힘들었기 때문이다.

나의 이런 제스처는 일주일 전에 혼배성사를 하고 난 후에도 한 번 써먹은 적이 있어서, 아내는 '괜찮냐?' 고 살짝 물어온다.

나는 '응…' 하고 응답은 하면서도 아내에게 좀 더 기대는 방법을 써서 아니라는 몸짓 신호를 보냈다.

우리는 신혼 첫날밤을 보내는 부부답게 호텔의 객실에 들어가자마자 일단 침대로 가서 나의 바지와 내복을 조심조심 벗겨내고, 팬티도 마저 벗고, 일단 가운데 다리의 상태를 살펴보았는데, 아침에 새로 감은 하얀 붕대의 정면 끝 부근에 살짝 핏빛이 배어나와 있었다.

나는 투덜거리며 뻐드렁니 말을 곧이곧대로 듣다가 큰 낭패라고 하며, 조심스럽게 붕대를 풀어보니 새로 꿰맨 바로 옆이 아직도 아물지가 않고 붉은 상처가 그대로 남아있다.

이 상태로는 최소한 1주일은 사용할 수가 없을 것 같다고 투덜거리자 새각시가 걱정스레 바라보며 아프지는 않냐고 묻는다.

그래서 가만히 있으면 괜찮은데 무엇에 닿아서 쓸리면 아프다고 대답하며, 아침에 준비해 둔 소독약을 바르려고 하니, 아내가 자기가 도와준다고 소독약과 약솜을 챙겨서 조심조심 약을 발라준다.

그런데 이 주책스런(?) 놈이 새로 수술하고 단장한 것을 자랑이라도 하려는 듯이 불쑥 고개를 쳐든다. 나는 '아야!' 하는 엄살을 떨며 몸을 뒤로 움츠리며 조금 기다리라고 하니 그놈이 다시 고개를 떨군다.

이러기를 서너 번 반복하며 겨우겨우 소독약을 바르고 붕대를 감다 보니, 아내의 기분도 풀어졌는지 얼굴에 장난스런 웃음기가 가득하다.

다시 옷을 입으며 아내와 나는 이러한 상태로 제주도로 가는 신혼여행을 강행하는 것은 무리라는 데 의견의 일치를 보았다.

그래서 적절한 대안을 마련하여야 하는데, 내가 하는 일이 바빠서 이삼일 정도로 신혼여행을 끝내야 된다고 핑계를 대며 제주도로 가는 것은 취소하고, 대신 부산으로 가기로 했다고 처갓집에 전화를 하게 했다.

이런 전화를 하고 조금 기다리자 제주도 행은 여행사를 하는 사촌오빠를 통해서 쉽게 취소가 되고, 대신 해운대에 있는 관광호텔에 예약을 했다고 연락이 왔다. 그리고 부산 가는 직행버스가 아침 몇 시이니 버스 터미널에 가서 그것을 타면 된다고 한다.

응급작전계획에 따른 신혼여행 코스 변경을 성공리에 마무리하고 좀 느긋한 마음으로 첫날밤 기분을 내려는데, 밖에서 노크소리가 들리고 신부 친구 중에서 부케를 받은 여자가 뭔가를 사 가지고 들어온다.

나도 마침 입이 궁금하던 참이어서 그 친구가 가지고 온 안주에 포도주를 맛있게 먹고, 텔레비전을 보면서 오랜만에 한가한 시간을 가질 수가 있었다.

신랑의 친구 중에는 신혼 여행지까지 따라와서 밤새도록 신랑에게 술을 먹이고 심지어는 첫날밤을 같이 보내는 찐다구(?)가 가끔 있다고 하던데, 나의 경우에는 신부 친구가 찐다구로 달라붙었다.

그러나 그날 저녁의 급한 일을 이미 깔끔하게 마무리한 나로서는 찐다구가 내 색시를 늦게까지 심심하지 않게 해 주어 오히려 고맙게 여겨졌다.

나는 여유 있게 텔레비전을 보면서 휴식을 취했고 찐다구도 그러는 나를 가끔 흘금거리다가 제풀에 지쳤는지 간다고 일어선다.

광주에서 부산으로 가는 직행버스는 남해안의 여러 도시에 잠깐씩 들르곤 하는데, 가끔 바닷가에 인접한 해안도로를 따라 가곤 하여 그런대로 겨울바다 경치를 볼 수가 있어서 한가로움을 즐길 수 있었다.

아침 일찍 출발한 버스가 오후 느지막하게 부산에 도착하였고, 우리는 마치 목적지 호텔에서 뭔가 급한 일을 해야만 하는 듯이 바로 택시를 타고 해운대로 향했다.

해운대 관광호텔도 그 당시에는 가장 좋은 것이었는데, 그곳에서 체크인을 하고 객실에 들어가서 처음 한 것은 광주에 있는 호텔에서 한 것과 비슷한 것이었다.

다만 이번에는 좀 더 여유가 생겨서인지 나를 놀래키는 것에 재미를 붙이고 장난치는 것에 서로 열중하다 보니 붕대 감기를 마쳤을 때에는 이미 밖에 짙은 어둠이 깔려 있었다.

우리는 간편복으로 갈아입고, 또 찰떡같이 붙어서 해운대 해수욕장의 해변가에 있는 포장마차에서 간단하게 저녁을 먹고 파돗소리를 즐기며 한동안 모래사장을 거닐었다.

해운대 해수욕장에서

이때가 마침 정월 대보름날 다음날이어서 동쪽 해변으로 요염한 색기를 은은히 발하는 음력 열엿새 달이 떠오른다. 우리는 달빛을 배경으로 몇 장의 사진을 찍으면서 우리의 결혼생활이 오늘의 달처럼 요요하기를 기원하였다.

'~♥ 아이구~★ 야시러라~♥'

나의 연락을 받은 고향 친구가 오전 11시 경에 호텔로 찾아왔다. 우리는 체크아웃을 하고 신혼여행 가방을 달랑거리며 태종대의 멋진 경치를 배경으로 몇 장의 사진을 찍고 자갈치 시장으로 가서 꼼장어를 먹었다.

이날 저녁은 친구의 아파트에 가서 묵었는데 몇 년 전에 결혼하여 남자 아이를 하나 낳고 20여 평의 아파트에서 살고 있는 친구의 아내는 우리에 관한 이야기를 사전에 충분히 많이 들어서인지 오래된 친구를 대하듯 반갑게 맞아주었다.

새내기 주부 두 사람이 오손도손 상의하여 만든 저녁을 맛있게 먹고 우리는 밤이 늦도록 이야기꽃을 피웠다.

사실 친구 부부도 1년여 동안 떨어져 있다가 만난 지가 1주일 정도 밖에 안 되니 두 사람만의 밤 시간이 부족한 상황이었지만, 그래도 오랜만에 만나는 친구하고의 시간도 소중하여 그 동안 바다를 누비며 오대양 육대주를 두루 돌아다닌 재미난 이야기에 열을 올린다.

이 친구는 나하고 중학교를 같이 다녔는데, 내가 초등학교 2학년 때부터 바로 울타리를 사이에 두고 지낸 이웃이었다. 이 친구의 형제가 무려 9명인데, 나의 형제 7명과 막내삼촌까지 합하여 우리 식구 8명하고 줄줄이 친구가 되는 바람에 더욱 가까운 친구이다.

이 친구는 고등학교 때에 목포에 있는 해양전문학교를 들어가서 중학교 졸업 이후에는 자주 만날 기회는 없었지만 그래도 형제들끼리도 친구이어서 항상 소식을 듣고 있었다.

학교를 졸업하고 바로 외항선을 타고 온 세계를 돌아다니는 마도로스 사나이가 되었다. 내가 대학교 1학년 여름에 이 친구가 타는 배가 마침 부산항에 정박 중이어서 한 번 만난 적이 있는데, 이때에 배 안에서 먹던 뱃사람들의 음식이 매우 인상적이었다.

이 당시에는 3등 항해사였는데 이 친구도 자기가 받는 월급의 대부분을 동생들에게 보내고 있었으니 자기가 쓸 돈이 별로 없었을 것이다.

그래도 오랜만에 만난 친구에게 술 한 잔 살 여유는 있었겠지만 이 친구의 말대로 자기가 타는 배 구경도 하고, 배에서 먹는 음식도 어떤 것인지 경험삼아 먹어보라고 하였는데, 그것이 그 친구의 순수한 마음이었을 것이다.

그때에 먹은 음식이 어떤 것이었는지 기억할 수는 없지만 참으로 맛대가리 없는 그런 것이었다. 요리사의 솜씨가 나쁜 것이 주원인이겠지만, 음식 재료도 장기 냉동 저장하는 것을 사용하여야 하기 때문에 맛있는 음식을 만들기가 어렵다고 한다.

지금은 1등 항해사이지만 배 안에서 먹는 음식이야 그때하고 별로 다를 것 같지는 않다. 그래서 오늘과 같이 육지에 상륙하여 집에서 아내가 만들어 주는 음식이 꿀맛일 것이다.

더구나 오랜만에 만나는 친구가 신혼 여행지를 바꾸어 새색시와 함께 자기 집으로 찾아와주니 사람 사는 재미가 나는 모양이다.

우리 부부는 본래 다음 날 목포로 돌아갈 예정이었는데, 친구와 그 부인이 하루 더 놀다가 가라고 적극 권유한다.

다음 날 우리는 친구의 안내로 범어사, 금정산성, 그리고 그 부근에 있던 민속촌 등지를 돌면서 사진을 찍고 민속주를 마시면서 하루를 보냈다.

친구의 아내는 어린 아기가 있어서 같이 갈 수가 없었는데, 대신 집에서 맛있는 음식을 많이 만들어서 함께 멋진 저녁 만찬을 가질 수 있었다.

다음 날 아침 목포로 가는 버스를 타는데, 돌아가는 차표를 친구가 사주는 바람에 오히려 내 주머니에 돈이 얼마간 남은 상태에서 신혼여행을 마칠 수가 있었다.

신혼여행을 다녀온 새내기 부부는 일단 처갓집으로 가서 새색시 부모님에게 절을 하는 것을 시작으로 새로운 출발을 하는데, 나의 경우에는 장인이 절을 받으려 하지 않아 그냥 '잘 다녀왔습니다' 하는 인사로 새로운 출발을 시작하였다.

그 이후로도 처갓집에 가면 장인에게 절을 하지 않고 그냥 '그간 안녕하셨어요?' 하는 인사만 하게 되었다.

이러한 것이 처음에는 장인영감을 대할 때에 쑥스럽고 조금 거리감을 느끼게 하였는데, 몇 년이 지나 같이 낚시를 다니며 같이 지내는 시간이 많아지고, 서로 이야기를 많이 하다 보니 오히려 친자식같이 나를 대하는 장인어른이 편하게 느껴졌다.

장모님은 처음 맞선을 보러 왔을 때에 '저녁에 집에 와서 자소' 란 말을 하였을 정도이니, 신혼여행을 다녀온 날이나 그 이후 언제라도 늘 나를 친자식처럼 대하신다.

사실 빈털터리에게 딸을 시집보낼 마음을 먹으려면 사위를 자식같이 생각할 때에만 가능할 것이다.

장모님은 신혼여행으로 제주도에도 다녀올 시간이 없을 정도로 바쁜 사위가 바로 처갓집으로 와서 하룻저녁 묵고 가는 것으로 크게 만족하시는 기색이었고, 다시 아내의 언니 식구가 와서 북적대고, 작은딸이 뭔가를 재미있게 이야기하면서 떠들썩한 것이 즐거우신 것 같다.

이렇게 시끌벅적한 저녁을 보내고 다음날 신행길에 오르는 우리 부부에게 이바지 음식을 잔뜩 장만하여 들려주신다.

미리 연락을 해 놓아 우리 집에서도 부모님과 동생들이 우리를 반갑게 맞이한다. 우리 아버지는 '처음이니까 절을 받자!' 하시며 어머니와 나란히 자리에 앉고, 큰절을 하는 우리에게 다음부터는 명절 때에만 절을 하라고 말씀하신다.

사실 우리 집은 설날에만 세배를 올리고 다른 때에는 절을 하는 일이 거의 없이 자라왔다. 이러한 것은 부모님이 항상 장사를 하시느라 집안에 계시는 일이 별로 없어서이지만, 그래서 나는 절을 하는 것이 좀 서툰 편이다.

이날 저녁은 이바지로 가져온 음식으로 조촐한 술판을 벌였다. 아버지도, 어머니도 술을 좋아하시는데, 둘째며느리가 해온 맛있는 이바지 음식을 안주로 드시는 것이 여간 즐거우신 모양이다.

우리는 다음 날 일찍 대전에 마련된 우리의 신혼살림을 시작할 보금자리를 찾아갔는데, 먼저 근처에 있는 이모집에 들러서 어머니가 챙겨 준 이바지 음식을 전하고, 거기에서 점심을 먹고 신혼살림이 도착할 시간에 맞추어 이모님과 같이 우리 집으로 갔다.

먼저 주인아주머니에게 인사를 하고 조금 기다리자 골목길을 잘도 빠져 나오며 조그만 용달차가 집으로 들어온다. 그 차는 비록 크지는 않았지만 차 뒤에는 이삿짐이 가득 차 있었다.

우리가 살 집이 단칸방이어서 놓은 해 오지 않았는데도 이런저런 살림살이가 차로 가득 차 있는 것을 보고 나도, 이모님도, 주인 집 아주머니도 모두 놀랄 수밖에 없었다.

그보다 더욱 놀라웠던 것은 운전수가 조수석에서 조심조심 꺼내 주는 바이올린과 가야금이었다. 나는 우리 색시가 그런 방면에 신부 수업을 받은 것이 너무나 놀랍고 신기하였다.

내가 마련한 단칸방은 처갓집에서 보내온 신접살림으로 가득 찼다.

그래도 조립식 비닐 옷장을 하나 사서 이불과 옷을 챙겨 넣고 부엌에 살림살이들을 챙겨 넣으니, 그린대로 우리 부부의 원앙금침을 깔 조그마한 공간이 생긴다.

우리 색시는 이모님하고 같이 저녁 준비를 하고 나는 벽에다 여기저기 못을 치고, 옷걸이도 걸고, 바이올린과 가야금을 걸어 벽을 장식하였다. 대충 방안 정리가 끝날 즈음에 저녁상이 들어오고, 우리 집에서 먹는 첫 번째 식사를 이모님을 모시고 하였다.

식사 중에도 이모님이 모든 살림이 부족한 것 하나 없이 모두 꼼꼼히 챙겨서 보내셨다고 칭찬이 자자하시다.

우리 색시의 언니가 약 7년 전에 시집을 갔는데, 그 이후로 장모님은 우리 색시가 가지고 갈 혼숫감으로 각종 살림살이를 하나둘 장만하여 부엌 위에 있는 다락을 가득 채우는 재미로 살아오셨는데, 둘째딸을 시집보내고 드디어 그곳을 완전히 비울 수 있어서 마음이 홀가분하셨을 것이라고 한다.

지금은 웬만한 전자제품은 1년만 지나도 완전히 구닥다리로 변하지만 그 당시에는 7년 전에 마련한 것도 최신 제품하고 별로 차이가 없고, 우리 집으로 보내온 모든 것이 전부 최고급품이어서 우리 이모님은 여간 부러워하시는 것이 아니다.

하기야 이모님도 벌써 딸을 둘이나 여위었지만 제대로 된 살림 하나 들려 보내지 못한 것을 평소에 못내 마음 아파 하셨다. 그래서인지 저녁을 먹은 후에도 우리 새색시가 이리저리 정리하는 각종 세간을 찬찬히 살펴보시며 거들어 주신다.

나는 아랫목에 깔려 있는 이불을 무릎에 덮고 텔레비전을 보면서, '이제나~ 저제나~' 하고 기다리는데 눈치 없는 이모님은 갈 생각을 안 하신다. 하기야 제주도로 신혼여행을 가서 각종 재미를 다 보았을 것이라 생각하고 계시는 것 같다.

'에휴…!'

오늘에야 겨우 사용 가능한 상태로 회복이 된 것을 우리 새색시도 모르고 있어 마음 놓고 이모님 있을 때에 집안 정리를 할 생각으로 이리저리 세간을 옮기는 눈치이다.

'으휴~!'

저녁을 먹고, 설거지를 하고, 이것저것 걸리적거리는 것들을 이리저리 잠깐 옮기는 그런 것인데도 나에게는 몇 시간이나 기다린 것 같은 그런 저녁이었다.

그런 후에 이모님이 가시는 기척이 나고 한참 지나서야 색시가 방으로 들어온다.

"다 끝났어…? 추운데… 이리 들어와~♥"

나는 다정한 목소리로 색시를 아랫목 이불속으로 끌어들이고, 언 손을 비벼주며 살며시 끌어 당겨 살짝 뽀뽀하고 이어서 조금 진한 뽀뽀, 좀 더 진한 뽀뽀로 이어갔다.

오늘은 우리만의 공간에서 보내는 첫날밤, 아주 특별한 날이니 좀 더 기분을 살려 아주 찡한 뽀뽀(~♥★♥~)를 한다.

이러한 코스는 지난 일주일간 충분히 연습하여 이제는 제법 숙달이 되었는데, 지금 이 순간부터는 제 2단계로 들깨 볶아 개피내기 코스를 열심히 연습하고 있는 것이다.

이렇게 들깨 볶아 개피내기 코스를 열심히 연습을 하여 제법 숙달이 되어가던 어느 날 밤, 꿈에 맑은 물이 흐르는 냇가에서 발을 담그고 놀다가 물속에서 반짝거리는 작은 구슬 두 개를 주웠는데, 하나는 붉은색이고, 또 하나는 파란색으로 영롱하다. 그리고 그것을 입안에 넣고 꿀꺽 삼키는 꿈을 꾸었다.

아침에 일어나 아내에게 꿈 이야기를 해 주면서 어쩌면 태몽 같은데, 요즈음 몸에 이상한 느낌이 없냐고 물어보니 잘 모르겠다고 한다.

저녁에 퇴근하고 집에 오니 아내가 낮에 산부인과에 다녀왔는데 임신 3개월이라고 한다.

나는 축하를 한다고 하면서도 속으로는 '이제 깨 볶는 것도 끝장이네' 하는 서운함이 앞선다.

1979년 5월 어느 일요일 오후에 연구소 뒷산에 있는 조그만 저수지로 낚시를 하러 갔다. 참석자는 우리 부부와 K군 부부, 함진아비를 했던 J군, 그리고 빼드렁니 등 6명이었다.

K군의 부인도 최근에 임신을 하여서 두 부인은 그것과 관련된 정보를 나누느라 고기 잡는 것은 뒷전이고 나란히 앉아 연신 뭔가를 쑥덕거리며 웃음꽃을 피운다. 그 저수지에는 커다란 백연어도 있다고 해서 은근히 기대를 하고 낚시를 했는데 해가 떨어질 때까지의 조과는 피라미 십여 마리가 전부이다.

그래도 매운탕에 술 한 잔 걸치자고 하며 빼드렁니가 술을 사러 간다.

우리는 나뭇가지를 주워 모닥불을 피워놓고 기다리는데 30분쯤 지나서 빼드렁니가 청경 P씨를 데리고 올라온다.

이 청경은 우리 또래로 평소에도 인사를 나누는 사이인데 아랫마을에 살고 있어서 매운탕을 끓일 냄비와 수저 두 벌, 양념 몇 가지, 계란 몇 개를 가지고 소주 몇 병을 사오는 빼드렁니와 함께 왔다.

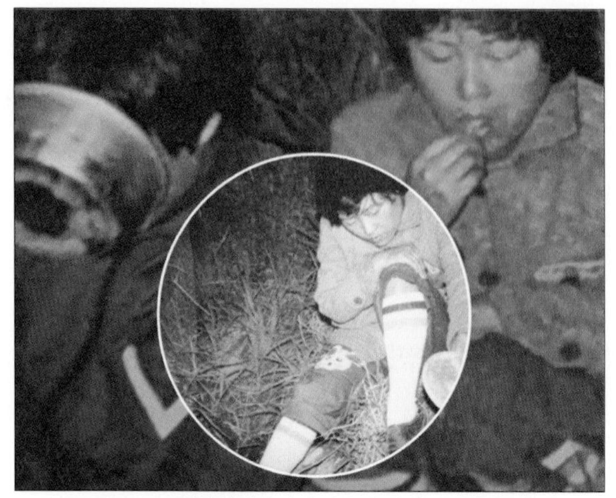
낚시터에서의 매운탕 파티

이런 요리는 남자가 해야 한다며 P씨가 피라미에 계란을 입혀서 넣은 매운탕을 끓인다. 매운탕이 다 끓을 즈음에 해는 완전히 서산 너머로 잔광을 남기고 사라졌지만 마침 상현달이 떠 있어서 별도의 조명 없이 매운탕 파티를 시작할 수 있었다.

참석자가 모두 모닥불 주변으로 모여 앉아 술잔을 돌리려는데 깜박 실수로 술잔을 가져오지 않았다고 한다.

그런데 P씨가 놀아본 가닥이 있어서 계란껍질로 술잔을 삼아 술을 따른다. 나중에 생각해 보니 P씨가 일부러 술잔을 안 가져오고 피라미에 입힐 계란을 깰 때에 조심스럽게 해서 계란껍질로 술잔을 만든 것 같다.

그래도 하나가 부족하니 자기는 병뚜껑에 술을 따르고 모두 함께 '지화자!' 를 외치며 술잔을 비웠다.

그리고 숟가락 하나는 여자분 둘이서 사용하고, 남자들은 숟가락 하나와 병뚜껑으로 매운탕을 먹는데…, 와, 이렇게 맛있는 매운탕은 평생 처음 먹어 본다.

하늘에 떠 있는 반달이 저수지 한가운데에도 떠 있어서 마치 보름달처럼 주변을 밝혀주고, 계란을 입힌 피라미 매운탕을 안주로 계란껍질 술잔을 돌리는 모습과 그런 청춘남녀들의 멋스러운 파티, 맑은 웃음소리에 초여름 밤이 익어간다.

이 소중한 홀로그램의 멋진 순간을 담은 빛바랜 사진이 두 장이나 남아 있는 것이 신기하다.

그리고 한 달쯤 지나 장마가 시작되고 하루 종일 비가 주룩주룩 온다.

그러던 어느 날 새벽에 우리 집 초인종이 요란하게 울려 나가 보니, J 군이 양동이에 커다란 물고기 한 마리를 담아 들고 있다.

집안으로 들이고 물어보니, 새벽녘에 연구소 뒷산 저수지에서 백연어를 잡아 첫 버스를 타고 가져왔는데 임신한 우리 집사람에게 고아주라고 한다.

녀석! 한 달 전쯤에 잡지 못한 백연어를 잡는다고 장맛비를 맞으며 밤새 고생을 한 것이다.

정성이 너무 고마운데…, 어떻게 보답을 하지…?

나는 집사람이 임신을 하여 조심스럽기는 하지만, 그런대로 깨를 달달 볶을 수 있는 단칸방이 마음에 들었는데, 처녀 때에 칠면조라는 별명을 가지고 있었던 집사람에게는 단칸방에서 변신을 하고, 산 중턱에 있는 멋진 이태리 풍의 이층집에서 나와 꼬부랑 골목길을 요리저리 100 미터 가량 내려와 작은 시장을 통과한 후에 겨우 큰 길로 나와 버스를 타고 어딘가로 간다는 생각이 마음에 들지 않아서인지 어디를 가는 일이 별로 없었다.

그러다가, 하루는 대전지역에 살고 있는 남편 고교 동창 모임에 따라갔는데, 거기에 나온 동창 중에 주택공사에 다니는 HK라는 친구가 이번 가을에 완공 예정인 25평짜리 용전동 주공 아파트를 팔기 위하여 하는 이런저런 이야기에 귀가 솔깃하였다.

그러고 집에 와서 우리도 그 아파트를 분양받자고 한다.

나는 깜짝 놀라 물었다.

"뭐…! 아니! 우리가 어떻게…?"

"잘 하면, 분양받을 수 있을 것 같아요…."

그러더니 이리… 이리하고, 저리… 저리하면 된다고 한다.

'와!' 이 여자 부동산 투기에 귀재가 아닌가(?).

모임에서 이야기를 듣고 집에까지 오는 몇 시간 동안에 모든 것을 다 따져 본 모양이다.

나는 월부장가를 가서, 이제 겨우 반 정도 갚았는데…, 25평 아파트를 분양받는다고 생각하다니. 이건 분명 안사람이 바이올린하고 가야금에 덧붙여 도깨비 방망이도 몰래 가지고 시집을 온 거라고 생각했다.

나는 결혼 얼마 전에 목포 역전앞 다방에서 대학노트 한 장에 두 줄로 가지런하게 적힌 40여 가지의 결혼예물을 준비하라고 내가 가지고 간 돈봉투를 통째로 넘겨준 이후로, 내가 받는 월급봉투도 모두 안사람에게 가져다주고 필요한 용돈을 받아쓴다.

즉, 우리 집의 모든 경제활동을 안사람의 주도하에 하는데, 그 안사람이 25평 아파트를 분양받을 수 있을 것 같으면 분양받을 수 있는 것이다.

그리고 분양받기 위한 모든 것을 안사람이 뚝딱하였고, 9월 중순경에 입주를 하였다. 즉, 결혼 7개월 만에 25평 아파트로 이사를 하고 실원들, 동료들, 동창들, 친척들을 차례로 집들이에 초대하자 오는 손님들이 모두 깜짝 놀란다.

나는 결혼을 한 이후로 우리 집의 경제권을 모두 안사람에게 일임하고 재정상태에 대해서는 전반적인 흐름은 느낌으로 알지만 세부적인 것은 거의 물어 보지 않고 살았다.

이때에도 몇 가지 어려움이 있었지만 안사람이 알아서 잘 해결하는 눈치이다.

집안일의 어려움을 안사람이 스스로 해결하는 동안 나도 바깥일의 어려움을 스스로 해결하고 있었다.

제2부 핵연료를 만들어 원자로에 넣다

내가 연구소에서 하는 일은 실원 모두가 함께 하는 일이지만, 시작이 너무 잘못되어 거의 모든 일이 내가 이끄는 대로 진행이 되었다.

이 사연을 이야기하려면 그 당시까지의 우리나라 원자력계 상황을 대충 알아야 한다.

우리나라는 이승만 대통령의 주도로 원자력개발이 시작되었는데 주요 연혁을 살펴보면,

1959.02.03 원자력연구소 설립
1962.03.19 TRIGA-mark 2 준공
1971.03 고리 1호기 착공
1972.05.10 TRIGA-mark 3 준공
1976.12.01 핵연료 개발공단 발족
1978.02.15 월성 1호기 건설 허가

1978.04 고리 1호기 준공
1980.12.19 한국에너지연구소로 통합
1982.11 한국핵연료주식회사 설립
1983.04.22 월성 1호기 상업운전 시작
1986.02.17~04.16 KWU 전문가 초청 Nuclear Fuel Technology Course
1987 중수로 핵연료 국산화 성공
1988 경수로 핵연료 국산화 성공
1989.01 경수로용 원자력연료 상업생산 개시(연 200톤-U)
1989.07 국산 경수로용 원자력연료 첫 출하(고리 2호기)
1989.12.30 한국원자력연구소 명칭 환원
1996 한국표준원전 개발
1996.12.16 원자로 계통 설계 사업, 핵연료 사업, 방사성폐기물사업 산업체 이관
2007.03.27 한국원자력연구원 발족

1976년 12월에 핵연료실을 중심으로 3개실이 원자력연구소에서 분리되어 핵연료 개발공단이 설립되고, 대덕연구단지에 연구시설을 건설하기 시작하였고, 1978년 초부터 연구인력이 대전으로 이전을 하였다.

나는 1977년 2월에 3개월의 수습기간을 마치고, 연구원 2호봉으로 정식직원이 되었다.

나는 핵연료실의 조사시험팀에 배속이 되었는데, 주로 하는 일은 TRIGA-mark 3 실험로에 장전할 조사 시험 시편의 모의품을 제조하는 연구와 피복 재료의 산화 특성을 연구하는 실험을 돕는 일이었다.

이 두 가지는 팀장님이 거의 모든 걸 주도하고, 나는 그저 일손만 보태

는 것이어서 개인 시간이 엄청 많았고, 그래서 핵연료와 원자로에 대하여 공부하는 것에 열중할 수 있었다.

사실 나는 대학교 때에 거의 공부를 하지 않아 겨우겨우 턱걸이로 졸업을 하여 원자력에 대하여 잘 모르고, 더군다나 핵연료에 관해서는 대학 때에 거의 배운 기억이 없다.

또 컴퓨터에 대하여도 배운 적이 없는데, 반년 쯤 지나서부터 시험 시편의 원자로 내의 열수력 특성을 계산하는 데 필요한 코드를 개발하는 일이 나에게 주어졌다.

일은 주어졌는데 열수력 계산 코드가 없어 도서관에 있는 자료들을 찾아보니 COBRA-2라는 코드의 소스 리스트가 마이크로피쉬 자료에 있다.

나는 마이크로피쉬에 있는 소스 리스트를 마이크로피쉬 리더기의 화면을 보고 옮겨 적는데, 이게 글자가 흐릿하여 제대로 읽을 수가 없다.

그래서 암실에서 사진 현상을 담당하는 JH를 찾아가서 마이크로 피쉬를 사진으로 확대하여 달라고 부탁을 했다.

JH는 군말 없이 바로 피쉬 한 장을 A4 크기의 인화지에 확대시켜 보여주는데, 이것은 군데군데 애매한 글자가 있지만 거의 대부분의 글자를 알아볼 수 있다.

그래서 전체를 다 인화지로 옮기는데 무려 30장쯤 된다. 나는 그것을 프로그램 코딩지에 옮겨 적고, 전산실에 가서 키펀치를 신청하였다.

키펀치가 완료된 카드덱은 40센티미터쯤 되는 카드박스에 거의 가득 담겨 있는데, 그것을 전산기에 넣어 돌려 보니, 당연한 것이지만 프로그램 리스트 뒤에 에러 리스트가 몇 장이나 붙어 있다.

'와! 신난다.'

지금부터는 이 에러 리스트들을 말끔하게 비우는 일을 하면 된다.

사실 당시 원자력연구소에는 핵연료 설계실이 있었는데, 그곳의 실장님은 미국 모 유명대학에서 박사학위를 받으시고, 미국의 모 원자력관련 기업연구소에서 몇 년간 근무하면서 핵연료 설계에 필요한 컴퓨터 코드와 각종 참고 자료를 가지고 귀국하여 핵연료 설계실을 만드신 분이다.

이 실에는 나하고 대학 동기이거나 몇 년 후배 중에서 실력이 특A급인 친구들이 근무하는데, 이들은 핵연료 설계에 필요한 몇 개 분야로 업무를 분장하여 자기 분야의 일은 자기만 할 수 있는 배타적인 체제로 일을 하여서 외부인은 그들이 무엇을 하는지 모르게 했다.

그래서 나는 그 친구들이 카드덱이 든 박스를 옆구리에 끼고 다니는 것이 늘 엄청 부러웠다. 그런데 드디어 나도 비록 에러 투성이일망정 번듯한 카드덱이 든 박스를 옆구리에 낄 수가 있었다.

내가 카드덱을 어떻게 만들었는지도 비밀이어서 JH와 우리 팀장을 빼고는 누구도 마이크로피쉬에 있는 것을 어떻게 저떻게 해서, 어떻게 했는지는 모를 것이다.

서울연구소의 핵연료실에 있던 모든 장비가 대전으로 내려가고, 텅 빈 연구실에는 그동안 핵연료 제조 기술을 개발하기 위하여 소량의 이산화우라늄 분말을 사용하였는데, 이 분말의 찌꺼기가 버리고 간 후드, 닥트, 통풍구 등에 제법 많이 끼어 있었다. 이것을 제염하는 작업을 JY선배와 내가 하고 대전으로 내려가기로 했다.

나는 방사능 오염 시설을 어떻게 제염하는지를 모르는데, 영국에 있는 유명연구소로 OJT를 갔다가 최근에 귀국한 선배가 하는 대로 일손을 보태는 것이어서 별로 부담은 없는데, 작업을 하다 보니 이산화우라늄 분말을 온몸에 뒤집어쓰는 상황이 몇 번 이어지자 점점 속이 뒤집어지고, 오후 늦게 일이 마무리되었을 때 즈음에는 완전 탈진이 되었다.

입고 있던 작업복을 모두 쓰레기봉투에 버리고 대충 샤워를 하고 난 후에, 연구소 앞에 있는 단골 술집에서 소주로 뱃속까지 들어온 이산화우라늄 분말을 씻어내는데, 선배나 나나 이런 방법으로는 머릿속에서 아우성치는 '이걸로는 어림없어…!' 라는 소리를 몽롱하게 달래는 것이 전부라는 것을 잘 알고 있었다.

이때의 경험 때문에 이산화우라늄 분말로 뭔가를 하는 작업 현장에 갔다가 오는 날에는 소주를 몇 병 걸쳐야 잠이 온다.

대전으로 내려오니 모든 것이 새롭다.

먼저 직원들의 숙소인 독신료가 대전연구소 정문에서 약 100미터 떨어진 곳에 있어서 출퇴근에 여유가 있어 좋다.

또 사무실과 실험실도 모두 새로 만든 것이어서 어디를 가나 깨끗하여 서울에서의 마지막 작업 후유증을 어느 정도는 힐링시킬 수 있었다.

사무실에서 하는 일도 서울연구소에서 하다가 남은 COBRA 코드를 돌아가게 하는 일이 전부이어서 여유가 있었다.

당시에는 과학 분야에서는 주로 포트란이라는 컴퓨터 언어로 프로그래밍을 했는데, 조금만 배워도 코드 작업을 할 수가 있었다.

다만 에러가 떴을 때에는 출력 리스트의 마지막 장에 있는 에러 맵을 보고 에러의 원인을 찾아가는데, 이것이 그 당시에는 기계어로 되어 있어서 이것을 해독하는 데 시간이 많이 걸렸다.

그래서 테이프에 들어 있는 컴퓨터 코드를 사오지 않고 어떤 코드의 소스 리스트를 구해서 이것을 컴퓨터에서 돌아가게 만드는 데는 아주 많은 시간이 소요되었다.

특히 내가 하는 작업처럼 소스 리스트가 글자를 잘 판독할 수 없는 마이크로피쉬에 담겨 있을 때에는 몇 배나 더 많은 시간을 공들여야 코드를 완성시킬 수 있다.

이러한 사정을 팀장이 잘 알고 있어서 나는 여유롭게 전산실을 들락거리는 것이 일과이었다.

하루의 일과를 마치고 구내식당에서 저녁을 먹은 후에 독신료에 모여든 동료들은 각자의 취향에 따라 이런저런 것을 하면서 저녁 시간을 보내는데, 나는 주로 TV를 보거나 맘에 맞는 동료들과 어딘가로 술을 마시러 간다.

그러던 어느 날 최근에 방영되어 젊은이들 사이에서 인기가 많은 '토요일 밤의 열기' 에서 나오는 디스코라는 춤과 유사한 허슬이라는 춤을 여동생에게서 배워 와서 저녁에 독신료에서 시간을 보내는 동료들에게 가르쳐 주었다.

처음에는 친한 동료 한두 명이 배우다가 소문이 나자 대여섯 명이 배우러 와서 한 달 정도는 시끌벅적하니 저녁 시간을 보내기도 하였다.

1979년 초에 공단에 전면적인 조직개편이 있었는데, 핵연료 제조기술을 개발하는 팀은 그대로 핵연료실에 남고 우리 팀과 다른 실에 있는 원자력공학과 출신들은 모두 핵공학1실과 2실에 배치되었다.

우리 팀은 팀장과 나를 포함하여 4명이 핵공학 1실로 배치되었는데, 실장은 캐나다에서 박사학위를 받고 유치과학자로 초빙된 S박사가 임명되었다. 그리고 핵공학 2실은 나랑 같이 제염 작업을 하였던 JY선배가 되었는데, 서울대학교 원자력공학과 출신들은 나만 빼고 모두 2실로 발령받았다.

이러한 발령은 이상한 것이 많은데, 가장 괴상한 것은 S박사가 1실장이 되고, JY선배가 2실장이 된 것이다.

JY선배는 이전 팀에서 우리 팀의 최고참이기는 하지만 2실장이 되었는데, 우리 팀장은 여전히 1실의 실원으로 발령을 받았으니 그대로 있을 수가 없어서 며칠 후에 다른 실로 옮겨 갔다.

그러자 우리 팀에 있었던 나보다 고참들도 모두 다른 실로 옮겨가기 시작했는데, 일주일 쯤 지나자 내가 실에서 제 2인자가 되었다. 참 세상에 이런 일이…!

또 하나 이상한 것은 서울대학교 원자력공학과 출신은 모두 2실로 발령을 받고, 그 중에서 JY선배가 최고참이어서 실장이 되었는데 거기에서 나만 달랑 빠진 것이 왜(?)인지 알 수가 없다.

나는 JY선배가 군대에 갔다 와서 3학년 때에 복학을 하는 바람에 2년간 같이 공부를 하여 그런대로 친한 사이인데 말이다.

새로운 실로 발령을 받고 보름쯤 지나서 S실장이 나를 조용히 불러 원자로에 장전할 조사시험시편을 설계하라고 한다.

나는 깜짝 놀라서 나는 그럴 실력이 없다고 하자 그럼 누구에게 시켜야 하느냐고 되묻는다. 하기야 내가 실의 제 2인자이고 우리 실의 주 업무가 조사시험시편을 설계하여 원자로에 장전하는 것이라고 하는데…, 어쩔 수 없이 나는 그 설계지시를 받아들여야만 했다.

사실 나는 예전 실에서 조사시험팀에 2년쯤 근무하였지만, 모든 일은 팀장이 주도하고 고참들이 뭔가를 하고 나는 잔심부름만 하여, 당시 하던 조사시험시편의 목크업을 어떻게 설계하고 제작하는지에 대해서는 수박 겉핥기식의 내용 밖에 아는 것이 없다.

나는 아무 말도 못하고 실장실을 나왔지만 그 후로 거의 보름간은 무엇을 먹고, 마시고, 자는지 비몽사몽이 되어 어디를 놀러가지도 못하고, 누구에게 물어보지도 못하고 혼자서 끙끙거리는데, 그러다 문득 한 가지 반짝 생각이 떠오른다.

나는 그 생각을 설명하기 위하여 스케치 하나와 내용 몇 줄을 적어서 실장실로 찾아갔다.

실장은 내 설명을 듣고는 몇 분간 통박을 굴리다가 '그렇게 하라' 고 한다.

나는 실장실을 나오며 이번에 제안한 개념 설계 정도의 조사시험시편이라면 내가 주도해서 설계할 수 있을 것 같다는 생각에 흘가분한 마음으로 내 자리로 돌아올 수 있었다.

내가 실장에게 제안한 개념 설계의 내용은 중수로형 핵연료봉 3개의 양단을 삼각형으로 배치하고, 그 양단을 중수로형 핵연료다발과 마찬가지로 봉단접합판에 용접하여 3봉핵연료 다발을 만든 후에 그 양단에 TRIGA-Mark-3 핵연료봉의 양단 고정체를 부착하는 그런 모양의 조사시험시편을 만드는 것이다.

이러한 조사시험시편은 위에 몇 줄로 모든 내용을 설명할 수 있을 정도로 아주 단순한 설계여서 중수로형 핵연료봉과 다발이 어떻게 생기고, TRIGA-Mark-3 핵연료봉의 양단 고정체가 어떻게 생겼는지를 아는 사람은 듣는 즉시 이것이 뭔가를 알 수 있는 것이다.

그러나 다음 날 실장이 나를 불러 다시 설명하라고 하더니, 그 다음 날도 같은 설명을 지시한다.

나는 세부적인 수치를 조사하여 예비 설계도를 그려서 실장에게 가져다주고, 이것의 설계자료를 생산하기 위한 컴퓨터 코드로 핵연료봉 성능계산 코드, 열수력 설계 코드, 핵설계 코드로 뭐가 필요하고, 안전성 분석은 적절한 방법론을 새로 개발하여야 하고, 시편 제조와 품질 검사는 어떤 것을 어떻게 하여야 한다는 전반적인 마일스톤을 요약하여 보고를 해야 정상적으로 설계 업무가 진행이 되었을 터인데, 불행하게도 그 당시에는 무엇을 어떻게 해야 되는지를 나도 실장도 알지 못했다.

내가 그 당시에 실의 제 2인자로서 할 수 있는 것은 다음 단계에 해야 할 일을 찾아내는 데 일주일이 소요되고, 이것을 3일간에 걸쳐 실장에게 같은 설명을 3번 하고, 승낙이 떨어지면 필요한 코드를 찾아서 입수하는 데 약 한 달, 그것을 익혀서 사용하는 방법을 익히고 팀원들에게 숙지시키는 데 두어 달이 소요된다.

먼저 고심 끝에 선정한 핵연료봉 성능 분석 코드는 미국 NRC에서 오디트 코드로 개발하여 공개한 FRAPCON이라는 코드를 사용하였고, 열수력 설계 코드는 예전 실에서 내가 완성시킨 COBRA 코드의 일부 서브루틴을 수정하여 사용하였다.

핵설계 계산은 TRIGA-MARK-3 원자로를 관리하는 서울연구소의 노심관리실에 맡겼는데, 우리 실에서 작성한 조사시험시편의 예비 설계 자료를 제공하였다.

안전성 분석을 하기 위한 방법론을 선택하는 데에는 엄청 많은 자료 조사와 고심을 하였는데, 결국에는 TRIGA-MARK-3 원자로를 설계한 회사의 방법론과 계산식을 참조하여 보수적으로 분석 계산을 하였고, 예상대로 안전 여유도가 아주 높았다.

조사시험시편의 제조와 품질 검사는 핵연료실에서 한다. 우리는 시편의 설계도를 제공하고, 품질 검사를 위한 예비 기술 시방을 만들어 제공하였는데, 문제는 핵연료봉을 제조하기 위하여 피복관에 소결체를 넣고 봉단마개를 용접하는 공정이 캐나다와 달라서 용접부위 품질 검사를 하는 방법론을 결정하기 위한 예비 검사 및 성능 실험을 하는데, 내가 참여를 하여야 하였고 만족할 만한 검사 기준 및 품질 평가 자료를 작성하는 데 무려 일 년이 소요되었다.

이러한 모든 일을 하는 데 거의 2년이 소요되었고, 드디어 안전성 분석 보고서와 조사시험시편의 제조 이력과 품질 검사 보고서가 완성되고, 이들 자료를 서울연구소에 제출하여, TRIGA-MARK-3 원자로에 조사시험시편을 장전하기 위한 원자로 사용 허가를 신청하였다.

이렇게 하여 제작된 3봉핵연료조사시험시편은 장전 허가를 받고, 1981년 7월부터 TRIGA-MARK-3 원자로에 장전되어 1986년 3월까지 행해진 중성자 충돌실험을 마친 후 대전연구소로 이송되어 외관검사와 현미경조직검사 등 '물리적 건전성 시험'을 거쳤으며, 현재 원자력연구원 폐기물 저장고에 보관돼 있다.

나는 3봉핵연료조사시험시편을 개념 설계하고 핵연료봉 성능 분석과 열수력 특성 분석, 안전성 분석 및 보고서 작성을 주도적으로 수행하고, 핵설계 계산과 핵연료 제조 및 품질 검사를 지원하여 안전성 분석 보고서와 조사시험시편을 완성한 공로로 비록 아무런 표창을 받지는 못했지만, 우리 실장이 배려할 수 있는 특진을 2년의 기간 동안에 파격적으로 무려 3번이나 받아서 1981년 초에 연구원 9호봉이 되었다.

그리고 1981년 3월에 중수로형 핵연료 사업단이 결성이 되고 우리 실은 중수로형 핵연료 설계 분야의 일을 하였다.

내가 주도하여 설계하고, 제조 및 품질 검사를 지원한 3봉핵연료조사시험시편은 그 해 7월에 TRIGA-MARK-3 원자로에 장전되어 거의 5년 동안 조사시험을 하였으며, 조사후시험결과 건전성이 확인이 되었다.

이것으로 비록 내가 학사 출신 연구원 초년생이라는 거의 돌팔이 수준의 연구원이어서 장님 문고리 잡기로 조사시험시편 개발을 주도하였지만, 모든 갈 길을 제대로 찾아간 것이 확인되었다.

이러한 일이 진행되는 동안에 우리 일반인은 알 수가 없었지만 미국의 압력으로 우리나라 원자력계에는 중대한 변화가 있었다.

〈핵무기 개발을 포기한 이유〉를 검색해 보면, 이런 내용이 나온다.

[전두환의 방미교섭이 한창 진행중이던 1980.12.19, 박정희시절 핵개발을 주도했던 원자력연구소와 한국핵연료개발공단이 갑자기 통폐합되었다. '원자력' 이라는 말을 아예 빼버리고 '에너지연구소' 라는 새 이름을 달았다.

이는 1980년 초 1차로 핵무기 개발기구를 해체하고 개발인력을 숙청한 데 이어 1982.12.31 단행된 최대 규모의 숙청(국방과학자와 연구소 직원 839명을 해고)과 함께 한국의 핵개발은 백지화 되었다.

핵무기 개발 자료와 설계도도 모두 미국에 넘겨주고 말았다. 이것이 의미하는 바는 무엇일까? 그것은 바로, 미국은 한국이 추진했던 자주국방계획과 핵개발을 저지하기 위해 전두환정권의 출발을 용인해 주었음을 증명하는 것이다.]

이 내용에 의하면, 박정희 정권 때에 원자력연구소와 핵연료개발공단이 핵개발을 주도하였는데 1980.12.19 두 연구소가 통폐합되면서 개발이 중단되었다고 한다.

위의 내용은 내가 주도하여 한 일이 핵개발이라는 것인데, 이런 엄청난 일을 연구원 3년차가 주도하였다는 것은 말도 안 되는 헛소리이다.

그런데 그 후로 20여 년이 지나 이슈가 된 기사를 보면 연구소에서 핵개발을 하였다는 것을 알 수 있다.

[원자력硏 "플루토늄 추출실험 한번뿐" 목록 2004-09-14. 한국원자력연구소(소장 장인순 · 張仁順)는 12일 "플루토늄 추출실험은 1982년 한 차례만 이뤄졌다" 며 "1984년에도 실험이 행해졌을 것이란 일부 언론의 보도는 전혀 사실이 아니다" 라고 밝혔다.]

이것은 무슨 도깨비장난 같은 말인가?

나는 역사의 한 페이지에서 각설이춤을 추는 행운의 주역이었지만, 이것도 도깨비장난 놀음판에 휘말린 돌팔이 연구원의 덧없는 홀로그램이 되었다. 얼쑤!

용전동 주공 아파트에서 살던 신혼 초의 기억은 별로 없는데, 아마도 임신을 하여 점점 배가 불러오는 안사람과 달달 깨볶는 것도 조심스러워졌을 것이고, 연구소에서의 도깨비놀음도 점점 미궁 속으로 빠져들면서 나는 끝이 신기루처럼 보이는 미로를 더듬거리며 따라갔다.

나는 원자로에 장전하는 조사시험시편을 개발하는 일을 주도적으로 하면서도 그 누구에게도 앞으로 한 달, 아니 1주 후에 어떤 일을 할 것이라고 사전 계획을 말할 수 없었다.

그것은 나도 1주일 후에 무엇을 할지 몰랐기 때문이고, 누구에게도 그것을 물어 볼 수가 없었다.

연구계획서도 없는 연구를 책임지고 있는 실장은 뭔가 불안했을 터인데도 그런 내색이 전혀 없고, 내가 다음 주에 무슨 일을 어떻게 하려고 한다는 이야기를 듣고, 다음날 다시 묻고, 그 다음날 다시 확인한 후에 그 일을 하라고 한다.

그러면 나는 3일간 그 일을 하고, 다음 주에 그 결과와 그 다음 주에 할 일을 말하면 그것을 다음날 다시 묻고, 그 다음날 다시 확인한 후에 그 일을 하라고 한다.

이러한 방식으로 연구가 진행되는데 느리기는 해도 갈 길은 간다.

처음 몇 달은 핵연료 설계 개념도 작성, 1차 예비 설계도 및 시방 작성, 핵연료봉 설계 코드 선정, 열수력 설계 코드 선정 등 실내부에서 팀원들의 도움을 받으며 내가 거의 혼자서 할 수 있는 것이어서 별 문제가 없이 진행되었다.

시편 제조를 위해서는 핵연료실의 도움을 받아야 하는데, 내가 그 실

출신이어서 그곳의 누가 무슨 일을 하는지 다 알고 있고, 또 예전에 제법 친하게 지냈고 일을 같이 할 때에도 일을 끝내고 독신료에 모여 이런저런 취미생활을 같이하여서 일을 진행시키는 데 별 어려움은 없었다.

다만 이 일을 진행시키는데 다음에 누굴 만나서 무슨 작업을 어떻게 할 것인지를 월요일에 실장에게 보고하면, 2일간 추가 확인을 하고 수요일 오전에 작업 허가가 떨어진다.

그러면 나는 수요일 오후부터 토요일 오전까지 하고, 주말에 그 결과를 정리하여 월요일 오전에 다음 계획과 함께 보고한다.

그래서 나한테 도움을 주는 동료들도 내가 무슨 일을 하는지 잘 모른다.

핵설계 계산은 서울연구소의 원자로 관리실에 부탁을 해야 하는데, 그곳의 실장님은 학교 때에 교수로 오실 정도로 고참이어서 내가 하려는 작업은 담당 팀장과 담당자에게 부탁을 하면 되었고, 모두 대학교 같은 과 선배와 후배들이어서 별 문제 없이 진행이 되었다.

이때에도 모든 일이 위와 같은 방식으로 진행이 되어 선배도 후배들도 내가 하는 일을 도와주기는 하지만 구체적인 내용은 잘 몰랐다.

먼 훗날에 그 당시에 내가 했던 일들이 핵개발이라고 하는데, 그것을 주도적으로 한 나는 핵연료 국산화 계획의 전초전이라고 생각했다. 이것은 나뿐이 아니라 나를 도와준 많은 동료들, 그리고 선배와 후배들도 같은 생각이었을 것이다.

실제로 1980.12.19에 원자력연구소와 핵연료개발공단이 통합되어 한국에너지연구소가 되었는데, 내가 하던 일은 그러기 몇 달 전에 완료되어 원자로에 장전될 3봉핵연료조사시험시편의 제작이 완료되었다. 더불어 그것의 제조 이력과 품질 검사 보고서가 완성이 되고, 그것을 TRIGA-MARK-3 실험로에 장전해도 안전하다는 안전성 분석보고서를 작성하여 서울연구소의 원자로운영위원회에 제출하고 내가 가서 설명을 하였다.

그러나 서울연구소의 품질 검사 실장이 핵연료봉 용접에 사용된 장비가 캐나다와 다르고, 또 용접 건전성 검사에 사용된 장비가 ASME 기술기준에 미달한다는 이유를 들어 허가가 유보되었다.

내가 할 수 있는 일은 그걸로 완전 마무리되었고 나는 그 일에서 손을 떼었는데, 그 후에 실장이 모종의 루트로 압력을 넣어 드디어 1981년 7월 3봉핵연료조사시험시편이 TRIGA-MARK-3에 성공적으로 장전이 되었다.

그러기 몇 개월 전인 1981년 초에 중수로형 핵연료 국산화 사업단이 발족이 되었고, 우리 실은 중수로형 핵연료 설계 분야를 맡았다. 열수력설계실, 열수력 성능실험실, 핵설계실, 안전성 분석실, 핵연료 가공실, 품질 검사실 등이 생겼는데, 이것은 대전연구소와 서울연구소 출신 팀 수십 명이 나누어 일을 하였다.

이러한 일들이 진행되는 동안에 나는 1980년 1월에 딸을 낳았고, 안사람의 몸에서 부기가 다 빠지기도 전인 4월경에 용전동 아파트를 팔고, 옥천에 새로 생긴 주공 임대아파트로 이사를 갔다.

산후에 몸조리가 다 끝나기도 전에 무리하게 이사를 하느라 안사람이 산후후유증으로 고생을 했는데, 이때에 산후통에 좋다는 한약을 먹은 것이 문제가 되어 안사람의 처녀시절 날씬한 몸매는 영원히 사라졌다.

그러나 우리 인간은 뭔 일을 원하면 온갖 방법을 다 동원해 뭐라도 하는데, 내가 안사람의 처녀시절의 몸매를 되찾기 위하여 쓴 방법은 바로 임신을 시켜 산모를 만들고, 다음 애기를 낳은 후에 이번에는 산후조리를 완벽하게 하는 것이었다.

이러한 시도는 바로 성공하여 중수로형핵연료 국산화 사업단이 발족할 즈음인 1981년 2월에 아들을 낳았다.

그런데 하느님이 우리 안사람이 날씬해지는 것을 원하지 않았는지 성모병원 산부인과에 입원한 아내는 진통을 하루 종일 하고도 아이가 나오지를 않는다.

나는 다음 날 새벽까지 기다리다가 미역국을 끓여 보온통에 넣어가지고 병원으로 돌아오니, 그동안 보호자로 있던 이모님이 좀 전에 수술을 해서 아들을 낳았다고 한다.

아뿔싸! 아들을 낳은 것은 정말 기쁜 일이지만 제왕절개로 낳은 것은 나의 의도를 무산시키는 큰 실수이었다.

아들을 낳은 후에 이번에는 산후조리를 완벽하게 하였지만 안사람의 몸매는 물러지지를 않았다.

지금이라면 〈비얼 힐링〉을 적절히 하여 처녀적 몸매로 바로 무를 수 있었을 터인데, '쯧쯧쯧.'

이러한 와중에 안사람에게 임신공포증이 생겨 장모님하고 같이 산부인과에 가서 난관시술을 받으려고 했다는데, 의사가 말하길, 만약 그럴 생각이 있었으면 제왕절개 수술을 할 때에 같이 해야 했고, 지금은 난관시술을 할 수가 없다고 한다며 눈물을 찔끔거린다.

나는 깜짝 놀라 안사람을 달래며 내가 내일 병원에 가서 정관수술을 받겠다고 하니, 안사람이 한술 더 떠서 수술할 때에 정관을 묶지 말고 꼭 끊으라고 신신당부를 한다.

나는 딸 하나, 아들 하나를 낳고 불의에 씨 없는 남자가 되었다. 이러한 것이 밤일을 하는 중에 별다른 이상 징후가 없어 그런대로 별 생각 없이 인생의 돛단배를 타고 어디론가 흘러 왔는데…, 어느 날 어떤 계기로 이러한 것도 하느님이 보시기에 큰 죄라는 것을 알게 되었다.

우리 실이 중수로형 핵연료 설계 분야를 맡고 내가 바로 시작한 일은 중수로형 핵연료 성능 분석 코드인 ELESIM의 짝퉁을 만드는 일이었다.

인터넷에서 ELESIM을 검색하면 아래 요약이 나온다.

The ELESIM code models a single fuel element in a one-dimensional axisymmetric manner. The constituent subroutines are physically based (rather than empirical) models, and include such phenomena as fuel-to-sheath heat transfer; temperature and porosity dependence of fuel thermal conductivity; burnup-dependent neutron flux depression; burnup-and microstructure-dependent fission product gas release; fuel thermal expansion, swelling, and densification; and stress-, dose-, and temperature-dependent agreement with experimental data.

이 요약에서도 알 수 있듯이 ELESIM에서 사용되는 서브루틴들은 핵연료봉에서 일어나는 다양한 물리적 현상을 모형화한 것들인데, 이 코드를 개발한 캐나다 AECL에서는 각각의 주요 모델들에 관한 논문을 각종 저널에 발표하여, 그것들을 모두 수집하니 거의 30종이나 된다.

또 그 안에는 ELESIM 코드가 어떻게 구성되어 있는지를 나타내는 다이아그램이 있고, 샘플 input과 output이 있어서 우리 실이 당장 뭔가를 할 수 있는 일거리를 마련해 주었다.

이 당시에는 우리 팀에 대여섯 명의 팀원이 있었다. 팀원 모두 두세 개의 서브루틴을 책임지고 만드는데, 나는 전체 프로그램을 돌리는 데 필요한 쪼가리 부품들을 챙기는 일을 주로 하였다.

이것은 전에 3봉조사시편을 설계할 때에 사용한 GAPCON-THERMAL 코드에서 사용된 부품 중에서 쓸 만한 것을 골라 사용하는 것이다.

그래서 우리가 만드는 것은 이 두 개의 코드를 합성한 것과 거의 유사하게 만들어졌고, 샘플 input을 넣고 돌리고 거기서 나오는 결과와 샘플 output을 비교해 보니 약 80점정도 일치가 되는 고무적인 결과가 나왔다.

그리고 매번 몇 개의 서브루틴을 수정할 때마다 일치율이 좋아져서 내가 캐나다로 파견을 갈 때쯤에는 거의 95점이 되었다.

나는 그 해 9월에 가족을 동반하고 캐나다로 1년 반 파견을 나갔다.

연구소에서는 내가 최초로 가족을 동반하고 장기 파견을 나가는 케이스가 되었는데, 그것은 내가 짝퉁 ELESIM을 열심히 만들어서 구태여 캐나다에 혼자 파견 나가지 않아도 과제 수행에는 문제가 없다는 것을 열심히 보여주고 있었기 때문이다.

그런데 S실장의 입장에서는 짝퉁 ELESIM으로 생색을 내보았자 자기가 캐나다 통이라는 것도 짝퉁이라고 선전하는 꼴이어서 체면을 구기는 꼴이었다.

그래서 생각해 낸 것이 가족동반 파견이라는 파격적인 결정을 내린 것이다.

나는 선보러 갈 때부터 그 당시에 하던 일을 제대로 못하면, 다른 나라로 파견을 가서 그곳 기술을 훔쳐 와야 했는데, 다행스럽게도 성공을 해서 집사람과의 생이별을 겨우 모면하였다.

아마도 우리 실장은 나의 그런 사정을 잘 알고 있어서 나에게 가족을 동반해서 파견을 가도록 조치를 취한 것이다.

그 당시에 우리 실장은 중수로형 핵연료 국산화 사업단이 생기도록 한 1등공신이어서 사업단 내에서는 가장 강력한 실세이었다. 또 연구소 입장에서도 두 연구소를 하나로 통합해서 벌리는 첫 번째 사업이어서 그럴듯하게 모양새를 갖추고 싶었을 것이다.

그 당시에는 월성 원자력 1호기를 건설 중이어서 서울연구소에서는 캐나다에 여러 명이 파견되어 각 분야에서 OJT를 받고 있었다.

내가 파견 나가기로 한 AECL부서는 사고 조건에서 핵연료 거동을 분석하는 코드인 ELOCA를 주로 사용하는 곳이어서 나의 목적과는 조금 다른 일을 하는 곳인데, 왜 그곳으로 OJT를 가야 하는지 잘 납득이 안 되었지만, 그래도 가족을 모두 동반하고 갈 수 있다는 바람에 흔쾌히 승낙하였다.

월성 원자력발전소 1호기는 1982년 말에 완공되어 가동이 되었는데, 그러기 1년여 전인 1981년 9월에 나는 아내와 2살이 채 안 된 딸과 생후 8개월 된 아들 모두 데리고 중수형 원전의 설계본부가 있는 캐나다 미시소거로 파견이 되어 중수로형 핵연료를 설계하는 데 필요한 기술을 습득하는 일을 하였다.

내가 캐나다에 파견되기 전까지는 누가 파견이 될 때에 자기가 먼저 가고 6개월이 지나야 자기 비용으로 가족을 초청할 수 있었다.

그러나 나의 경우에는 그 관례를 깨고 연구소에서 최초로 자기 비용으로 가족을 모두 데리고 외국에 파견이 되었는데, 이것이 선례가 되어 그 후에 파견되는 직원들도 자기가 원하면 자기 비용으로 가족을 동반할 수가 있게 되었다.

나는 캐나다 토론토 공항에 도착하기 전에 먼저 파견이 된 동료에게 연락을 하여 마중을 나오게 하였는데, 공항 출구에서 기다리고 있던 그 친구가 내가 온 가족과 커다란 여행용 가방을 2개나 끌고 나오는 광경에 깜짝 놀라는 모습이 지금도 눈에 선하다.

그 친구는 회사 근처에 있는 아파트에 살고 있었는데, 우리 가족은 그 아파트의 1층에 짐을 풀고, 그 친구는 위층 방에서 지내는 동거를 약 1달

가랑 하다가 쉐리든 센터 근방에 적당한 1룸 아파트가 나와 우리 가족은 그리로 이사하였다.

내가 파견되어 근무하는 사무실은 우리가 살던 로체 코트 아파트에서 미시소거 로드를 따라서 미시소거 대학을 지나 버스로 약 20분 거리에 있는 AECL설계 본부 빌딩에 있었다.(지도 앱을 사용하여 다시 찾아보았는데 찾을 수가 없다.)

그 당시에 나는 차를 몰고 다닐 여유가 없어서 아파트는 생활이 편리한 쇼핑몰에 가깝고, 회사까지는 버스로 출근하기 편한 그런 장소를 선택하였다.

내가 회사에 출근하여 하는 일은 담당 팀장을 만나서 ELESIM 코드에 들어 있는 모델들에 관하여 뭔가를 꼬치꼬치 물어보는 것이었다.

잘 못하는 영어 실력으로 더듬거리며 이러한 질문을 한 달 정도 끈질기게 하자, 어느 날 팀장이 책 2권을 나에게 주면서 이것을 읽어보라고 한다.

언뜻 제목을 보니 'ELESIM 코드와 ELOCA 코드 관련 보고서' 이고, 대충 넘겨보니 뒷부분에 코드의 소스 리스트가 들어 있다.

나는 방망이질하는 가슴을 겨우 진정시키고 팀장에게 고맙다고 인사하고 내 자리로 돌아와 다시 책의 내용을 자세히 살펴보니, 앞부분에는 코드의 주요 모델에 대한 설명이 되어 있고, 뒷부분에는 코드의 소스 리스트가 들어있는데 '와! 와! 와우!' 나는 속으로 환호성을 질렀다.

그리고 옆방에서 근무하는 동료에게 가서 슬그머니 그 책들을 보여주니 그 친구도 깜짝 놀라면서 이런 보고서는 자기도 처음 보았다고 하며 좋아한다.

나는 중수로형 핵연료를 설계하는 업무를 맡은 이후에 바로 시작한 일은 짝퉁 ELESIM 코드를 만드는 것이었다.

ELESIM 코드는 중수로형 핵연료의 성능을 계산하는 프로그램인데 중수로형 핵연료를 설계하려면 꼭 필요한 코드이다. 이 코드는 AECL에서 개발한 것인데 아직 우리나라에서는 구할 수가 없는 것이었다.

내가 AECL로 파견이 되고 1년 반의 파견 기간 동안 해야 할 주요 임무는 ELESIM 코드를 완벽하게 배우고, 가능하면 ELESIM 코드의 소스 리스트를 확보하는 것이었다.

내가 AECL로 파견이 된다는 소식을 듣고 안전성 분석실에서 근무하는 동료가 찾아와 가능하면 자기들의 업무에 꼭 필요한 ELOCA 코드도 구해 오라고 부탁한다.

나는 1년 반의 파견 기간 동안에 수행해야 할 임무를 파견 1달 만에 완수를 하였으니 나머지 기간, 즉 1년 5개월간은 적당히 시간을 때우고 아무런 부담 없이 지내면 되었다.

한국에 있는 연구소의 실장님은 내가 파견 가서 해야 할 임무를 모두 완수하였으니 적당한 때에 그럴듯한 이유를 만들어 나를 귀국시킬 수도 있었을 터인데 아무런 연락이 없다.

캐나다 미시소거에 있는 AECL 사무소 빌딩은 직원들의 출입 시간을 체크하는 타임카드가 있는데, 주 5일 근무에 출근 시간은 아침 7시 이후면 되고, 퇴근 시간도 일일 8시간만 채우면 오후 3시 이후에는 자기가 편한 시간에 나가도 되었다.

하는 일에 여유가 생긴 나는 출근은 주로 아침 7시에 하고 퇴근은 3시에 하여 집에 가면 3시 반인데 바로 낚싯대를 챙겨서 주변에 널린 냇가나 강가로 가서 송어나 배스를 잡았다.

낚시하는 솜씨는 별로였지만 그래도 공치는 일은 거의 없고 한두 마리는 꼭 잡아서 집으로 가져왔다.

잡아온 고기는 아내가 바로 요리를 하여 저녁 반찬으로 생선찜을 만들어 내오는데, 나와 딸은 한두 젓가락 맛만 보고 아내와 아들이 대부분을 맛있게 먹었다. 배스도 생선찜을 잘 하면 아주 맛있다.

내가 출근을 한 후에 아내는 아이들을 돌보며 하루를 보내는데, 아들은 유모차에 태우고 딸아이는 손을 잡고 5백 미터쯤 떨어진 인근 쇼핑몰로 나들이를 나간다. 거기에는 한국인 부부가 하는 채소 가게가 있어 인사도 나누고 필요한 채소를 사기도 한다.

싼 물건이 많은 대형 마트도 있어서 이리저리 아이 쇼핑도 하고 집에서 필요한 물건들을 사는데, 거의 매일 사야 하는 것은 2리터짜리 큰 비닐봉투에 들어 있는 생우유였다. 우리 아들은 이때에 좋은 생우유를 잘 먹어 지금도 엄청 건장하다.

미시소거 인근 도시인 해밀턴에 있는 맥매스터 대학에 선배가 아내와 어린 딸과 아들을 데리고 유학을 와서 공부하는데, 그 분은 차가 있어서 한 달에 두어 번은 주말에 우리 가족과 함께 토론토 주변 놀이터나 관광지로 놀러 가거나 토론토 외곽에 있는 한국 식품점으로 가서 필요한 것을 샀다.

다음 해 봄이 되자 나의 호봉도 10호봉이 되어 원래는 선임 심사 대상인데, 해외에 파견된 직원은 심사 대상에서 빠지는 것이 관례이었다.

예전에는 봄만 오면 특진을 해서 한 턱 내기 바빴는데, 외국에 파견 나오니 그럴 일이 모두 허공으로 날아갔다. 쳇…!

그동안 파견비가 매달 전신환으로 미화 1,300달러 정도가 오는데, 이것을 캐나다 달러로 바꾸면 약 1,800달러쯤 된다.

집세로 4백 달러쯤 나가고, 생활비로 천 달러정도 쓰면 어디를 놀러가거나 뭔가 특별한 것을 사는 데 4백 달러를 쓰면 끝이다.

우리는 그 당시에 의료보험이 안 들어 있어서 가족 중에 누구라도 아프면 가지고 온 비상금을 털어야 병원에 갈 수 있다. 다행스럽게도 파견기간 중에 우리 가족 중에 누구도 병원에 가지 않았다.

아이들의 예방 주사는 한국에서 미리 다 맞았다. (이건 확실하지는 않지만 지금은 확인해 볼 방도가 없다.) 비상약이나 응급처치 약들도 한국에서 충분히 챙겨 와서 약국에 가지 않아도 되었다. 아이들 기저귀나 입을 옷도 미리 다 챙겨 왔다.

이러한 모든 것을 아내가 주도면밀하게 다 챙겨서 내 배꼽 위로 올라오는 아주 큰 여행용 가방 2개를 가득 채워서 가져 온 덕분에 조금 모자라는 파견비만으로도 근근이 버틸 수 있었고, 내 월급은 자동으로 내 통장에 모두 저축이 되었다.

여름이 오고 썸머타임이 시작되면서 퇴근 이후에 낚시를 즐길 시간이 길어져서 버스를 타고 항구까지 나가 고기를 잡을 때가 많아졌다.

항구 주변에서는 큰 배스도 잘 잡히고 커다란 잉어도 가끔 잡히는데 이것은 바로 놓아준다. 잉어를 처음 잡았을 때에 힘들여 집으로 가져왔는데 비린내가 진동하여 요리를 할 수 없다고 하여 비닐에 싸서 버리는데 애를 먹었다.

한여름이 다가올 즈음에 연구소에서 부소장님과 두 분의 다른 부서 실장님이 AECL 본사를 방문하러 오셨다.

무슨 일로 오셨는지는 잘 모르겠지만 방문을 마치고 토론토에 있는 한국식당에 가시는데 나도 동행을 하였다.

부소장님이 육회를 좋아하시어 이런 데 와서는 육회를 꼭 먹어야 한다고 하시며 주문하셨는데 나도 덕분에 좋아하는 육회를 실컷 먹을 수 있는 행복한 순간을 즐겼다.

더욱 좋았던 것은 식사 중에 나에게 호의적인 두 분 실장님이 내가 캐나다에 파견되어 큰 성과를 이루었다고 칭찬하면서 가족들하고 함께 와서 연구원 파견비로는 부족하여 고생이 많겠다고 하며 이번에 선임 대상인데 지금까지의 관례로 심사를 받을 수 없어 아깝다고 하니, 부소장님이 선뜻 '그래! 그럼 논문을 보내서 심사를 받도록 해 줘!' 하신다.

'와! 이런 행운이…!'

육회를 좋아하시는 부소장님은 육사 출신으로 실세중의 실세인데, 이 분의 말 한 마디는 내가 선임 심사에 무사통과할 것을 보증하는 수표나 마찬가지였다.

그런데 문제는 내가 논문을 한 편 보내야 한다는 것이다.

나는 그날부터 바로 논문을 쓰기 시작했다. 문제는 파견 중에는 선임 심사를 받을 수 없다는 관례를 알고 있어서 그동안 아무런 준비도 없이 시간이 날 때마다 낚시질이나 하다가 지금 당장 어디에서 선임 논문이 튀어나오는 것이 아니라는 것이다.

나는 논문의 주제를 정하려고 며칠을 끙끙거렸는데, 아무런 성과도 없자 점점 초조해지며 온 몸에 열이 나기 시작하고 더운 날씨까지 겹쳐서인지 치질까지 도져서 어디에 궁둥이를 붙이고 앉아 있을 수가 없다.

그러다 예전에 AECL에서 실험을 하고 그 자료를 분석한 실험보고서에 실험 데이터가 실려 있는 것을 보았었는데, 그 자료를 분석한 저자의 실수가 있어서 결론이 잘못된 것이 있었던 것이 생각난다.

그래서 그 논문을 다시 검토하여 잘못을 바로 잡는 내용의 글을 썼는데 표 하나와 육필로 쓴 내용을 합하여 겨우 10페이지가 전부였다.

그런데 마감일이 임박하여 어쩔 수 없이 그것을 연구소로 송부하였다.

그러고 며칠이 지나 선임 심사에 통과되었다는 연락을 받았다.

'휴!' 안도의 한숨이 절로 나온다.

후에 들은 이야기이지만 내 선임 논문 심사에 우리 실장님이 직접 나가 발표를 하셨다고 한다.

그래서 귀국을 하고 인사차 실장님 방에 찾아갔을 때에 '선임 심사 때에 수고 많이 하셨습니다. 고맙습니다' 하고 인사를 하자, 책상 서랍에서 내 선임 심사 논문이라고 하며 두툼한 자료를 하나 주는데, 내 자리에 돌아와 열어보니 백여 페이지짜리의 그럴듯한 논문이었다. 그리고 그 안에 내가 보낸 육필 원고 10장을 예쁘게 타이핑한 3페이지가 끼어 있었다.

즉, 나는 3%의 수고로 선임 연구원이 된 것이다.

해외에 유학 가서 박사학위를 따고 바로 귀국하여 연구소에 입사하면 선임 연구원 2호봉이 된다.

나는 연구원으로 있을 때에 특진을 3번 하여 다른 동료 연구원보다 3년 일찍 선임 대상이 되었고, 운이 좋아 해외에 파견된 상황에서도 바로 선임 연구원이 되었으니 이것은 내가 해외에 유학 가서 다른 사람보다 2년 일찍 박사학위를 받고 귀국하여 연구소에 입사한 것과 같은 상황이 된 것이다.

그 후로 이 일이 선례가 되어 해외에 파견나간 연구원도 논문을 제출하면 선임 심사를 받을 수 있게 되었다. 그리고 논문 발표를 누가 대신해 주지 못할 경우에는 녹음테이프를 만들어 함께 보내온다고 한다.

즉, 이 분들은 120%의 수고로 선임 연구원이 된다.

그런데 쉽게 먹은 떡이 체한다고 내가 이 당시에 잘 나간 것이 나중에는 모두 제 값을 톡톡히 치르게 된다.

3%의 수고로 선임 연구원이 되었지만, 그래도 선임이 되자 파견비로

미화 1,500달러가 송금되어 온다.

앞으로 9개월은 매달 200달러씩 더 받으니 이것을 모으면 비상금을 헐지 않아도 가족들 귀국 비행기 표를 살 수 있을 것 같아 안도의 한숨이 나온다.

해밀턴에서 선배가 가족들과 함께 와서 축하를 해 준다. 그리고 우리 가족과 함께 토론토에 있는 중국 식당에서 커다란 랍스터 요리를 먹었다.

그 당시에 랍스터 요리는 한 접시에 캐나다 달러로 10달러였는데 랍스터 요리 한 접시와 다른 것을 조금 더 주문하면 우리 식구가 충분히 먹을 수 있을 정도로 양이 많았다. 그리고 애들을 위하여 어딘가를 갔을지도 모르는데 나는 전혀 생각이 나지 않는다.

선임이 되었어도 회사에서나 집에서나 내가 하는 일은 하나도 변하지 않았다.

그러던 어느 날 평소처럼 항구로 낚시를 가서 배스를 한 마리 잡아 집으로 돌아와 샤워를 하고 저녁 식탁으로 갔는데, 평소하고는 다르게 식탁 한가운데에 소시지와 치즈를 잔뜩 올린 커다랗고 두툼한 피자가 올려져 있다.

선배 가족들이 우리 집에 와서 놀고 갈 때에 선배는 엔초비 피자를, 애들은 소시지 피자를 시킨 적이 있었지만 우리 식구만 있을 때에는 주로 한식으로 먹었는데, 내가 선임 연구원이 되었다고 피자를 주문한 것 같다.

맥주 한 캔에 피자 한 조각을 맛있게 먹고 있는데 아내가 묻는다.

"맛이 어때요? 오늘 낮에 채소 가게 아주머니가 미국식 피자를 만드는 법을 가르쳐 주셨는데…?"

그렇게 말꼬리를 길게 빼고는 몸을 살짝 비튼다.

이것은 칭찬을 받고 싶다는 제스처다.

"그래…! 두툼하고 푸짐해서 좋은데…, 어떻게 만들었어?"

이렇게 칭찬 어린 말투로 물으니, 이러쿵저러쿵 한참 신나서 설명한다. 아이들도 피자를 한 입 가득 먹으며 두 눈을 둥그렇게 뜨고 엄마 아빠를 번갈아가며 쳐다본다.

이런 날은 새로 배우고 있는 비장의 기술(?)을 시험해 보기 딱 좋은 날이다.

나는 그 당시에 마트에서 우연히 산 잡지에서 부부의 밤일에 도움이 된다는 칼럼을 하나 보았는데, 그 안에 그럴듯하게 써 놓은 비장의 기술을 우리 부부의 실정에 맞게 국산화시키는 또 하나의 특수 비밀 임무(?)를 누구도 모르게 수행 중이었다.

한 번 비밀로 뭔가를 하니 조금 난처한 것은 모두 비밀로 은밀하게 하게 된다. 하기야 이번에 새로 시작한 비밀 임무는 아내가 알면 효과(?)가 없다니 어쩔 수 없다.

캐나다 환경에 조금 익숙해지자 주말에는 버스를 타고 우리 가족만 토론토에 나들이를 가곤 했다.

그래봐야 겨우 한인 타운에 가서 뭔가를 사는 것이 고작이지만…. 한인 타운은 별로 크지 않지만 우리나라 사람들이 필요로 하는 것은 거의 모두 구할 수 있다.

특히 캐나다 사람들은 잘 먹지 않지만 우리가 잘 먹는 것은 아주 저렴하게 판매된다. 이러한 것 중에서 우리가 자주 사오는 것은 소 내장이었다.

소 내장은 창고 비슷한 곳에 있는 정육점에 가면 구할 수 있는데, 아주 저렴해서 아무 부담 없이 살 수가 있다. 곱창이나 대창을 주로 사오는데,

손질을 하느라 조금 수고스럽기는 하지만 구이나 전골로 만들면 아이들도 아주 잘 먹는다.

또 가끔 들르는 곳이 있는데, 각종 건강식품을 파는 아주 조그만 선물가게이다. 여기에서 파는 것은 산삼, 녹용 등 우리나라에서 온 관광객들이 선물용으로 사가는 것인데, 우리도 여유 자금이 있으면 아주 가끔씩 한 가지씩 사곤 하였다.

내 기억으로 그 중에 녹용, 해구신, 사향, 웅담이 있는데 사와서 나만 조금씩 나누어 복용을 하였다. 그리고 이러한 것을 먹은 날에는 밤일이 더욱 은근하게 이루어졌는데, 아내는 이번에 산 어떤 것이 효과가 있다고 여기는 듯하였다.

사실은 이런 것을 먹어도 첫째 날 한 번은 깜짝 효과가 있는 것 같았지만 왜 그런지 그 다음 날부터는 거의 효과 맹탕이었다.

그래도 아내가 느끼기에 지속적으로 좋은 효과가 있었던 것은, 내가 아내 몰래 수행하고 있는 특수 비밀 임무(?)가 조금씩 성과를 보이기 시작했기 때문이다.

집에서 하는 비밀 임무는 그 진행 속도가 아주 느리지만, 그래도 매달 조금씩은 실력이 향상되어 뭔가를 한다는 느낌으로 하루, 하루를 즐겁게 보낼 수 있게 하였다. 가을이 지나 겨울이 오고 새해가 될 무렵에는 그동안 파견되어 근무하던 실에서 담당 팀장이 내게 준 연구 과제를 마무리하는 보고서도 무사히 완성이 되었다.

그리고 1983년 새해부터는 1층에 있는 핵연료 설계실로 부서를 옮겨 나머지 파견 기간인 3개월 동안 CANDU형 핵연료의 설계에 관한 OJT를 받기로 했다.

이 부서에는 실장과 5명의 AECL 직원이 있고, 나와 3명의 일본인이 OJT를 받고 있는데 일본팀은 별도의 사무실을 쓰고 실장과 다른 AECL

토론토 한인 타운

직원들이 수시로 찾아가서 뭔가를 하는 소리가 늘 요란 벅적하였다.

그럴 때마다 느끼는 것은 일본은 돈이 많아 OJT도 참 티나게 받는구나…, ¥¥¥.

그래 우리는 돈이 별로 없으니 주변에 떨어진 부스러기 노다지라도 열심히 주워 모아야지…, ₩₩₩.

나는 새로운 부서에서 CANDU형 핵연료의 설계 자료와 관련 보고서들을 받아 내 자리에 죽치고 앉아 공부하고, 의문사항이 있으면 담당 팀장에게 물어보는 것인데, 예의상 하루에 한 번 정도 팀장을 찾아가 간단한 질문을 하고 온다.

이렇게 평범한 시간을 보내면서 왔다 갔다 하는데, 어느 날 화장실을 가려고 옆자리를 지나면서 칸막이 사이로 책상 위를 흘깃 보니 전에 못 보던 아주 두툼한 문서철이 올려져 있다.

옆자리에서 근무하는 친구는 나보다 연배가 좀 있어서 평소에 가벼운 인사만 하는 서먹한 사이인데 외부 일을 많이 하는지 자리를 자주 비운다.

오늘도 오전에 책상 위에 놓인 두툼한 문서철을 이리저리 넘기며 보다가 오후에는 보이지 않는다.

나는 그 문서철이 무엇인지 궁금하여 기회를 보아 옆자리로 가서 몇 군데를 들쳐보니, 어느 핵연료 제조회사의 제조 관련 문서를 모아 놓은 노다지 보따리였다.

나는 깜짝 놀라 잽싸게 내 자리로 돌아와 주변을 둘러보니 다행스럽게도 나를 눈여겨보는 사람은 없다. 휴!

내 마음은 퉁탕거리며 온 신경이 옆자리 책상 위에 있는 그 문제의 문서철로 쏠린다.

나는 예전에 보던 자료들을 펼쳐 놓고 보는 시늉을 하지만 눈에는 글자가 들어오지 않는다. 주변 상황에 온 신경이 집중되고, 모든 직원이 언제 퇴근하는지를 확인하고 나도 맨 나중에 퇴근했다.

지금 이 글을 쓰면서 다시 되짚어 생각해 보아도 그 핵연료 제조 관련 문서철이 왜(?) 내 옆자리 책상 위에 놓여 있게 되었는지(?) 도무지 알 수가 없다.

나는 요즈음 매일 운동 삼아 집 주변을 이리저리 한 바퀴 돌면서 산책을 하는데, 길 주변이나 군데군데 널려 있는 쓰레기 더미 사이에서 뭔가를 주워 오곤 한다.

그 중에는 나에게 필요한 것이 가끔 발견이 되는데 마치 누군가가 내가 올 것을 알고서 버렸나(?) 하는 생각이 들 때도 있다.

요즈음 내 눈에 띄는 어떤 것들은 그냥 집어서 집으로 가져오면 되는데, 내 옆자리 책상 위에 놓인 그 문서철은 섣불리 들여다볼 수도 없는 아주 위험한 보물이었고, 그것을 안 순간부터 이것을 어떻게(?) 아무런 흔적도 남기지 않고(?~?) 몰래 훔칠 것인가(?~?~?) 하는 비밀 작전에 돌입하였다.

그 당시에 캐나다에는 CANDU형 핵연료를 제조하는 회사가 3개가 있었는데, 그곳에서 사용하는 제조관련 문서는 모두 AECL 핵연료 설계 부서에서 검토 · 승인을 받아야 제조에 사용할 수가 있다.

그래서 그 문서가 내 옆자리에서 근무하는 담당자의 책상 위에 있는 것 같았다. 그렇다면 담당자가 검토를 하는 중에는 옆자리 어딘가에 그 문서가 있을 것인데, 그 문서의 두께가 거의 천 페이지가 되어서 검토하는 데 시간이 제법 걸릴 것 같고, 한동안은 내 주변 어딘가에 있을 것으로 생각이 된다.

나는 AECL에 파견되어 와서 1년 4개월 동안 가장 조심한 것이 그 회사의 복사기를 가능하면 사용하지 않는 것이었다. 그래서 옆자리의 그 문서를 복사하려면 집으로 가져와 집 주변 쉐리든몰에 있는 문방구점의 복사기를 이용해야 한다.

이것은 25센트 동전을 넣으면 1페이지를 복사할 수 있는데, 천 페이지를 모두 복사하려면 거의 250달러가 들어간다. 또 한 번에 100페이지 정도를 복사하는 것이 고작이고, 주말에는 그 문서를 반출해 오는 것이 위험할 것 같으니 주중에만 작전을 수행한다면 총 2주는 걸려야 복사를 마칠 수 있을 것 같다.

이러한 것을 종합 검토하여 세부 작전 계획을 세우고, 첫날 임무를 수행하려고 모두 퇴근하고 30분이 더 지나 아무도 사무실 근처로 오지 않는 것을 확인한 후에 옆자리의 보고서를 슬쩍해서 내 가방에 넣고 사무실 전등을 끈 후에 집으로 돌아왔다.

저녁을 먹는 둥 마는 둥 하고 문서를 꺼내 오늘 복사할 예정인 100페이지만 따로 챙겨서 문방구로 가서 복사를 하는데 내 등 뒤로 지나가는 사람들이 자꾸 신경에 거슬린다.

그래서 첫날은 50페이지 정도만 복사하고 집으로 돌아와, 다음 날 아침 제일 먼저 출근하여 어제 들고 나온 문서를 제자리에 돌려놓고, 쓸 만한 다른 복사기가 어디 가면 있나 찾아보니 내가 타고 다니는 버스 노선 중간에 있는 미시소거 대학이 생각난다.

거기에 가 보니 학생들이 이용하는 넓은 휴게실에 복사기가 여러 대가 있고, 학생들이 이용하는 것이어서 가격도 저렴하여 1페이지를 복사하는데 10센트 동전 하나면 되었다.

대학교 구내 복사기를 사용하니 가격도 저렴하고 한 번에 좀 많은 양을 복사할 수가 있어서 며칠 만에 모든 자료를 전부 복사할 수가 있었다.

그 후로는 사무실에서는 공식적으로 허가된 자료들만 공부하고, 일찍 집에 와서 훔쳐서 복사해 놓은 제조관련 문서를 세세하게 검토하면서 AECL 설계 문서와의 차이점을 비교해

토론토에서 기밀자료를 복사했던 건물

보고, 내용이 차이 나는 경우에는 그 이유를 생각해 보았다.

즉, 내 옆자리의 담당자가 해야 하는 일을 나는 집에 와서 비공식적으로 해 보는 '스스로 하는 OJT' 를 열심히 하였다.

그리고 뭔가 의문사항이 생기면 내가 볼 수 있는 공식 자료들에 관련 내용이 있는지 추가 자료를 찾아서 검토하였다.

AECL 실장, 팀장, 동료들은 내가 혼자서 뭔가를 열심히 하는 덕분에 돈 많이 쓰는 일본팀과 시간을 많이 보낼 수 있어서 내심 좋아했을 것이다.

이 '스스로 하는 OJT' 는 모든 일을 하면서 신경 써야 하는 사항이 많아서 아주 조심스럽게 진행을 하여야 했고, 그 덕분에 나머지 파견 기간은 눈코 뜰 사이도 없이 지나가고 있었다.

어느덧 귀국할 때가 와서 파견 올 때와 마찬가지로 아내와 부쩍 큰 딸과 아들, 그리고 올 때에 가지고 온 커다란 여행용 가방 두 개에 기저귀나 애들 옷가지 대신에 그동안 틈틈이 모아 놓은 노다지(?)들을 가득 싣고 귀국길에 올랐다.

P.S.

그 당시에 내가 가지고 간 공식 자료, 즉 CANDU형 핵연료 설계 자료 및 컴퓨터 코드는 그 후에 우리 연구소와 AECL 사이에 정식으로 기술 이전 계약을 맺고 기술료로 몇십만 달러를 지불하였다.
그리고 내가 훔쳐 온 제조관련 문서는 AECL 소유가 아니어서 돈을 주고 사올 수 없는 것이었지만, 만약 그 제조회사에 가서 사올려면 아주 비싼 값을 지불해야 했을 것이다.
지금 이 글을 쓰면서 다시 되짚어 생각해 보아도 '돈 주고 사려면 수백만 달러(?)의 가치가 있는 핵연료 제조 관련 문서철' 이 왜(?) 내 옆자리 책상 위에 놓여 있게 되었는지 도무지 알 수가 없다.

그때로부터 15년 8개월이 지난 1998년 10월 온 국민이 '금 모으기 운동' 을 하고 있을 때에 서울에서 사는 여동생으로부터 어머니의 암이 방광, 유방, 자궁으로 전이되어 며칠 후에 수술을 받아야 한다는 연락이 왔는데, 요즈음 우리 회사도 IMF대책으로 장기 근속자를 명예퇴직시킨다는 이야기가 돌아 마음이 뒤숭숭한 것이 도무지 뭔가를 하기가 싫었다.

연구소의 오랜 동료로 아주아주 예전에 내가 실에서 2인자일 때에 3인자 노릇을 하다가 내가 다른 부서로 옮기면서 2인자가 되었던 H박사가 오랜만에 집으로 찾아와 이런저런 이야기를 하다가 내게 의문어린 질문을 한다.

"서형! 어머니가 입원한 병원에 가서 한 번 확인해 보세요."

"뭘…?"

내가 되물어 보니 자기의 작은아버지는 우리 어머니가 지금 입원하고 있는 구로동 K병원에서 원무과장으로 근무하다가 최근에 명예퇴직을 했는데, 요즈음 그 병원도 사정이 나빠 수술을 받지 않아야 할 환자들도 모두 수술을 받도록 강권한다는 것이다.

H박사한테 이런 말을 듣고 가만히 있을 수가 없어 수술받기로 예정된 전날 저녁에 아내와 함께 병원으로 찾아가서 연락을 받고 기다리는 동생들에게 어머니 연세가 74세인데 몇 시간씩 걸리는 힘든 수술을 받는 것은 오히려 위험해질 수도 있다고 설득하여 어머니를 그냥 퇴원시키고 다음 날 대전으로 모시고 왔다.

그리고 그 당시 나주에 있는 동신대학교 한의학과 4학년에 다니고 있던 처조카에게 전화로 전후 사정을 이야기하고 도움이 필요하다고 하니, 마침 다음 날이 일요일이어서 바로 우리 집으로 찾아온다. 그리고 진맥을 하고 홍체와 혀를 들여다보더니 당분간은 뜸을 떠야 한다며, 가지고 온 뜸 도구를 꺼내고 나에게 뜸뜨는 방법을 자세하게 설명해 준다.

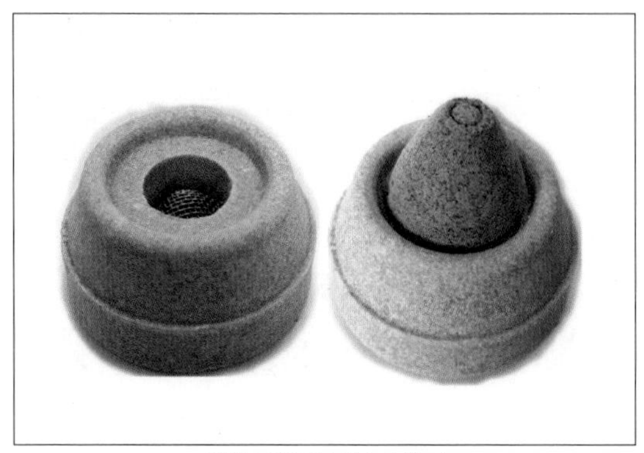
원뿔 모양의 전통 쑥뜸기

어머니의 배꼽과 그 위와 아래로 2치 떨어져 있는 3군데 혈자리에 콩비지로 만든 원반형 받침틀을 3중으로 놓고 그 위에 커다란 원뿔 모양의 쑥뜸을 올려놓는 방식의 전통 왕뜸을 하루에 2~3회 하여 드렸다.

그리고 이런저런 책을 뒤져서 어머니 병에 도움이 되는 치료법을 찾아 닥치는 대로 이것저것 해 드렸다. 그 중에 가장 기억에 남는 것은 나팔꽃의 입, 줄기, 씨를 통째로 말린 것을 끓여 그 증기를 환부에 쪼이는 훈증요법인데, 모든 재료와 도구를 준비하느라 많은 시간과 수고가 들었었다.

그로부터 한 달쯤 지난 어느 날 총무과 직원이 찾아와 서류를 한 장 주면서 회사 방침으로 20년 이상 근속한 4분이 이번에 명예퇴직 대상이 되었다고 한다.

일찍 퇴근하고 집에 돌아와서 어머니에게 뜸과 훈증을 해 드리고, 저녁 식사를 마친 후 회사에 일이 있어 늦게 온다고 하고 다시 사무실로 가서 시간을 보내다가 아주 늦은 시간에 연구소 구내에 있는 골프 연습장으로 가니 불도 모두 꺼져 있고 주변이 아주 고요하다.

불을 전혀 켜지 않고 5번 아이언 하나만 달랑 들고 연습대 앞에 있는 잔디밭으로 내려가니, 여기저기 널려 있는 골프공의 윤곽이 초승 달빛에 어렴풋이 보인다. 나는 그 공들을 툭툭 쳐서 연습장 중앙부에 만들어 놓은 긴 도랑으로 쳐 넣었다.

이렇게 한두 시간을 치고 있자 하루 종일 온몸과 맘을 불태우던 화도 조금씩 가라앉고 오늘 벌어진 일의 상황과 원인을 조금씩 조금씩 되새길 수가 있었다.

다시 두어 시간이 지나 잔디에 있던 공들이 거의 모두 도랑으로 들어갈 즈음에 이 모든 사태가 15년 전 초봄 캐나다에 파견 가서 있을 때에 내 옆자리 책상 위에 놓여 있었던 문제(?)의 문서철을 내가 몰래 훔쳐 와서 생긴 일이라는 것을 알게 되었다.

그리고 다음 날 아니 어젯밤을 꼬박 새웠으니 그날 회사에 출근하여 전날 받은 서류의 빈칸을 모두 채우고 사인을 하여 회사 총무과에 제출하였다.

그리고 보름 후인 1998년 12월 12일에 퇴직을 하였다.

또 보름쯤 지난 크리스마스 다음 날에 어머니께서 자신의 방광과 자궁 부위가 모두 깨끗하게 되었고 유방만 그대로라며, 거동에는 별로 불편함이 없으니 서울에 있는 여동생 집으로 가신다고 하여 모셔다 드렸다. 그리고 나는 일주일에 한 번씩 찾아가기로 했다.

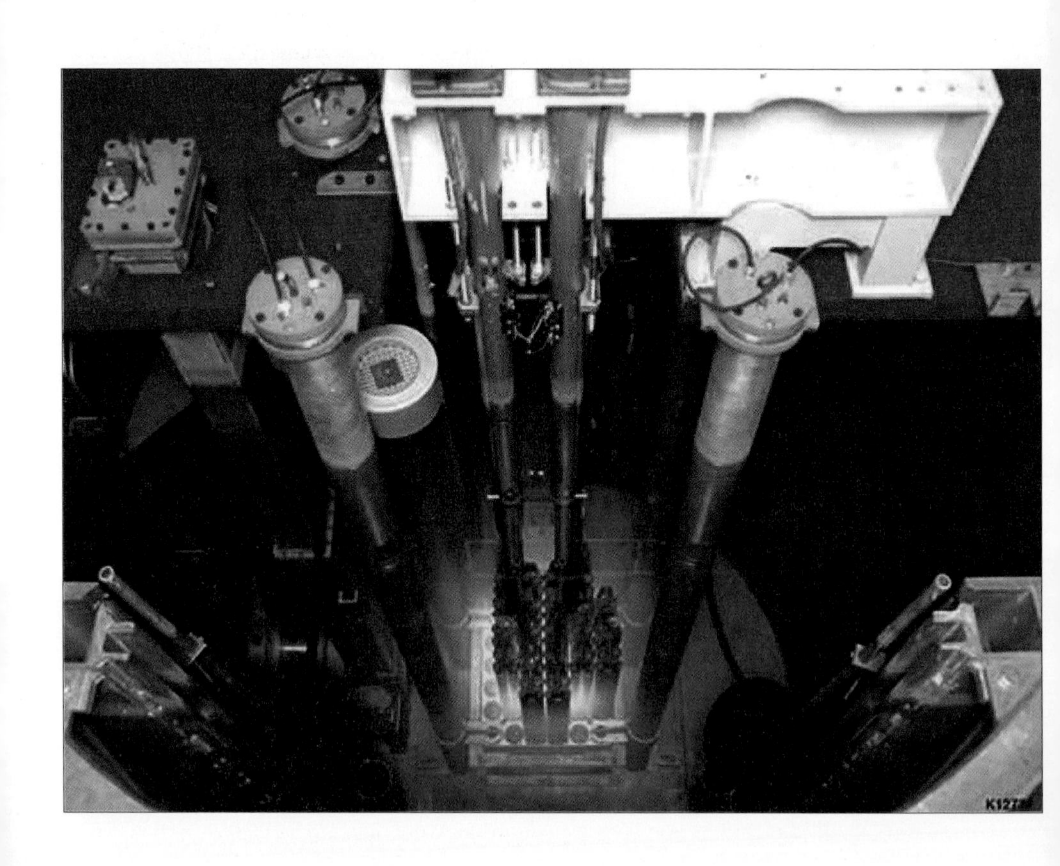

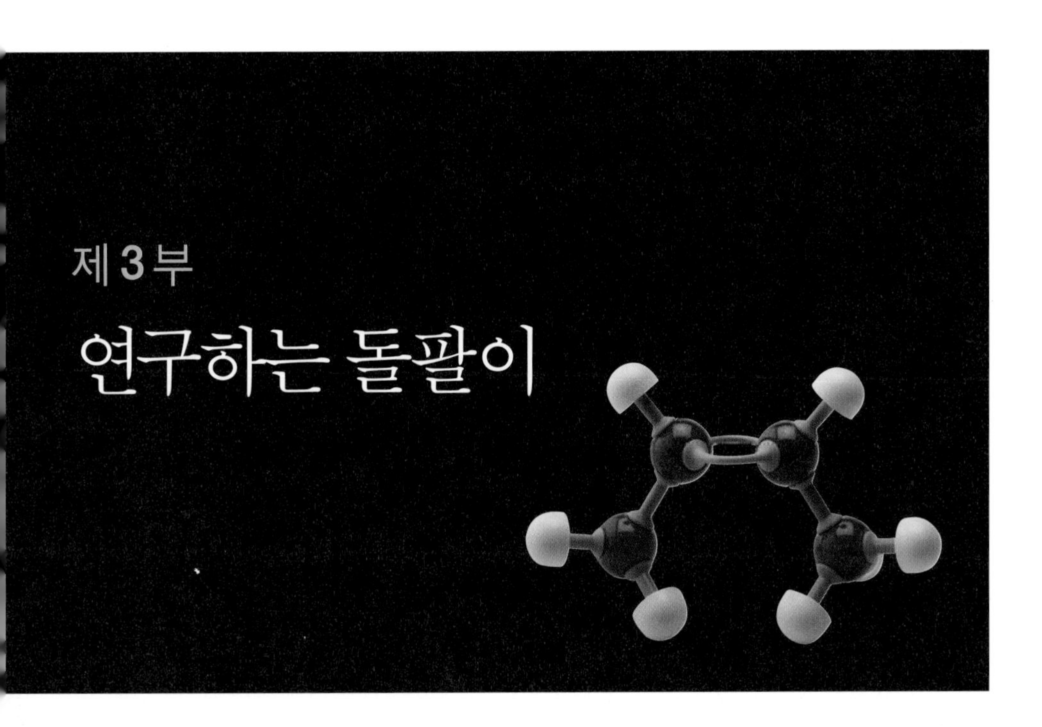

제 3 부
연구하는 돌팔이

나는 나이 50세에 잘 나가던 직장에서 명예퇴직을 하고, 어머니의 병을 치료하려고 이런저런 방법들을 공부하면서 나도 모르는 사이에 '돌팔이의 길' 을 걸어가고 있다.

국어사전에서 돌팔이를 검색해 보니 '제대로 된 자격이나 실력이 없이 전문적인 일을 하는 사람을 속되게 이르는 말' 이라고 나온다.

이 정의에 의하면 나는 연구소에 다닐 때에도 돌팔이 연구원이었고, 지금 '돌팔이의 길' 을 걸으면서도 나만의 '연구원의 길' 을 걷고 있다.

나는 어머니의 병을 치료하면서 나만의 치료법을 연구하고 개발하였으며, 그중에 노젓기라는 것이 효과가 있어서 돌팔이 노릇을 하는데 크게 도움이 되었다.

몇 년째 주로 뜸으로 치료를 하던 어머니의 유방암은 그동안 조금씩 커져 어느덧 커다란 바가지를 엎어놓은 것처럼 되었는데, 2000년 10월 어느 날 보름간의 보행명상 중에 새로 개발한 '노젓기' 를 3시간가량 해

드리자 놀랍게도 어머니의 유방암이 개구리참외 만하게 크기가 줄어든다.

'와…! 어찌 이런 일이….'

일주일이 지나 어머니에게 가 보니 어머니의 유방암은 도로 바가지만큼 커져 있고, 다시 '노젓기'를 3시간가량 해 드리자 도로 개구리참외가 된다.

그 후로 매주 어머니에게 가서 3시간씩 노젓기를 해 드리는 것이 루틴이 되었고, 이 노젓기 기술을 기본으로 2001년 7월 '비우기/ 채우기/ 얼르기/ 아우르기'를 창안하여 어머니의 병 치료에 활용하였다.

그러다가 고교 2학년 때부터 친하게 지내던 P사장과 잠원동에서 일인무역회사를 하는 고교 동창 Y사장의 사무실에 놀러 간 적이 있다.

Y사장의 사무실은 약 2평쯤 되는데 중앙에 커다란 테이블과 4개의 의자가 있고 주변 공간은 Y사장이 그동안 취급한 수십 종 제품의 팸플릿과 샘플들로 발 디딜 틈도 없이 가득 차 있었다.

P사장이 요즈음 내가 어머니를 치료하는 사연을 소개하자 Y사장이 테이블에 올라가 누우며 자기에게 비우기 안마를 해 보라고 한다.

내가 안마를 해 주기 시작하자 5분도 안 되어 드르렁 코를 골다가 30분도 안 되어 기지개를 켜고 일어나더니, Y사장이 나에게 자기와 함께 동업을 하자고 하며, 다음 주에 어머니를 치료하고 난 후에 자기 사무실로 와서 자기가 소개하는 친구들에게 돈 받고 안마를 해 주고는 피시식 웃으면서 자기한테는 소개비로 10%를 내라고 한다.

나는 Daum 카페에 '히든 제어'라는 이름의 카페를 개설하였다.

〈카페지기 이력 소개〉

● 1949년 2월 3일 군산에서 출생

- 군산성심유치원 졸업(1953-1955)
- 군산사범부속 국민학교 졸업(1955-1961)
- 군산중학교 졸업(1961-1964)
- 경복고등학교 43회 졸업(1965-1968)
- 서울대학교 공과대학 원자력공학과 학사 졸업(1968-1973)
- 한국과학기술원(KAIST) 핵공학과 석사 졸업(1984-1990)
- 한국원자력연구소 책임연구원(1977-1996)
- 한전원자력연료(주) 책임연구원(1997-1998)
- 한국원자력연구소 위촉연구원(1999-2003)
- 한전원자력연료(주) 위촉연구원(2004-2005)
- 20여 년 핵연료 설계분야에 종사함
- 2005년도 이후, 오로지 비우기 세계의 탐구 및 보급에 전념함.

〈비우기의 개발 이력 소개〉

- 1998년 11월 어머니의 암을 치료하면서 민간요법에 관심을 갖고,
- 1999년 9월부터 항아리뜸과 능동적인 뜸치료법을 발명하고 치료효과와 원리에 대하여 더욱 깊이 연구.
- 2000년 2월 22일 MBC 연속극 '허준'을 보면서 나 자신도 유의태와 비슷한 병이 있음을 발견하고, 그 이후 이 병의 퇴치법을 집중 연구
- 2000년 10월 원시적인 민간요법(노젓기와 리듬 호흡) 창안
- 2001년 7월 '비우기/ 채우기/ 얼르기/ 아우르기' 창안
- 2001년 12월 자연자동요법 창안
- 2002년 2월 지조침과 장뜸을 창안하여 난치병 치료의 새 장을 열다.
- 2002년 5월 본인의 지병 치료에 성공
- 2002년 6월 사르기 창안

- 2002년 7월 사르기 안마 창안
- 2002년 7월 목 디스크/ 컴퓨터 병에 의한 목과 어깨 근육통 치료 성공
- 2002년 7월 희귀병증인 전신통 치료 성공
- 2002년 8월 임포턴스 치료 민간요법 발견
- 2002년 9월 희귀병증인 목부위 잠혈 폐쇄(삼킴 장애)증에 대한 해혈법 발견
- 2002년 9월 악성 아토피성 피부병 치료법 발견
- 2004년 7월 일기무극혼원공 창안으로 새로운 기공의 세계를 열다.
- 2004년 10월 사립기공 창안
- 2004년 12월 감공, 기공, 공공, 심공 체계 정립
- 2005년 무극혼원공 체계 정립
- 2006년 한어기공 정립
- 2007년 1월 비우기 프로 5단 경지에 도달
- 2007년 비우공 정립
- 2007년 3월 기인공입결(氣引空入訣) 터득
- 2007년 5월 약손 패치 터득
- 2007년 6월 좌변기공(坐便氣功) 터득
- 2007년 7월 카락결 터득
- 2007년 11월 칠비병 창안
- 2007년 12월 다음카페 '대리투병' '공동투병' '비우기 배틀' Open

위에 열거한 내용을 읽어보니 지금은 알 수 없는 용어가 많고, 이상한 기공(?)들이 있다. 요즈음 검색을 해 보면 요상한 무슨무슨 기공(?)들이 소개되는데 이러한 것이 모든 '돌팔이가 가는 길' 인 듯하다.

이러한 것들도 창안할 당시에는 아주 신기하고 멋진 기공(?)이라고 생

각했을 것인데 지금은 하나둘 망각의 블랙홀로 빨려 들어가고 있다.

Y사장과 동업을 하여 비우기 안마를 보급하면서 매달 한두 번은 아주 희한한 질병으로 고생하는 사람들을 만나고 그 중에 절반 정도는 신기하게 좋아지는데, 한 번 해 보고 다시 연락이 없는 경우에는 비우기 안마의 효과가 어땠는지 알 수가 없다.

그럴 때는 다른 돌팔이들이 그러하듯이 치료가 잘 되어오지 않는다고 여긴다.

그 당시의 모습을 담은 홀로그램을 한 번 감상해 보자.

2005년 초 어느 일요일, 드디어 대망의 '비우기 건강교실' 을 서울 강남에 있는 아이포스타에서 열었다.

출발은 비우기의 고수가 여는 건강교실 답게 첨부 사진에 올린 'Beugi-ful Beauty' 보다 더 멋있는 비우기 솜씨를 보인 Beugi-ful Class였다.

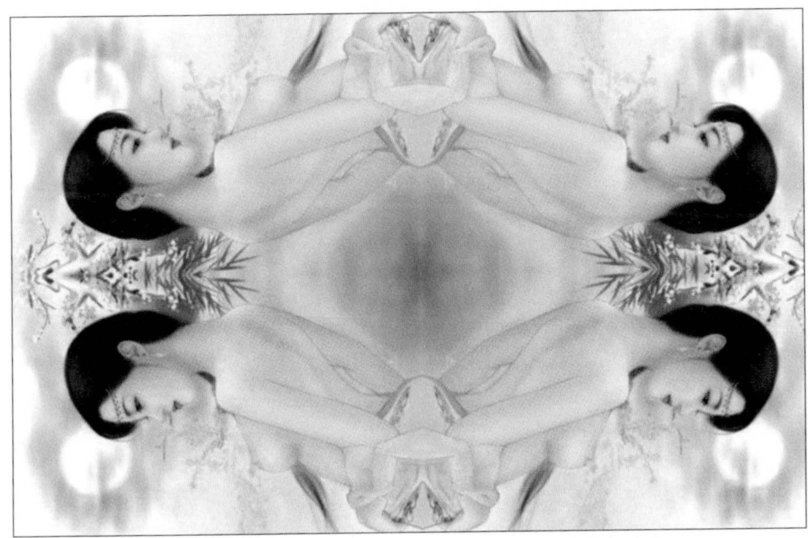

'Beugi-ful Beauty' 비우기를 하면 이 정도 피부 미인이 된다

이날은 오랜만에 겨울다운 맛을 풍기는 올들어 가장 추운 날이었다. 나는 새벽 2시에 일어나 먼저 목욕재계하고 비우기로 몸과 맘을 가다듬으며 새로운 출발을 멋있게 할 마음의 준비를 하였다.

새벽 4시, 집사람에게 서울로 친구를 만나러 간다고 이야기하고 혼자서 차를 타고 거의 텅 빈 고속도로를 규정속도를 잘 지키며 달려 5시 40분에 부곡역(지금의 의왕역)에 도착하였다. 너무 속도를 잘 지켜서인지 예정 시간보다 10분이 더 걸렸다.

역사에 들어가서 표를 사는데 먼저 어머니에게 들러 약 30분 정도 안마를 해 드리고 강남으로 갈 예정이어서 개봉역까지 1,200원짜리 표를 끊으려고 하다가 혹시 하는 생각에 일단 1,300원짜리 삼성역까지 갈 수 있는 표를 끊었다.

나는 서둘러 개찰구를 빠져나와 플랫폼으로 내려갔는데 거기에는 사람은 하나도 없고 살을 에는 매서운 골바람만 쌩쌩거린다. 나는 잠시 버티다가 아하 이래서 다른 사람들이 바람막이가 있는 안쪽 통로에서 뭉기적거리는구나 하는 생각이 들어 나도 일단 그곳으로 가서 몸을 웅크리고 뭉기적거리며 기차가 오길 기다렸다.

기차는 10여 분이 지나서 도착하였고, 차 안으로 들어가자 일단 추위에서 벗어났는데 예정보다 벌써 20여 분이 더 지나서 지금 어머니에게로 가면 겨우 10분 정도 안마를 하는 둥 마는 둥 하고 나와야 하니 그럴 바에는 아예 지금 바로 강남으로 갔다가 일을 보고 돌아갈 때에 어머니에게 들르기로 했다.

삼성역에서 내려 한전 본사 앞을 지날 즈음부터 다시 칼날 바람이 나의 얼굴을 에이고 한 손으로는 코를 가려 장뜸을 하고 다른 한 손으로는 이마에 장뜸을 하면서 걷자 얼굴이 깎이는 느낌은 사라진다.

봉은사 사거리에 도착할 즈음에는 양쪽 귀때기가 떨어져 나가려고 한다. 나는 이마에 대고 있던 손을 거두어들이고 일단 한쪽 귀에 귀안마를 하고, 이어서 코에 대고 있던 손도 역할을 바꾸어 다른 쪽 귀에 귀안마를 해 주었다.

역시 비우기의 장뜸은 만병통치여 이렇게 매서운 강추위에 얼굴의 어디 하나 다치지 않고 10여 분 거리를 무사히 갈 수가 있으니, 새벽 7시 10분에 아이포스타에 도착하여 일단 출입문을 열고 외부의 아이포스타 네온사인에 불이 들어오게 하여 새벽의 어스름한 길을 찾아오는 학생들이 쉽게 찾아오게 하고, 실내의 모든 등과 난방 기구도 켜고, 손님들이 마실 커피믹스와 설록차도 준비하고, 음악도 분위기 있는 것을 골라서 틀고, 컴퓨터에서 오늘 강의할 내용도 출력을 하고 보니 7시 30분 예비반 학생을 맞을 시간이 된다.

나는 메인홀로 가서 준비운동을 하며 학생들이 오길 기다리는데, 예비반 학생은 모두 새벽 추위에 발길이 막혀 오지 못한 모양이다. 에이 어서어서 장뜸을 익혀야 이 정도 추위는 거뜬하게 이겨내지….

또 다시 시간은 흘러 아침 8시 정각, 기초반 학생들이 올 시간이다. 나는 음악에 맞추어 멋들어진 비우기 춤을 추면서 이곳으로 들어서는 학생들이 나의 멋들어진 모습을 맨 처음 볼 수 있도록 했다. 뭐니뭐니해도 첫 만남에는 첫 인상이 가장 중요한 것이다.

나는 비우기 춤을 한 시간을 추었는데도 나의 이런 멋진 춤사위를 보아줄 사람이 아직 아무도 안 온다.

'제길…! 오늘의 추위가 이렇게도 매서웠나? 나는 견딜 만했는데…, 끌끌.'

아침 9시 정각, 중급반 학생들이 올 시간이다. 오늘의 중급반 주제는

'비우기 안마' 이니, 나는 홀 가운데에 앉아서 '스비기' 를 하면서 학생들을 기다렸다. 그런데 '비우기 안마' 의 풀코스를 마치도록 아무도 나타나지 않는다.

'웬일이래? 혹시…? 오늘 새벽에 뭔가 난리가 난 것이 아니여? 내가 이곳 지하실에서 잠시 외부와 차단이 된 사이에 뭔가 이 세상이 달리 변한 것이나 아닌지…? 오늘 이곳에 온다는 친구가 10여 명이나 되는데, 이 친구들 모두에게 뭔 일이 생긴 것이나 아닌지…? 웬일이야…! 웬일일야…! 내 참…!'

아침 10시 정각, 고급반 학생들이 올 시간이다. 그런데 벌써 초급, 중급을 거치고 고급반 코스에 들어간 친구가 하나도 없는데 이 시간에 올 학생이 있을 리가 없다.

다만 비우기 교실 총무를 맡은 Y사장이 오늘 황우석 교수의 TV강의에서 하는 줄기세포 복제 이야기를 듣고 늦게 온다고 했으니 지금쯤 올 시간이다.

확인을 하러 10시 10분쯤 전화를 해 보니 거의 다 왔다고 한다. 나는 일단 지금까지 벌려놓은 것을 모두 원위치시키고 기다리니 10시 20분에 유 총무 부부가 도착한다.

모든 문단속을 마치고 우리는 일단 초막집으로 가서 2부 순서 오프닝을 하기로 했다.

1부는 완벽한 Beugi-ful Class이었다.

10시 30분부터 시작한 초막집에서의 2부는 일단 돼지갈비 3인분, 찌개백반 1인분, 사이다 1병을 차려 놓고 고사를 지냈다.

나는 금년 들어 술을 마시지 않고 있는데 당분간은 금주를 계속할 생각이다.

이날 초막집에서는 유 총무 부인의 다리 아픈 것, 발바닥 아픈 것, 왼쪽 팔 아픈 것, 오른쪽 팔 아픈 것의 절반까지만 개인지도를 해서 어느 정도 해결을 하고, 유 총무에게는 악성 치질과 대장에 생긴 폴립을 적당히 손 보아주고, 교회에 갔다가 조금 늦게 참석한 초막집 주인장에게는 일단 심장 부근에 생긴 이상을 어느 정도 잡아주고, 고혈압과 당뇨도 조금 잡아주고, 오른쪽 팔꿈치에 3년 전에 생긴 엘보를 지금까지 2번 뼈주사를 맞고서 통증을 해결하다가 약 10일 전부터 다시 아프다고 하는데, 그것도 대충 절반쯤 해결해 주고 나머지는 다음 주에 손보아 주기로 했다.

이러한 일정을 소화하고 오후 3시를 조금 지나서 초막집을 나와 유 총무 차로 개봉동 어머니에게로 갔다.

차 안에서는 가는 동안에 유 총무 부인의 오른팔 아픈 것 나머지 부분을 거의 다 잡아주고, 이어서 최근에 터득한 관절염 치료법으로 오늘은 일단 왼팔의 관절염만 비워주고 다른 곳의 관절염은 다음에 해결하기로 했다.

어머니 집에는 유 총무하고 같이 들어갔는데, 인사를 하고 바로 치료에 들어가며 유 총무에게 치료 방법을 간략하게 설명해 주었다.

어머니가 지금 겪고 있는 이리저리한 통증을 일단 먼저 잡고 이어서 유방의 암덩어리를 손보아 주는데, 밑동 직경이 약 1치 정도 줄어들 때까지 약 40분간 치료를 하고 집에서 나와 유 총무 차로 개봉역으로 갔다. 개봉역에 도착하니 어스름 저녁이 깔리는 오후 5시 10분, 나는 유 총무 부부와 헤어져 기차를 타고 부곡역으로 가서 내 차로 바꾸어 타고 대전으로 향했다.

나는 돌아오는 차안에서 오늘 하루를 돌아보며, 오늘의 출발은 1부는 완벽한 Beugi-ful Class이어서 오히려 이것이 계기가 되어 '빈집에 소 들어간다' 고 하는 속담대로 앞으로 '비우기 건강교실' 이 크게 성황을 이룰 것이란 예감이 들었고, 2부는 내가 돌봐준 4명에게 모두 만족스럽게 개인지도를 할 수가 있어서 나름대로 성공했다는 생각이 드는 마음 뿌듯한 하루였다.

나를 이리저리 태우고 다니느라 고생한 유 총무! 오늘 수고 참 많이 했다. Beugi-full Class를 열었던 아이포스타의 추억도 빛바랜 홀로그램이 되었다.

이 당시의 홀로그램으로 '제길…! 이런 변이 있나…?' 라는 것도 한 번 엿보자.

이것은 이름도 생소한 두개인두종이라는 것을 수술하고 난 후에 나타

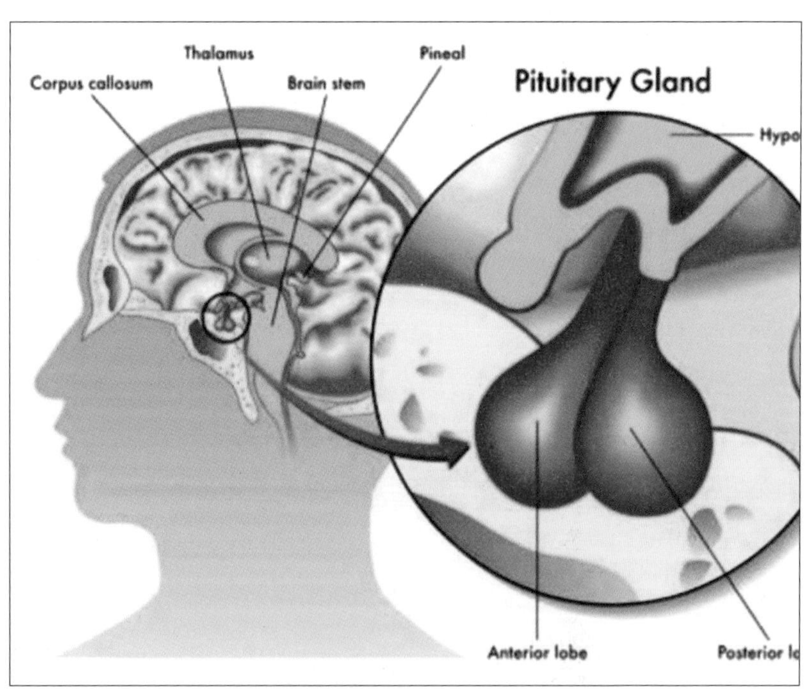

두개인두종(craniopharyngioma)

나는 잔류증을 치료해 주면서 겪은 희한한 사건이다.

두개인두종(craniopharyngioma)은 코 안쪽의 비인두에서 뇌쪽으로 말려들어간 Rathke's pouch에 생기는 양성 종양인데, 대개 수술로 70% 정도 제거를 하고 방사선 치료를 추가로 하며 수술 잔류증으로 요붕증이나 뇌하수체기능 저하증이 생긴다고 한다.

JI는 나와 고등학교 동창인데 학교 때에 같은 반도 아니고 동창 모임에서도 만난 적이 없어 잘 모르는 친구이다.

유 총무가 메일로 JI의 근황을 보내오고 또 전화로 한 번 진단이라도 해 보라고 부탁을 해 왔는데, 그러면 2004년도 12월 중순에 있을 동창회 망년회장에 가기 전에 한 번 시간을 내보자고 응답했다.

12월 초 첫 번째 금요일 저녁 8시 무렵, 우리 어머니의 유방암이 터져서 피가 많이 나왔다는 아이포스타 원장을 하는 여동생의 연락을 받고 부랴부랴 KTX를 타고 서울로 가서 그날 저녁과 다음 날 오전까지 어머니를 치료하고 오후에는 서울에 올라온 김에 유 총무를 만나 같이 JI의 집으로 찾아갔다.

JI의 집에는 3시 반쯤에 도착을 했다.

그 친구는 우리가 찾아오는 입구를 헷갈릴까 봐 길까지 나와 기다리고 있었는데, 오히려 우리와 엇갈려서 비 오는 추운 바깥에서 오래 서 있었던 모양이다.

고등학교 동창은 잘 모르는 친구를 만나도 '야! 나, 아무개다…!' 하고 악수를 나누면 바로 허물없는 사이로 바뀌는데, 이 친구도 악수를 나누고 바로 마룻바닥에 덜퍼덕 주저앉아서 이런저런 이야기를 나누며 바로 치료에 들어갔다.

나는 일단 수술을 했다고 하는 얼굴 부위에서 대충 기감을 잡아보니 이상 징후가 약간 느껴지긴 하는데 생각보다 상당히 미약하다.

그래서 일단 1시간이면 어느 정도 치료가 될 거라고 이야기를 해 주었는데, 30분이 지나도 호전될 기미가 전혀 없다.

나는 이 친구가 우리를 기다리며 몸이 약간 얼어서 그런 모양이라고 생각했는데, 친구 부인이 옆에 앉아서 유 총무와 주고 받는 이야기를 들어보니 이 친구의 지금 상태가 상당히 심각한 것이었다.

JI의 얼었던 몸이 조금씩 풀리면서 몸속의 나쁜 기운이 여기저기에서 나오고 이러한 과정에서 추가로 밝혀지는 각종 이상 징후를 놓고 종합 판단해 보니 아마도 2시간 이상의 치료를 서너 번은 해 주어야 어느 정도 효과가 있을 것 같다는 생각이 들어, 나는 1시간 만에 끝내려는 처음 작전을 수정하여 장시간 치료 채비로 바꾸었는데, 나의 비우기 치료는 단시간 치료를 장시간 치료 채비로 전환시키는 데 보통 술(?)이 좀(?) 있으면 된다.

그래서 과일을 가져온 부인에게 집에 술이 있느냐고 묻자 복분자술이 있다고 하며 가져온다.

이 술은 고창 선운산에서 나오는 복분자술 중에서도 상당히 고급으로 제조가 된 것이어서 맛이 끝내주는 것이었다.

나는 옆에서 내가 치료하는 것을 유심히 관찰하고 있는 총무하고 주거니 받거니 술판을 벌이며 이런저런 치료담을 이야기하는 등 돌팔이 본연의 아리송(?)한 분위기를 잡아가니 JI의 몸에서 치유 반응이 서서히 나오기 시작한다.

내가 하는 비우기 치료는 나는 주로 분위기만 잡아주고 실질적인 치료는 환자의 몸 안에 있는 세포들이 하는데, 이렇게 되려면 필수적으로 환자의 마음이 먼저 풀어져야 한다.

이것을 유도하는데, 나의 돌팔이 경험담이 아주 잘 먹히고 이러한 이야기를 좀 더 흥겹게 하려면 술이 한 두어 잔 들어가야 제대로 판이 이루어진다.

'얼쑤…! 굿거리장단이로구나!'

나는 어제 저녁부터 오늘 오전까지 겨우 4시간 정도 잠깐 눈을 붙이고 무려 8시간가량 어머니 치료를 하면서 고량주, 소주, 막걸리를 거나하게 마셨다. 지금 JI를 치료하면서 복분자술을 마시는 것은 내 몸을 너무 혹사시키는 멍청한 짓거리이었지만, 이날 하루 종일 추적추적 내리는 초겨울 비가 나를 자꾸 뭔가를 하도록 부추기고 있었다.

이날 오후의 JI 집에서 벌인 놀이판도 내가 누구를 치료하면서 흔히 써먹는 '극본 없는 단막극' 이었고, 오늘은 유 총무와 JI의 부인이 보조로 출연을 하고 있어서 더욱 흥겨운 놀이판이 될 수가 있었다.

'얼쑤…! 한 판 걸지게 놀아보세.'

이러한 분위기는 누워서 나의 치료를 받고 있는 오늘의 주인공에게로 전염이 되어서 한 시간여가 지나면서부터는 드디어 JI도 놀이판 속의 인간(?)으로 회복이 되어 온몸에 화색이 돌고 오른손 엄지를 번쩍 세워 들어 보인다.

나는 왜 그러냐고 묻자 JI가 얼굴에 웃음을 띠우고 '최고' 라고 나를 추겨 세운다. 나는 환자에게서 받는 최고의 찬사를 받은 것이다.

이러한 칭찬을 받고 가만히 있을 수가 없어 총무에게 술을 따르라고 해서 마시며, 내가 마시는 술이 바로 기(氣)로 바뀌어 JI에게로 가니 '이 술은 니가 마시는 것' 이라고 하자 묘한 웃음으로 수긍을 한다.

사실 JI는 서울 D여대에서 영문학 교수를 하고 있으니 나의 '극본 없는 단막극' 을 모두 바로 몸으로 맘으로 받아들여 바로 자기 몸의 치료에 적용을 하는 것이었다.

이렇게 훌륭한 환자를 만나기도 쉽지가 않을 듯하다.

나는 2시간 반에 걸친 치료를 끝내고 부인이 정성껏 차려준 흑미 잡곡

밥을 맛있게 먹은 후에 그 집을 나오는데 나를 부추기던 겨울비는 아직도 추적거린다.

나는 헤어지기 전에 JI에게 오늘 나에게서 뭔가를 배웠느냐고 묻자 JI는 고개를 끄덕인다.

내가 오늘 JI를 치료하면서 가르쳐 준 것이 내가 바로 며칠 전에 터득한 심공(心功)의 요결(要訣)인데, 이것은 글이나 말로 전할 수 있는 것이 아니고 이런 식으로 느낌으로만 전할 수 있는 것이다.

JI가 영문학 교수를 하고 있으니 아마도 제대로 내가 전하려는 느낌을 알아차렸을 것이다.

총무와 나는 지하철 5호선 입구에서 헤어지고 나는 5호선을 타고 가다 중간에 인천행 1호선으로 바꾸어 타고 마침 빈자리가 있어서 잠깐 앉아있었는데, 그 사이 꾸벅 졸은 것이 내가 내릴 개봉역을 한참 지나쳐서 주안역으로 차가 들어간다.

허겁지겁 다시 되돌아가는 차를 탔는데, 용산 가는 급행이어서 이 열차는 개봉역을 그냥 지나쳐서 구로역에서 멈춘다.

다시 내려서 인천행 완행열차로 바꾸어 타는데 나의 몸과 맘속의 진이 다 빠지는 것 같다.

얼굴 표정으로 보아 어머니의 상태가 별로 안 좋아 보이는데, 더 이상 어머니를 치료해 드릴 여력이 없다.

어머니는 자고서 내일 내려가라고 하는데, 거기에 남아있으면 내 몸과 맘이 자동으로 어머니 치료를 또 할 것이 분명하고 내 몸과 맘의 상태는 그럴 수가 없으니 내가 대전으로 내려가야만 오늘 저녁 그나마 무사할 수가 있다는 생각이 들었다.

나는 택시로 광명역으로 가서 KTX를 타기로 했고, 마침 매표창구의 아가씨가 모든 표가 다 매진인데, 자기가 1장 잡아논 것이 있다고 생색을 내며 철도회원 할인을 받는 표라고 한다.

나는 '고맙습니다' 라는 말에 이어 '복 많이 받으슈' 하며 '극본 없는 단막극' 에서 에드립을 치니 예쁜 아가씨가 웃음으로 받아준다.

그런데 이것이 곧 바로 다가올 변란(糞亂)의 전조였다.

나는 플랫폼에서 기차를 기다리는데 아랫배가 뒤틀리고, 변을 거의 참을 수 없는 지경에서 기차에 올라타고, 바로 화장실로 직행을 했다. 거의 정신없이 변을 보고, 거의 끝나갈 무렵 밖에서 누가 문을 두드린다.

나는 휴지로 닦고 우연히 뒤를 돌아보니 변기 주변에 변이 묻어 떡이 져 있다. 내 궁둥이를 만져보니 거기에도 변이 묻어 떡이 되어 있다.

'제길…! 이런 변이 있나….'

나는 왜 그랬는지 따져 볼 겨를도 없어 일단 어지럽혀진 현장을 정리하려는데, KTX 객차의 화장실 변기물은 조금 나오고 한참을 기다려야 다시 조금 나온다.

그렇게 찔끔거리는 물로 떡이 된 변기와 내 엉덩이를 씻는데 밖에서는 누가 계속 문을 두드리며 보챈다.

나는 대여섯 번 만에 대충 사태 수습을 하고 나오며 밖에서 문을 두드리던 젊은이에게 '아니 좀 기다려야지…! 자꾸 문을 두드리면 어떡해!' 하고 핀잔을 주었지만 오늘의 이 실수는 어이 해야 할지…(?).

나는 자리에 가서 앉았지만 내 몸의 어디에 아직도 변이 묻어 있어 냄새가 옆자리의 아가씨에게 전달이 될까 봐 영 마음이 불편하다. 이런 때에 옆자리에 젊은 아가씨가 앉다니…, 제길!

이런 꺼림칙한 경험 때문에 말 못할 신경을 쓰는 덕분에 내가 지금 죽도록 피곤한 상태라는 것을 잠시 잊을 수 있었다. 이러한 것이 도움이 되어 그나마 무사히 집까지 갈 수가 있었다.

집에 도착하니 밤 12시, 반갑게 맞이하는 집사람과 강아지 '둘리' 하고 잠깐 응대를 하고 둘리를 데리고 나가 아직도 추적거리는 빗속에서 둘리가 오줌을 누게 하고, 다시 들어와 대충 샤워를 하고 바로 잠자리에 들었다. 그리고 거의 기절한 상태로 자다가 일어나니 아침 8시.

놀랍게도 온몸과 맘속의 피로가 다 사라지고 손으로 만져보니 온몸과

변(糞, 분)으로 변(變)하기

맘이 아주 보들보들 첨부의 사진에 있는 'Beugi-ful Beauty' 처럼 보드랍게 변해 있다.

'변한테 한 번 호되게 당하고 나니, 내가 이렇게 이뻐졌네…! 허허허.'

나는 새로 터득한 심공(心功)으로 우리 어머니와 친구의 병을 치료했는데, 변(糞,분; 똥)으로 떡칠을 한 것이 변(變)을 부린 것인지…? 이것이 오히려 내 몸과 맘을 치료한 것이 되었다.

요즈음 극성을 부리는 코로나19도 변(糞,분)으로 떡칠을 한 번 해 줘야 보드랍게 변(變)하지 않겠는가.

P.S.

최근에 '현재 생존해 있는 사람 중에도 1000세의 수명을 누릴 사람이 60명은 나올 것이다' 라고 영국 케임브리지대학의 의학박사 오브리 드 그레이라는 분이 주장을 했다는데, 그럼 나도 200살까지 살겠다는 목표를 조금은 더 상향조정을 해야 할 것 같다.

'우리가 영국에게 질 수야 없지…! 암…! 그럴 수는 없구말구…!'

그들은 노화의 원인이 되는 생물학적 생체지표(biomarker)를 찾고 있다는데 나는 어쩌면 이미(?) 발견을 한 것 같다.

변(糞,분)으로 떡칠을 하여 변(變)하는 '변변 힐러' 를 가끔 하면, 누구나 'Beugi-ful Beauty' 처럼 보드랍게 변해 생물학적 생체지표가 크게 개선될 것이다.

P.S. of *P.S.*

어린 아이의 생체지표(biomarker) > 어른의 생체지표(biomarker) > 노인의 생체지표(biomarker)인데 여기에 비례하는 것이 바로 피부의 부드러움이다. 따라서 노인도 변(똥)으로 떡칠을 하는 변(바뀜)을 가끔 하면 피부가 어린 아이처럼 부드러워져 노동(老童; 늙은 아이)이 된다.

물론 치매에 걸려 변(똥)으로 벽에 떡칠을 하는 노동은 곤란하다.

그래서 다음 장에서는 '변변 힐러' 를 쓰지 않고 변하는 방법을 한 번 찾아보자.

오늘 홀로그램의 주인공인 SH는 나의 고교동창이며, 집안에 의사가 여럿 있는 의사 가족이다. 이런저런 검사를 해 보아도 아무런 이상이 없는 정상인이며, 최근 왼쪽 다리에 신경통 증상이 있고 가끔 가벼운 마비가 온다고 한다.

이날은 바둑 모임이 있어 그 자리에서 만났는데, 저녁식사 중에 내 옆자리에 앉아 자기의 몸 상태를 잠시 살펴봐 달라고 한다.

요즈음 회식자리에 가면 내 옆자리에 서로 앉으려고 은근히 눈치 경쟁을 벌이는데, 내가 술을 마시면서 옆자리에 앉은 사람을 기꺼이 공짜로 치료해 주기 때문이다.

나는 누구를 치료할 때에는 대부분의 경우에 양손을 다 쓰기 때문에 술잔이나 젓가락을 들 손이 없는데, 자기의 차례가 오기를 기다리며 다른 편에 앉은 친구가 알아서 술과 안주를 내 입에 넣어준다.

SH는 한마디로 이야기하면 약간 비만에 부대한 물렁살이다. 자주 등산도 다니고, 골프도 하고, 운동도 제법 한다는데 약 20여 년 전부터 몸매가 무너져 현재의 상태를 유지하고 있다고 한다.

본래 물렁살은 어디에서도 병으로 취급되지 않는데, 나의 생각에는 피부가 부드럽고 탄력이 있어야 정상적으로 건강한 것이고 그렇지 못한 부대한 물렁살은 어디엔가 이상이 있어서 그렇게 된다는 것이다.

젊어서는 부드러움과 탄력을 유지하던 피부가 나이를 먹어가며 부대한 물렁살로 바뀌는 경우가 제법 많이 있는데, 병원에서는 특별히 비만으로 발전을 하지 않으면 그냥 정상으로 취급을 한다.

그런데 이러한 사람은 피부의 혈액 및 기순환이 나빠서 혹시 오장육부에 어떤 이상이 생겨도 쉽게 감지를 할 수가 없다. 그래서 혹시 어떤 이상 징후를 발견하게 될 때에는 해당 장기의 손상이 심각한 경우가 많고, 그래서 치료시기를 놓칠 가능성이 크다.

이러한 이유 등으로 물렁살은 가능하면 빨리 고치는 것이 현명하다.

내가 SH를 치료하던 당시에는 이러한 물렁살의 문제점을 전혀 모르고 있었다.

누구를 치료할 때에 그 환자의 문제점을 제대로 파악 못하고 치료에 임하는 것은 매우 큰 위험이 따를 수 있는데, 이번의 경우가 거기에 해당한다.

특히 병원에서 병이라고 생각하지 않는 것 중에도 큰 문제점이 있는 것이 많이 있는데, 그래서 모든 치료에는 항상 조심에 조심을 하여야 한다.

나는 물렁살을 처음 치료하는 것이어서 이것의 문제점도, 치료법도 모르고 그냥 SH가 불편하다고 하는 가벼운 신경통을 치료한다는 생각으로 전체적으로 기감을 잡아보지 않고 옆자리에 앉은 사람을 치료하기에 적합한 손부터 기감을 잡아보려고 이리저리 더듬는데, 양쪽 손 위에서는 아무런 이상징후가 없다.

그러다가 오른팔 손목 부위를 살피는데 뭔가 이상징후가 잡힌다.

'이게 뭐지?' 하면서 좀 기다리자 이상한 느낌이 강해지며 나쁜 기운이 제법 세게 빠져 나온다.

'빙고…!' 나는 제대로 치료혈은 잡았다는 확신에 그 자리를 그대로 잡고 다른 손으로는 앞자리의 친구들이 건네는 술잔을 받아 마시며 이런저런 이야기를 하는데, SH가 자기의 왼쪽 발을 포함하여 온몸에서 어떤 기운이 나와 내가 잡고 있는 손목을 통해서 빠져 나간다고 한다.

"그래, 아마 네 몸의 나쁜 기운이 다 빠질 거야. 그리고 혹시 어디가 아프면 바로 이야기해라!"

그렇게 주의를 주고 10여 분 지났는데 SH가 왼쪽 목뒤가 아프다고 한다.

나는 바로 나쁜 기운을 빼내는 것을 멈추고 바로 SH가 아프다고 하는 곳에 손바닥을 대 보니 그곳이 약간 벌렁거린다.

이러한 느낌은 1분쯤 지나다 사라졌고, 그래서 치료를 그것으로 중단하고는 다른 친구들하고 술잔을 돌디다가 다시 SH의 상태를 살펴보니 놀랍게도 손등이 매끌거린다.

그리고 겉으로 드러난 다른 부위도 눈에 뜨이게 매끌거리는 것이었다. 즉, 물렁살이 서서히 없어지는 것이었다.

이러한 변화가 너무 신기하여 SH는 다른 친구들에게 이러한 변화를 이야기하며 좋아한다. 누가 축하하는 의미로 술을 한잔 권하자 자기는 한 잔만 마셔도 온몸이 붉은 홍당무가 된다고 한다.

이러한 치료에서는 자만심과 교만이 가장 문제가 되는데, 이날의 동창들과 벌리는 술자리 분위기에 취하여 나도 모르게 교만을 떨었다.

나는 SH에게 내 치료는 술을 조금 마셔도 된다고 부추겼는데, 사실 모든 기치료를 한 후에는 술을 마시거나 과도한 운동을 하는 것은 절대 금기사항으로 되어 있다.

더구나 SH의 몸에는 술을 분해하는 효소가 없는 것이 분명한데, 내가 잠시 해 준 기치료로 그러한 효소가 생겨날 수는 없었던 모양이다. 제길!

나의 허황된 기대는 무참하게 무너져 버리고, SH의 목주변이 슬슬 붉게 변해 간다.

나는 바로 SH의 간 부위에 해당하는 혈자리를 점검해 보니 뭔가 이상이 느껴지고, 그곳에 긴급으로 기를 주입하자 SH의 인상이 찌그러지며 은근히 괴로워한다.

나는 그곳의 분위기가 산만해서 그러는 모양이라 생각하고 SH를 데리고 신선한 공기가 있는 밖으로 나가서 다시 해 보았지만 마찬가지이다.

즉시 중단하고 심장 부위를 살펴보니 거기도 마찬가지로 힘들어 하고, 다시 목뒤에서도 여기저기 기혈이 올라온다.

나는 손바닥을 목뒤의 기혈이 올라오는 곳에 아주 가만히 대주는 기혈 안정법을 가르쳐 주고 SH가 스스로 기혈을 잡는 것을 도와주었다.

나는 이때 원인은 알 수 없지만 내가 치료중에 한 어떤 것 때문에 SH의 몸에 급성고혈압이 온 것을 깨달았다. '아, 이를 어쩌나.'

나는 최근에 내 자신의 고혈압을 치료해 본 적이 있어서 대충 응급조치는 할 수가 있었고, SH에게도 긴급시의 대응법을 대충 가르쳐 주었다.

우리는 이런 식의 치료를 몇 번 더 반복하고 회식이 끝나고 나오는데, SH가 자기 차로 나를 서울역까지 데려다준다.

나는 신탄진역으로 오는 기차 안에서 이리저리 생각해 봐도 급성 고혈압의 원인을 알 수가 없다.

이것은 이날 저녁 내가 SH에게 한 행동 중에 어떤 것이 범인인데…. 즉, SH에게 오늘 저녁 어떤 일이 생긴다면 내가 SH를 해친 범인이 되는 것이다.

이러한 생각을 하니 내가 SH의 상태를 좀 더 지켜보지 않고 서울역에서 바로 헤어진 것이 못내 후회가 된다.

나는 신탄진역 부근에 세워 둔 차로 집으로 가면서 불안한 마음을 떨치려고 중간에 차를 세우고 SH에게 전화를 하여 상태를 물어보니 다행히도 괜찮다고 한다. '휴…!' 하고 안심을 하고 쉬를 하러 차 밖으로 나오는데, 플래시를 든 의경이 어디선가 유령처럼 나타나 음주 단속중이라며 불어보라고 한다.

'제길…, 잘못 걸렸군' 하고 불어보니 아니나 다를까 뭔가가 깜빡이고 술 마신 게 감지된다며 따라오라고 한다.

나는 약 3년 전에도 서울에서 어머니 치료를 하며 한잔 한 것이 빌미가 되어 신탄진에서 음주에 걸려 된통 혼이 난 적이 있다. 그런데….

'오늘 또, 으휴…, 이젠 정말 죽었다. 휴! 바로 3시간 전까지 술판을 벌였는데, 휴…! 오늘 내가 마신 술이 3시간 만에 깰 수 있는 양인지…? 아니지, 아니지…. 오전에 어머니의 피가 삐질삐질 나오는 유방암을 치료하면서 고량주 몇 잔! 오후에 JI의 2차 치료 중에 맛있는 복분자주 몇 잔! 그것이 다 떨어지자 친구 부인이 새로 가져온 17년생 발렌타인 몇 잔! 저녁 회식에 소주 몇 잔에 또 몇 잔! 이렇게 마시고 차를 몰다 음주 단속에 걸리다니…? 휴! 나도 미친놈이여…. 휴…!'

나는 속으로 자책을 해 봐야 이미 엎질러진 물이다.

나는 이런저런 생각을 하며 도살장에 끌려가는 소처럼 의경을 따라가는데, 음주 단속 순찰차가 아직도 200여 미터 전방에서 빨간 불빛을 번쩍거린다.

나는 수치를 조금이라도 줄여야 벌금이 줄어든다는 것을 알고 있어서 의경을 따라 200여 미터를 느릿느릿 갈지자로 걸어가며 나의 주특기인 감공으로 나의 명치에 기를 집어넣으며 심호흡을 하여 폐에서 알코올을 긴급으로 줄이는 '응급 비우기'를 했다.

험악한 인상의 경찰이 시키는 대로 면허증을 주니 그것으로 띠디디디 조회를 하여 단속 대장에 뭔가를 쓰는데, 몇 년 전에 먹은 벌점이 100점이나 된단다.

"좀 전에 드링크제 드셨어요?"

"네."

그러자 작은 컵에 뭔가를 따라준다.

"이걸 마시고 가글링을 하세요!"

나는 가글링을 좀 오래하고 뱉어냈다.

"단 한 번 측정하고 0.05가 넘으면 처벌을 합니다!"

단호하게 한마디 하더니 뭔가를 입에 물게 하고는 힘껏 불으라고 한다.

"더! 더! 더! 더…!"

그렇게 세게 불게 하면서 음주측정기를 보여주는데…. 이 수치가 0.03, 0.04, 어? 어…? 0.05, 아이고! 0.06, 0.07, 0.08, 0.09, 0.1(?) 뭐야! 왜 이리 자꾸 올라가! 0.11, 0.12, 0.13, 0.14, 0.15, 0.16을 넘어 0.17에서 멈춘다. 지랄 염병할…!

그런데 그 험악한 경찰 아저씨, 인상을 한 번 더 팍하고 긁더니 근엄하게 말한다.

"0.017! 훈방입니다. 앞으로도 주의하세요…!"

"예!? 아, 예?! 고맙습니다. 수고하세요…."

나는 뒤도 안 돌아보고 차로 돌아가서 당당히 집으로 차를 몰았다.

'그래…! 내가 신탄진역에서 내렸을 때에 조금은 불안했지만 취기는 별로 없었어! 그래서 대리 운전을 안 부른 거야. 암, 음주단속은 한 번 걸린 것으로 충분하지. 암! 휴…!'

P.S.

험악한 경찰이 음주측정기 수치를 보는데 누군가가 눈을 살짝 가려서 찌푸렸고, 그 바람에 수치를 한 자리 잘못 보았던 것 같다.
그 순간 경찰의 눈을 가려주신 분께 감사와 찬미를 올립니다. 아멘!

나는 오늘 이 글을 쓰면서 왜 SH에게서 급성고혈압이 생겼는지 그 원인을 발견하였다.

한 때나마 나 때문에 고생을 한 친구에게 이러한 발견의 공을 돌린다.

나는 이 글을 쓰기 전까지 이번의 원인은 내가 빼낸 나쁜 기운이 SH의 오장육부 어딘가에서 막고 있던 삵(Salg)을 제거하여 그 장기가 좋아지고, 그래서 SH의 물렁살에 있는 물기가 빠져서 갑자기 살결이 고와지고…, 그런데 이 물기들이 핏속으로 들어가 혈압을 높게 하여 급성고혈압 증세가 생겼다고 생각했다.

위의 시나리오도 대충은 맞는데 어느 장기에서 삵이 빠져서 이런 현상이 일어났는지(?) 아무리 생각해도 알 수가 없었다. 그러니 이 시나리오는 정답이 아니다.

정답은 내가 SH의 나쁜 기운을 빼낼 때에 나의 손톱을 SH의 손목에 대고 빼낸 것이 원인이다. 이것은 마치 칼로 SH의 손목을 자르고 10여 분 이상 피를 흘리게 한 것과 같은데, 실제로 팔목을 잘랐다면 피 부족으로 큰 위험에 처하기 때문에 SH의 몸은 빠져 나가는 피를 보충(조도 힐러)하기 위하여 긴급으로 세포 안에 있는 물기를 뽑아 혈관으로 보낸 것이다. 그래서 피부는 보드랍게 되었지만 대신 급성고혈압이 온 것이다.

오늘의 이 경험은 앞으로 내가 기치료를 할 때에 어떤 점을 주의하고, 또 어떤 경우에는 어떻게 하고, '또 또 또…' 하는 수없이 많은 것을 깨닫게 하는 아주 소중한 경험이 되었다.

P.S. (2019.06.28)

앞에 언급한 '조도 힐러' 는 이번에 빛바랜 홀로그램을 쓰면서 사용하기 시작한 용어인데, 손톱을 칼처럼 사용하여 힐링을 하는 돌팔이라는 뜻이며, 예전에 사용하던 지조침이나 삼지안과 유사하다. 조금 더 생물학적 생체지표(biomarker)를 개선하는 목적에 특화된 개념이며, 이 '조도 힐러' 를 '변변 힐러' 와 같이 쓰면 개선 효과가 '돛단배 타고 노 젓는' 배가된다.

앞의 앞장에서는 변(똥) 냄새로, 앞장에서는 음주 단속으로 난리를 쳤으니 이번 장은 쉬어가는 의미로 2004년 초봄의 싱그러운 홀로그램을 한 번 엿보자.

노무현 대통령의 탄핵문제로 온 나라가 시끄러운 와중에 4월 15일 치러진 제17대 국회의원 선거 날은 일찍 투표를 마치고 하루 종일, 이번 토요일은 오후, 그리고 일요일은 다시 하루 종일 주말농장에 가서 여러 가지 일들을 했다.

이 농장은 대전 시내 외곽 구룡동에 있는데, 360평이나 되어 노후에 조그마한 집을 짓고 농사를 지으면서 조용히 살기에 적당한 곳이다.

그 당시에는 주말마다 아내와 같이 가서 뭔가를 하면서 소일하였는데, 이번에는 밭고랑 3두렁을 만들고 이웃 농가에서 두엄을 얻어다 밑거름을 하고 복합비료 섞어서 뿌려주며 채마밭을 만들었다.

무, 솎음배추, 시금치, 상추, 쑥갓, 레드 치커리, 아욱, 청갓, 겨자, 그 외에 쌈거리 대여섯 종의 씨앗을 뿌렸다. 마침 어제 저녁에 비가 촉촉하게 와서 씨앗 발아에 큰 도움이 될 것 같다.

밭 주변의 울타리를 정리하고 밭으로 내려가는 계단도 새로 말끔하게 만들었다.

밭 옆의 개울둑에도 노란 창포를 대여섯 군데 나누어 심고 비닐 포대에 흙을 담아 둑이 무너지지 않게 보수를 하였다.

그 외에 토란 2고랑 생강 2고랑을 심었고 울타리에 심어 놓은 10여 개의 두릅나무에 달린 두릅을 땄다.

또 울타리 옆에 군데군데 더덕 모종을 심었다.

직경 5밀리미터 정도의 모종인데 5천원 어치가 100개도 더 되는 것 같다. 이것이 다 살아 몇 년이 지나면 몇 년 동안 더덕무침을 잘 해 먹을 수 있다. 7년 전에도 이 정도의 모종을 울타리 주변에 심었는데, 겨우 10여

개만 살아남아 매년 몇 개씩 맛있게 먹었다.

그 외에 호박 구덩이 5개를 만들어 씨도 심고 호박 모종도 심었다.

우리 밭은 호박이 잘 안 되는데, 금년에는 밑거름을 많이 넣어서 어쩔지 모르겠다.

밭일을 하면서 라면을 끓여 먹는 것도 재미중의 하나이다.

하루는 김치를 가지고 가지 않았는데 끓인 라면에 밭구석에 심어 놓은 부추를 조금 잘라서 라면에 넣어 먹으니 풍미가 그럴 듯하였다.

또 한 번은 참나물을 따서 같이 먹었는데 그 맛도 일품이었다.

우리 밭에는 별도로 갈지 않아도 쉽게 캐서 먹을 수 있는 것이 여러 가지 있는데, 이러한 모든 것은 7년째 무농약으로 밭을 가꾸었기 때문이고 밭 주변, 울타리, 밭두렁에 다년생 채소를 이것저것 심어 놓아서이다.

동네 어르신들은 풀약도 뿌리고 농약도 하여 제대로 농사를 지어 보라고 늘 성화이지만 풀 속에서도 우리 식구가 먹을 수 있는 정도는 이것저것 충분히 나오는데, 주말농장으로는 이 이상 더 욕심을 부릴 필요가 없을 것이다.

건강을 위해서 하는 주말농장을 농약으로 오염을 시키면 아무 의미가 없을 것이다. 농사를 주업으로 하는 분들에게는 미안하지만 나는 풀농사를 열심히 지을 수 있는 우리의 무공해 주말농장이 좋다.

하루 종일 밭일을 하고 난 후 저녁에 잠을 자려 하면 온몸 여기저기가 뻐근하니 아파온다.

자기 전에 둔욕을 충분히 하여 몸의 피로는 대강 가시게 해도 근육이 아픈 것은 잘 없어지지 않는다.

자다가도 몇 번 일어나는데, 아픈 근육을 치료하기 위하여 비우기의 변형인 활수인을 하여서 뭉친 근육이 펴지도록 하여 본다.

보통 10여 분이 지나면 아픈 것은 대강 가시는데, 다시 잠을 자는 동안에 근육이 뭉치곤 한다. 그래서 잠을 자는 중간중간 서너 번을 일어나 근육 풀기를 한다.

이러한 것은 평소에 격한 운동을 해서 몸을 강인하게 만들면 해결이 되겠지만 주말농장 열심히 하려고 내 몸의 근육을 키우고 싶지는 않다.

나는 부드러운 운동이 진짜 건강에 도움이 되지, 격한 운동이나 근육 만들기는 건강에 별로 도움이 되지 않고 오히려 나쁜 영향을 미친다는 생각이다.

농사일을 하다 보면 시기를 놓치면 안 되는데, 그러다 보니 일 년에 몇 번은 손, 팔, 다리, 어깨 등의 근육을 고생시킬 일이 생긴다.

그래도 요즈음은 근육 풀기에 효과적인 활수인이라는 방법을 터득하여 하루 저녁이 지나면 다시 부드러운 몸으로 바뀌니 주말에 열심히 일하는 것도 큰 문제가 안 된다.

활수인이라는 것도 요즈음 내가 하는 근육 풀기(스트레칭)에 내 마음대로 이름을 붙인 것이다. 이것은 기본 비우기를 하면서 하는 노 젓기 대신에 손으로 여러 가지 수인을 만들고 이것을 아주 느리게 변화를 시키면서 손에서부터 시작하여 팔, 어깨, 등의 근육을 풀어 주고 동시에 발, 다리, 궁둥이, 허리의 근육을 풀고 이것이 어느 정도 풀어지면 등뼈, 목뼈, 얼굴과 머리의 근육을 풀어 주는 것인데, 이러한 것을 할 때에 손의 수인을 이리저리 바꾸어 주기 때문에 활수인이라고 이름하였다.

여기에서도 수인의 모양으로 어떤 것을 어떻게 바꾸느냐는 별로 중요하지 않고 자기의 마음대로 손의 형태를 잡아주고 이것을 아주아주, 느리게, 이리저리 바꾸면 되는데, 이러한 동작을 하면서 실은 자기의 몸과 마음의 뭉친 것을 아주 서서히 풀어주는 '넉넉한 마음 씀씀이' 가 핵심 요령이다.

내비게이터의 췌장산 전투 종군기

나는 최첨단 스텔스 무인 드론으로 세간에는 건강 장수의 비밀 병기라는 명성으로 아는 사람들 사이에 비밀리에 회자되는 'HD-119 홀로드론: HD-119 또는 홀로드론' 의 내비게이터이다.

HD-119의 본체를 비롯하여 주요 장비가 꿈의 소재인 무극(無極; 피코 크기의 소립자)으로 만들어져 있어 외부에서는 거의 감지할 수가 없고, 주요 활동 무대인 환자의 몸과 마음속을 비행할 때에도 적의 어떠한 감시망에도 포착이 되지 않아 원하는 대로 적의 동태를 감시하고, 수집된 정보를 아군에게 제공하여 정규전을 유리하게 할 수 있도록 돕는다. 비상시에는 비록 파괴력은 미미하지만 최적의 시기를 포착하여 적의 핵심 시설을 파괴하고, 적장을 저격하여 적의 난동을 무력화시킨다.

이러한 '홀로드론' 은 무인 드론으로 외부에서 원격 조정이 되고, 또한 감시나 공격이 극히 제한이 되는 환자의 몸과 맘속에 있는 적을 상대하여야 하므로, 'HD-119 홀로드론' 자체가 가진 비밀 병기로서의 위력도 중요하지만 외부에서 이것을 조정하는 내비게이터의 능력과 역할도 큰 비중을 차지한다.

HD-119에 대한 독자들의 이해를 돕고자 이 비밀 병기의 핵심 기능을 간략하게 소개한다.

'홀로드론' 은 내비게이터가 자기 안에 있는 4D 홀로그라픽 프린터와 환우의 몸과 마음속에 있는 무극(無極)을 이용하여 작전 현장에서 즉석으로 만들어내는 수십 나노 크기의 극소형 무인 드론이다.

HD-119을 만들 때에 사용되는 4차원 홀로그라픽 프린터나 무극에 관한 구체적인 내용은 대외비여서 여기에서 직접 공개할 수는 없으나, 《비얼로 간다》를 대충 읽어보면 누구나 그 안에서 그 비밀의 열쇠를 쉽게 눈치 챌 수가 있을 것이다.

사람의 몸은 80조 개의 세포로 이루어진 제법 복잡한 구조물이고, 그 사람의 맘은 대우주에서 그 사람의 몸을 뺀 나머지로서 실로 무한히 커다란 존재인데, 살아있는 사람의 몸과 맘 사이에는 항상 어떠한 것들이 끊임없이 들락거린다.

그 중에서 가장 대표적인 것이 우리가 숨을 쉴 때에 들락거리는 산소와 탄산가스를 포함한 공기이다. 음식을 먹을 때에는 밥과 물 등이 들어오고, 변을 볼 때에는 똥과 오줌이 나오고, 그리고 그 이외에 아주 많은 것들이 눈, 코, 입, 귀, 숨구멍 등을 통하여 들락거린다.

이들 중에는 좋은 것도 있고 나쁜 것도 있는데, 우리의 몸은 나쁜 독이나 병균이 들어오는 것을 막는 기능이 있기는 하지만, 그래도 몰래 들어와 결국에는 병으로 발전하는 것을 전부 막지는 못한다.

누구에게 이러한 병이 생겼다는 것은 그 사람 몸의 방어 기능이 떨어져서 나쁜 것이 들어오는 것을 잘 막아내지 못하고, 또한 나쁜 것들이 몸속을 돌아다니며 난동을 부리는 것을 제때에 저지하지 못한다는 것을 뜻한다. 이러한 경우에는 내비게이터가 자기 안에 있는 4+D프린터를 이용하여 그 환우의 몸속에 있는 무극으로 홀로드론을 만들고 모종의 특수 활동을 시키기가 오히려 수월해진다.

적과의 전쟁에서는 정면으로 맞붙는 힘겨루기도 중요하지만, 결정적인 승기를 잡기 위해서는 순간의 기회를 포착하여 불의의 일격을 가하는 것이 꼭 필요하다.

이러한 순간의 기회는 끊임없는 첩보 수집과 정보 분석에 의하여 잡을 수 있는데, 적이 모르게 얻은 첩보와 정보는 더욱 큰 위력을 발휘한다.

HD-119는 특수한 경우를 제외하고는 공격용 무기를 거의 사용하지 않기 때문에 정면 힘겨루기에서는 별로 쓸모가 없다.

대신 꿈의 소재로 알려진 무극이라는 재료로 만들어서 드론 자체가 극히 작고 주변 공간에 맞추어 비교적 유연하게 순간 변형이 되며, 또한 최첨단의 스텔스 기능을 가지고 있어서 세포들 사이사이 또는 필요시에는 세포 속의 소기관들 사이사이를 은밀하게 다니며 적의 모든 활동을 감시하고 그 정보를 환자의 몸에 있는 방어군에게 제공하여 적절한 대응을 하게 한다.

그 외에 모종의 특수 임무를 수행하는데, 그것은 이야기를 진행하면서 차츰 밝히기로 한다.

앞으로 쓸 이야기의 주요 내용은 'HD-119 홀로드론' 을 실전에 배치하여 성과를 거둔 사례들이다.

그 중에서도 췌장암이 2차로 재발하여 투병하는 친구를 도와준 사례가 최첨단 '홀로드론' 을 실전에 배치하여 가장 오랜 기간 동안 사용한 것이어서 제목을 '내비게이터의 췌장산 전투 종군기' 로 하였다.

친구인 JS(당시 남 57세)로부터 췌장산 지역에 반란이 재발하였는데, 용병으로 도와달라는 유혹이 온 것은 2006년 10월 말경, 즉 우리 어머니가 병원에 입원할 즈음이었다.

JS는 2005년 봄에도 췌장에 종양이 생겨 서울에 있는 S병원에서 수술을 하고, 그 후유증으로 등이 심하게 아프다고 하며 도와달라는 부탁이 있었는데, 그 당시의 상황은 비록 췌장산에서 벌려야 하는 악명 높은 전투이지만 반란의 초기로 적의 세력이 크지 않아 비교적 쉽게 평정할 수 있는 것이었다.

반란의 징후를 극히 초기에 발견할 수 있었던 것은 JS가 운이 좋았기 때문이다. 어떤 상갓집에 가서 애통한 심정으로 음식을 먹은 것이 체하였고, 동네병원에 가서 치료를 받는데 의사가 얼굴에 황달기가 있는 것을 발견하고 담에 이상이 생긴 것 같으니 큰 병원으로 가보라고 해서 서울에 있는 S병원에서 정밀검사를 하였다. 그런데 의외로 담은 멀쩡하고, 대신 췌장에 적군이 침투한 사실이 발견되었다.

병원에서 수술로 개복을 해 보니 적군들은 췌장산의 꼬리 부근에 진을 치고 있었고, 그 크기도 2.5센티미터 정도여서 큰 문제없이 적진을 쉽게 초토화시킬 수 있었다.

이러는 과정에서 아마도 췌장산에 인접한 등뼈 산맥에도 어떤 영향이 있었고, 그래서 수술을 마친 후에 마취에서 깨어나면서부터 등골에서 심한 통증이 느껴지고, 침대에 누운 상태로 밤잠을 자지 못하니 등골에서의 통증이 더욱 참을 수 없이 심했던 모양이다.

간호사가 진통제를 놓아도 통증이 계속되면 환자는 겁이 나서 통증을 없애줄 뭔가를 찾기 마련인데 당연히 평소에 통증 없이 환자를 치료하는 내가 생각이 나고 그래서 날이 밝자마자 전화를 한 것이었다.

나는 이러한 정황을 대충 아는데 일단 JS의 수술이 성공적으로 끝난 것과 극히 조기에 췌장암이 발견된 것을 축하하고, 모든 통증은 환자의 상태를 알리는 중요한 정보이어서 당연히 담당 의사가 먼저 알아야 하고, 또 그에 맞추어 필요한 조처를 해야 한다고 설명하였다.

내가 비우기로 JS의 통증을 해소시킬 수 있는지는 해 봐야 아는 것이고, 설령 통증 완화에 성공한다고 해도 이것을 담당 의사가 모르게 몰래

하여야 하는데, 그러다가 의사의 판단을 흐리게 하면 오히려 예기치 않은 다른 부작용을 초래할 위험이 있다.

그러니 내가 병원에서 치료를 받는 환자에게 뭔가를 해 주는 것은 오히려 그 환자를 해칠 수도 있다.

이런 등등의 설명을 하여 주고 병원에서 완치 선고를 받고 난 후에 만나자고 했었다.

1차 때에는 병원에서 수술 후에 방사선 치료와 화학요법으로 치료를 한동안 받은 후에 완치 선고를 받았었다.

병원의 치료만으로 건강을 되찾은 JS는 특유의 자신감이 넘치는 얼굴로 우리 앞에 여봐란 듯이 나타났다.

그 후 JS는 아프기 전에 하던 조그만 벤처회사의 사장 노릇을 정열적으로 하며, 대전지역에 사는 고등학교 동창들의 모임에도 자주 나타나고, 몇 달에 한 번씩 병원에 가서 정기검진을 받았는데, 2006년 10월 23일에 있었던 담당 의사와의 면담에서 간에 크기 1.5센티미터 정도의 종양이 발견되었다는 통보를 받았던 것이다.

이때에 의사가 말하길 췌장암은 초기에 발견되어 비록 완치를 시켜도 차후에 다른 곳으로 전이되어 재발을 하는데, 빠른 사람은 3개월 늦은 사람도 1년 반 안에 재발한다고 설명하고, 이러한 사실을 전에 미리 말하지 않은 것은 그 동안이나마 마음 편히 지내라는 배려였다고 하더란다.

'제길…! 배려 한 번 드럽게 고맙네….'

하며 속으로 생각하는데, 의사가 이어서 친절하게 말하길 일단 재발이 되면 치료를 안 하면 얼마 못 살고 치료를 해도 길면 9개월까지 살지만 3개월이 못 되어 죽는 경우도 많다고 한다.

대충 이런 이야기를 듣고 대전으로 오면서 내내 어떻게 하면 나를 꼬셔서 춰장산 전투에 용병으로 데려갈까 하고 궁리하였다고 한다.

'참…! 춰장산 2차 코스에서의 전투라니…, 유혹 한 번 거창하네.'

JS의 유혹이 있기 며칠 전에 나는 서울에 사는 여동생 집에서 집안일을 맡아 하시는 어머니를 찾아가 '비우기'를 해 드렸다.

이러한 비우기 치료는 지난 수년간 일주일에 한 번 꼴로 하는 것인데, 우리 어머니에게 처음으로 방광암이 생긴 것이 거의 10년 전이고, 이것을 내시경으로 수술하고 완치된 후에 겨우 2년이 지나 방광암, 유방암, 자궁암으로 발전하여 재발하였다.

수술을 해도 6개월 밖에 못 산다는 담당 의사의 말에 병원에서 치료를 하지 않고 나의 주도하에 집에서 치료하였다.

내가 사용한 방법은 처음에는 한의대에 다니는 처조카에게서 배운 '왕뜸', 여기저기에서 찾아온 수십 가지의 '민간요법'인데 운이 좋았던지 2개월 만에 자궁과 방광부위에서는 나쁜 것이 모두 사라져서 깨끗해졌다고 어머니가 말씀하신다.

어머니는 거동을 할 만하자 다시 서울에 있는 여동생 집으로 가셨고, 나는 1주일에 한두 번 서울로 가서 어머니의 병세를 살펴보고 새로운 민간요법을 알게 된 경우에는 과연 효험이 있는지 시험 삼아 사용해 보았다.

이러는 과정에서 '항아리뜸'과 비우기의 원형인 '비우기 안마'를 개발하였다.

어머니의 유방에 있는 암덩어리는 잘 익은 참외만큼 커졌다가 내가 서울에 가서 치료를 해 드리면 다시 주먹 만하게 줄어드는데, 어쩔 때는 바가지 엎어놓은 것만큼 커져서 식구들의 애간장을 녹인다.

2004년 여름과 가을에 걸쳐 '무극 혼원공'을 터득하여 사람의 몸과 맘속의 비밀을 조금이나마 엿볼 수 있게 되었는데, 기존의 비우기와 결합하여 사람의 몸과 맘속을 넘나들 수 있는 'H-0 나노드론'을 개발하였다.

이 'H-0 나노드론'은 개발 초기여서 어머니의 치료에는 별로 도움이 안 되었는데, 결국 2005년 말경에 어머니의 방광암이 3차로 발발하였다.

'내 참…, 암은 2차도 겁나는데, 3차라니…?'

마음이 바빠진 나는 'H-0 나노드론'의 성능 강화에 착수했는데, 주로 새로 위력이 향상된 공격용 무기를 개발하여 다양한 변신이 가능하도록 개조된 'H-111 나노드론'에 장착하여 먼저 집사람과 강아지 둘리에게 시험해 보고, 큰 문제가 없어 보이면 서울로 가서 어머니의 치료에 사용하였다.

그러나 단기간에 졸속으로 개발된 것들이어서 인지 신무기의 위력은 계속 세력을 확장하는 반란군을 효과적으로 진압하기에는 역부족이었고, 이러기를 무려 2년 어머니는 더 이상 통증을 참을 수 없게 되었고, 어쩔 수 없이 대전으로 모시고 와서 SM병원에 입원시켰다.

췌장산의 유혹이 아무리 달콤해도 2차 코스에서 전투를 벌이는 친구를 용병으로 돕는 것은 마치 내가 저승사자 역할을 해야 하는 것 같아 꺼림칙하다.

더구나 비우기에 올인하는 것도 아니고, 주전은 병원에서 하고 비우기는 보조나 하라니…, '이거, 존심 되게 상하네!' 이런 생각을 하며 JS에게 조직검사 결과를 보고 뭔가를 정하자고 결정을 며칠 미루었다.

사실 보나마나 JS의 간에 생긴 종양은 췌장에서 전이된 것이 분명한데 만에 하나 새로운 암이 간에 생긴 것이라면 병원 단독으로 쉽게 완치시킬 수 있기 때문이다.

이러던 차에 우리 어머니가 먼저 병원에 입원했다. 유방암은 말기에 말기이고, 방광암은 말기에 말기에 말기여서 몇 가지 간단한 검사 후에 바로 호스피스 병동에 입원하였다.

SM병원의 호스피스 병동은 5인실 3개, 2인실 3개, 1인실 2개의 규모인데, 최근에 새로 리모델링하여 아주 깨끗하며 환자나 보호자가 비교적 편하게 머물 수 있는 부대시설을 갖추고 있었다.

어머니에게는 5인실의 마지막 남은 베드가 배정되었다.

그 자리는 베드 3개가 나란히 놓인 곳이어서 약간 비좁은데, 어머니가 링겔을 꼽고도 식사를 하거나 화장실을 가는 데에 별 어려움이 없었다. 진통제도 알약으로 해결이 되어 병간호를 맡은 집사람에게도 큰 어려움이 없었다.

나는 하루에 두어 번 찾아가서 집사람이 시키는 잔심부름을 몇 가지 해 주고 바로 도망치듯이 그곳을 빠져 나왔는데, 나로서는 여기저기에서 들려오는 고통의 소리, 다급한 움직임, 피부로 파고드는 이상한 기운 등을 그냥 흘려보내기가 너무 힘들었다.

어머니의 입원으로 어쩔 수 없이 하루에 두어 번 병원에 다니다 보니 병원이나 의사에 대한 적대감이 슬그머니 누그러지고, 가끔 여자 주치의가 보호자 면담을 요청하면 약속시간을 엄수하는 얌전한 학생이 된 기분이었다.

그 병원에서는 보호자가 해야 할 어떤 일이 생기면, 옆에서 병간호를 하는 집사람 대신에 나를 불렀다. 나는 혹시 전에 어머니를 치료한 내용에 대하여 물어 보려나 싶어 가 보면, 진통제를 바꾸거나 치료법을 바꾸는 데 동의를 하라는 등 모두 시시껄렁한 것이었다.

나는 일단 병원에 입원하였으니 모든 것을 의사 선생님이 알아서 해달라고 이야기하고, 혹시 동의가 필요한 경우에는 바로 옆에서 병간호를 하는 집사람에게 서명을 받으라고 부탁하였다.

JS의 간 조직검사 결과는 운이 없었는지 췌장암에서 전이된 것으로 밝혀졌다.

1차 치료로 항암주사를 맞고 난 후에 대전으로 내려온 다음 날 나를 불러 전날 있었던 일을 자세하게 설명하고 도와달라고 다시 부탁한다.

이런저런 생각을 하느라 잠시 망설이는데, JS는 1차 때에는 내 말을 듣고 순순히 물러났는데, 이번에는 더 이상 물러날 곳도 없으니 내 가랑이를 잡더라도 일단 매달릴 수밖에 없다고 한다. 나에게 모든 것을 일임하고 결과가 어찌 되든 자기가 모두 책임을 질 터이니 도와달라고 한다.

나는 어머니의 입원으로 어쩔 수 없이 병원에 신세를 질 수밖에 없었다.

그래서 며칠간 병원 치료와 나의 비우기를 동시에 할 수 있는 협진 방안을 이것저것 생각해 보았는데, 결론은 동시 치료는 하되 담당 의사가 전혀 모르게 주치료는 병원이 맡고, 나는 보조치료만 몰래 몰래 하는 것이다.

이러한 것은 항암치료의 경우에 어느 정도 가능한데 현재의 의학으로는 항암치료에 따른 부작용이나 후유증을 병원에서 제대로 처리하지 못하기 때문이다.

SM병원 호스피스 병동에 입원하신 어머니는 주치의인 여의사의 세심한 치료 덕분에 무려 8년간을 끌어오던 유방암이 1달여 만에 완치되어 흉측하던 오른쪽 유방이 다시 예쁘장하게 바뀌었다.

여의사가 처방한 특효약은 항암제가 아니고 일종의 호르몬 치료제라고 하는데, 다행히 이런 좋은 약이 개발되어 유방암의 완치율이 매우 높아졌다고 한다.

그러나 2년여 전에 3차로 재발한 방광암은 특효약이 없어 치료를 못하고 통증이 점점 더 심해지는 바람에 지금은 아예 보호자가 버튼만 누르면 진통제가 자동으로 투입되는 장치를 링겔병 옆에 매달아 놓았다.

어머니의 병간호는 주로 집사람이 혼자서 하는데, 어머니가 뒤척이는 기미를 보이면 일단 진통 장치의 버튼부터 누른다고 한다. 나는 보통 새벽에 한 번, 저녁에 한 번 병원에 가는데, 처음에는 주로 병실 밖에 놓인 벤치에 앉아서 기다리다가 집사람이 뭔가 심부름을 시키면 그 일을 해주었다.

한 달여가 지나자 병원 분위기에 조금 익숙해져서 어머니의 베드 주변이 조용한 틈을 타서 주변 사람들 몰래 잠깐씩이라도 '비우기' 를 해드렸다.

그래서인지, 어머니가 양손의 검지를 모아 하늘로 향하게 하고 잘 알아들을 수 없는 기도를 하던 것이 조금 뜸해졌다.

집사람의 주선으로 어머니는 병원에서 대세를 받았는데, 세례명이 '율리아나' 라고 한다.

그 후로 통증이 엄습하면 손가락을 하늘로 모으고 기도를 하는 흉내를 내신다.

물론 이렇게 기도를 올리기 전에 집사람이 진통 버튼을 누르지만 진통제가 바로 효과를 내지 못하는지 어머니는 힘겹게 손가락을 모아 기도에 들어가고, 뭐라는지 알 수 없는 소리가 새어 나오고, 그러다가 찌푸리던 양쪽 눈이 더욱 일그러지다가 눈을 흡뜨며 흰자위가 드러나는데, 이럴 때는 집사람도 무서워서 살짝 피한다고 한다.

사실 고통에 몸부림치는 환자를 두고 보호자가 피하면 안 되지만, 처음에 멋모르고 어머니를 부축하다 집사람이 갑자기 한 손을 못 쓰게 되는 불상사가 있었는데, 다행히 내가 적시에 와서 그것을 고쳐준 적이 있었다.

이러한 일은 중환자를 돌보는 간병도우미들에게 가끔 일어난다.

환자의 몸과 맘속에 있는 나쁜 기운이 기승을 부리면 환자는 당연히 이것을 떨쳐 버리려고 몸부림을 치는데, 이때에 누군가가 환자의 몸에 손을 대면 그 손을 통하여 나쁜 기운들이 갑자기 빠져 나간다.

이것은 전기에 감전되는 것과 유사한데, 갑자기 나쁜 기운에 감응이 된 사람은 약한 경우에는 팔이 일시적으로 마비가 되지만, 강한 기운을 받은 사람은 주화입마를 당하는 경우도 있다.

이러한 일을 처음 당한 집사람은 무서움증이 생겨, 더 이상 간병을 할 수가 없게 되었다. 그래서 서울에 사는 동생들이 번갈아 가며 어머니 간병을 하였는데, 이것도 쉽지 않은 일이라 동생들 사이에서 어머니를 서울에 있는 병원으로 모시자는 의견이 나왔다. 이리저리 병원을 알아보는데 큰 병원에서는 호스피스 병동에 들어가려면 먼저 예약을 하고 기다리라고 하여 안 된다. 가장 쉬운 것은 어디 적당한 노인병원을 찾아가는 것인데, 이것은 고려장을 하는 것 같아 내키지 않는다.

노인들이 병이 나면 보호자의 입장에서 가장 편리한 곳이 바로 노인병원이다.

그곳에 입원을 시키면 모든 것을 병원에서 다 해 주니, 보호자는 가끔 병문안을 가고 병원비를 지불하면 그걸로 만사 땡이다.

이러한 병원에 부모를 입원시키는 것은 바쁜 사회생활을 하는 자식들에게는 더할 나위 없이 좋은 일이지만….

어머니를 서울로 옮겨 입원시키는 것에 가장 적극적이었던 것은 가장 바쁜 하루를 보내는 막내동생이었고, 겨우 찾아낸 것이 서울 근교에 있는 노인병원이었다.

막내는 물주인 누나를 데리고 그 병원을 찾아갔는데, 열악한 시설이 마음에 안 들었는지 아니면 내가 반대하는 것을 거스를 수 없었는지 결정을 미루고, 대신 큰 병원에 예약한 호스피스 병동에서 연락이 오기를 기다리기로 했다고 한다.

이렇게 동생들에게는 이중 삼중으로 힘든 며칠이 지나갔는데, 집사람이 다시 어머니 간병을 할 터이니 동생들은 주말에만 교대하러 오라고 한다.

집사람이 다시 간병을 하기로 한 것은 내가 설득을 잘 해서가 아니고, 같은 병실에서 자기 어머니 간병을 하는 마당발의 공이었다.

그 병실에는 5개의 베드가 있는데, 그중에서는 마당발의 어머니가 가장 오래된 환자이었다. 마당발은 서른대여섯쯤 된 총각인데, 그 집안의 막내인데도 자기 어머니 병간호를 극진히 잘 하였고, 병실 내의 다른 간병인은 물론, 다른 병실의 간병인, 간호사, 간호보조인, 자원봉사자, 청소부 아줌마 등 호스피스 병동에서 환자를 돌보는 모든 사람하고 친숙하게 지냈다.

우리 어머니가 병원에 입원한 첫날부터 집사람에게 이것저것 간병에 필요한 정보를 일일이 알려주고, 집사람이 잠깐 자리를 뜬 사이에 어머니에게 뭔 일이 생기면 바로 도와주고, 그래서 하루가 지나기 전에 허물없는 사이가 되었다.

이러한 마당발이 집사람이 간병을 잠시 멈추고 집에 있는 동안에 병원에서 동생들이 와서 하는 어설픈 간병 솜씨 때문에 벌어지는 각종 에피소드를 매일 몇 번씩 전화로 일러바치니, 집사람은 집에 앉아서도 모든 사정을 속속들이 알 수 있었다.

동생 4명이 하루씩 번갈아가며 자기 짝하고 같이 와서 이런저런 소동을 벌이고 가니 불편을 느낀 것은 담당 간호사와 주치의였다.

그도 그럴 것이 환자에게 필요한 어떤 주의사항을 일러주면, 그것이 다음 차례의 동생에게 전달이 안 되고, 또 비슷한 실수가 몇 번 계속되니, 그러면 치료에 문제가 생기니 전문 간병인을 쓰라는 권고가 있었고, 그래서 어쩔 수 없이 일당 5만원하는 전문 간병인을 고용하였다.

동생들 입장에서는 자기들의 교통비나 식비가 5만원을 훨씬 넘어가니, 전문 간병인을 쓰기를 잘 했다고 좋아하는데, 집사람의 입장은 좀 달라서인지 며칠 지나자 전문 간병인을 그만두게 하고, 자기가 대신 전문 간병인 노릇을 하기 시작했다.

집사람이 전문으로 간병을 하고부터 어머니의 병원 생활은 그런대로 안정을 찾아갔다.

안정을 찾았다는 것은 예기치 못한 해프닝이 별로 생기지 않는다는 뜻이니 어찌 보면 단조로운 하루하루가 지나가는 것을 의미한다.

어머니가 입원하고 약 3주쯤 지났을 때에 게시판에 입원비 인상을 알리는 공고가 붙었다.

내용은 SM병원의 호스피스 병동은 5인실의 경우에 그동안 입원비가 무료이었는데, 다른 병원의 항의로 처음 1달간은 무료이고 그 다음 달부터는 하루에 2만원씩 받는다는 것이다.

호스피스 병동에 입원하는 환자는 보통 1주일이 지나면 30% 정도가 1인실로 옮겨가고, 다시 일주일이 지나면 나머지의 30%가 간다. 이렇게 하다 보면 한 달이 지나면 약 20% 정도만 남게 되니 무려 80%의 환자는 무료로 입원을 하는 셈이다.

그러니 한 달이 지나도 5인실에 남아있는 것은 상당히 운이 따라주어야 하는데, 그렇다면 하루에 2만원씩 입원비를 내는 것도 오히려 고마워해야 할 것이다.

내 생각은 그러한데 벌써 몇 달간 5인실에서 터줏대감 노릇을 하던 마당발은 입원비가 유료로 바뀌기 전날 바로 자기 어머니를 퇴원시킨다. 마당발이 나가자 우리 집사람이 호스피스 병동의 큰언니가 되었다.

집사람은 새로 들어온 환자의 보호자에게 좋은 간병인이 되기 위하여 필요한 노하우를 전수하고, 한 발 더 나아가 간호사, 간호조무사, 청소부 아줌마들에게 조그만 깜짝 선물을 주는 방법으로 자기편을 만들었다.

집사람의 수법은 알아두면 손해가 없는 방법인데, 밤샘 야근을 하는 간호사들에게 딸기 몇 상자를 사서 주던가, 유명한 제과점의 빵을 몇 상자 사서 준다. 그런데 항상 근무자가 실컷 먹고 남아서 아침에 오는 간호부장이 알게 되는 것이다.

또 청소부 아줌마들에게는 문병 온 사람들이 가져온 선물을 건네주는데 이러한 것을 받은 사람은 절로 집사람 편이 된다.

시어머니 병간호를 하는 것은 아무리 효부라도 쉽지 않은데 우리 집사람은 아예 자기가 전문 간병인이라고 생각하고 하니 마음에 평정을 가질 수 있었고, 주변의 다른 간병인들에게는 큰언니 노릇을 하고, 또 병원의 관련 직원들이 어쩌다 기회가 오면 조금이라도 도움을 주려고 하니, 병원생활이 오히려 집안 살림을 하는 것보다 더 수월하게 되었다.

어머니는 식사를 거의 드시지 못하고 내가 사다주는 홍시나 죽을 조금씩 먹는데, 그래서 어머니 앞으로 나오는 환자식은 집사람이 먹는다.

집사람의 이런 모습은 내 동생들을 위시하여 병문안 오는 친척들을 감동시켰는데, 그래서 집사람은 한순간에 효부소리를 듣게 되었다.

이 병원에는 마침 그 당시에 사촌누나의 아들이 신경외과에서 레지던트를 하고 있었는데, 우리 어머니의 주치의인 여의사와는 동기이어서 아마 좀 더 신경을 쓰는 것 같았다.

어머니의 유방암은 호르몬 치료를 받는 외에, 하루에 한 번씩 인턴들이 와서 소독을 하고 드레싱을 하는데, 그것은 어머니의 유방에 구멍이

나서 그곳으로부터 시커먼 피가 조금씩 나오기 때문이다.

이러한 구멍은 벌써 2년도 넘은 것인데 유방 속의 암덩어리가 마치 잘 익은 포도송이처럼 되어 오래된 포도알은 녹아서 시커먼 포도주처럼 피가 되어 흘러나오고, 그 반대편에서는 새로운 암세포들이 생겨 싱싱한 포도알같이 되기를 십수 번이나 반복하는 중이었다.

어머니의 유방에 처음 구멍이 난 것은 내가 태풍치기라는 좀 무식한 수법을 개발하여 시험 사용하면서 생긴 것이다. 그 후로 그 구멍으로 죽은 피가 나오면서 어머니가 오히려 편안해 하시자, 그냥 알코올로 소독하고, 거즈로 덮고, 브래지어로 고정하는 정도로 2년을 지냈다.

그런데 병원에 입원하며 호르몬 약도 먹고, 좀 더 처치를 잘 하자, 죽은 암세포가 피에 섞여 다 빠져 나오고, 드디어 1달 정도 지나자 상처도 아물어 유방은 드디어 8년 만에 완치가 되었다.

내가 지금까지 개발한 신무기 중에서 가장 강력한 위력을 자랑하는 것이 바로 태풍치기인데, 이것은 개발 초기에 몇 번 사용하고 지금은 전혀 사용하지 않는다.

이유는 어머니의 유방에 구멍을 내서 의외로 덕을 보기도 했지만, 그 부작용으로 어머니의 방광도 덩달아 성을 내서 3차로 재발하지 않았나 하는 후회가 생겼기 때문이다.

어떤 것이 먼저였는지 정확하게 알 수는 없지만 어머니의 유방과 국부는 거의 비슷한 시기부터 조금씩 피가 나오기 시작했다.

어머니의 유방은 겉에서도 쉽게 그 상태를 짐작할 수 있지만 어머니의 국부는 그럴 수가 없어 어떠시냐고 직접 물어보는 방법밖에 없는데, 그런 것도 자주 할 수 없어 치료가 자연 소홀해졌다.

그래도 어머니 몰래 은근히 탐색도 하고, 어쩔 때는 위력이 좀 떨어지는 방법으로 공격도 해 보는데, 이러한 과정에서 개발된 것이 'B-111 비우기' 이다.

'B-111 비우기' 는 감공, 기공, 공공, 심공, 혼원공이라는 신무기가 탑재된 전천후 전폭기인데, 개발에만 너무 치우치고 실전경험이 부족하여 좀처럼 제 위력을 발휘하지 못하였다.

그래서 매주 한 번씩 서울에 가서 어머니를 치료하고, 이어서 동창들을 만나 실전경험을 넓혀나갔는데, 그것도 여러 가지 우여곡절로 세월만 허송하고 어머니의 통증은 더 이상 참을 수 없게 되어 급기야는 병원에 입원시키게 된 것이다.

어머니의 유방암이 병원에서의 간단한 치료로 너무 쉽게 완치되는 것을 보며 후회스러운 것이 너무 많았지만 가장 아쉬운 것은 약 2년 전 어머니의 유방에서 피가 나오기 시작할 때에 바로 병원을 찾지 않은 것이다.

그 당시는 내가 서울로 진출할 교두보를 만들고 있는 중이어서 병원치료를 병행하는 것은 고려 대상에서 제외시켰다.

'비우기' 를 하면서도 항상 뭔가를 꼬불쳐야만 하는 것이 인간의 숙명인지 참 어리석은 인간이여 실전경험을 쌓기 위하여 동창들에게 '비우기' 를 선보이자 금세 배우겠다는 사람도 생기고, 치료 받겠다는 사람도 생기고 하여 서울에서 머무는 이삼일이 어떻게 지나가는지 모르게 바쁘다.

그러다 보니 기술개발은 자연히 지지부진하게 되었는데 그것이 또 무척이나 후회스럽다.

우리나라의 실정법으로는 국가에서 면허를 받은 사람만이 의료행위를 할 수가 있는데, 그런 것이 없는 나는 항상 편법을 사용하거나 몰래 누구를 치료해야 한다.

이러한 마음가짐으로 친구들을 만나 치료를 해 주다 보니 실력도 제대로 나오지 않고, 어쩔 때는 본의 아니게 뭔가를 속인 것이 되어 친구들을 실망시킨 것도 못내 후회가 된다.

이러한 모든 것보다 더 후회스러운 것은 8년간을 괴롭히던 유방이 완치되고 며칠이 지나 퇴원하기를 원하는 어머니의 소망을 외면하고 계속 병원에 입원시킨 것이다.

어머니는 나와 집사람이 있을 때에 지나가는 말로 퇴원해도 되지 않느냐고 하셨고, 우리가 별스런 응답을 하지 않자 그냥 넘어갔는데, 그날 간호사에게도 퇴원해도 되지 않느냐고 물어 보셨다고 한다.

다음 날 아침에도 퇴원을 해야 하는데 어쩌면 좋으냐고 잠시 안절부절하시는데 나는 말도 안 되는 성화를 부리신다고 생각했다.

그러한 생각을 하게 된 것은 유방은 어찌어찌하여 완쾌가 됐어도 방광암은 그대로 남아 있다. 그래서 어머니가 그렇게 통증을 느끼신 것이고 병원에 입원한 후로 마약 성분의 진통제를 점점 그 도수를 높여 가며 맞아 왔는데, 지금 집으로 모시고 가면 뒷감당을 할 방도가 없었다.

내가 알기로는 방광암은 지독한 통증을 수반하는 암이고, 말기로 가서 뼛속으로 전이되면 누구도 그 고통을 견딜 수가 없다는데, 아직은 내가 몰래 비우기를 해 주어서인지 뼛속으로 전이가 되지는 않았지만 그것도 시간문제라고 생각하였다.

이러한 나의 판단은 주치의를 포함하여 모두 같을 것이라고 생각했는데, 아! 어리석은 인간은 스스로 죽을 구덩이를 판다더니, 내가 그 꼴이다. 휴….

어머니는 퇴원하고 싶다는 의사 표명을 이틀 정도 하셨는데, 누구도 동조를 하지 않자 더 이상 그 말씀은 안 하시고 상태가 악화됐는지, 그 후로는 대부분의 시간을 잠만 주무신다. 식사 때만 겨우 깨어나 홍시 절반하고 죽을 조금 드시고 다시 주무신다.

이 당시에 내가 어머니에게 비우기를 해 드리면서 느낀 것은 나쁜 기운이 거의 나오지 않고 평온한 상태이었는데, 지금 생각해 보면 회광반조의 일종인 것 같다.

이러기를 며칠 지나 집사람이 그러는데, 어제 저녁에 받아낸 소변 주머니의 무게를 재러 갔다가 그 속에 손바닥 절반 크기의 희끄무레한 것이 들어 있어서 간호사에게 이야기하니 간호사가 의아한 표정을 지으며 간호사실 안으로 가져갔다고 한다.

이 이야기를 듣고 잠시 생각해 보니, 이것이 어쩌면 어머니의 방광에 있던 암덩어리가 죽은 것일지도 모른다는 생각이 들었는데, 이때에는 벌써 어머니의 의식은 거의 사라지고 목에 가래가 끓어 그렁거리고 있었다.

'아…! 유방암도 나았고, 방광암도 다 나았는데…!'

생명의 원기를 모두 소진한 어머니는 2006년 12월 23일 저녁 6시경(병술년 동짓달 초나흘 유시)에 방광산 고지 위에 꽂혀, 쓸쓸히 나부끼는 승리의 깃발 주변에, 승전 축하의 메시지라도 남기려는 듯이, 몇 조각의 구름을 붉은 노을로 장식하고, 서산 너머로 무심히 지는 해를 따라, 저세상으로 서서히 사라지셨다.

율리아나 우리 어머니…!

하늘나라에서 평화의 안식을 누리소서. 아멘.

어머니가 하늘나라로 가신 후에 어머니 생전의 멋진 솜씨로 여겨지는 놀라운 일들이 아주 많이 이루어졌다.

어머니의 유해는 평소의 말씀대로 대전에서 화장을 하고 유골함에 담아 선산에 모셨다.

어머니는 예전에 추석 조금 전에 돌아가신 아버지의 유해를 상여로 모시면서 겪은 고초를 가슴 아프게 생각하셔서 자기는 논과 밭에 작물이 없는 겨울에 돌아가시고 싶다고 말씀하셨는데, 정말로 성탄절 2일 전에 돌아가셨다.

그런데 형이 먼저 저세상으로 가서 유해를 영구차로 모실 때에도 산 아래 입구에서부터는 6명이 관을 들고 가파른 산길을 30분 이상 힘들게 올라가는 모습이 역시 가슴 아프셨던 것 같다.

가족들이 모두 지켜보는 가운데 어머니의 유골함은 내장산 초입에 있는 선산의 아버지 무덤 옆구리 부근 아담의 갈비뼈 위치에 모셨다.

이것은 두 분이 살아생전에 어디를 가도 항상 서로 손을 잡고 꼭 붙어 다니기를 좋아하셨기 때문이다.

그리고 얼마 안 되어 여동생한테서 연락이 왔는데, 그 선산의 소유권을 가지고 있는 큰집 둘째아들이 그 땅을 공시지가에서 조금 더 내고 사라고 한다는 것이다.

그 땅은 1972년 여름에 우리 집이 내장산 초입에 있는 마을로 이사를 가고 몇 년 후에 아버지의 주선으로 큰집에서 구입한 것으로 크기가 약 2만평 정도 된다. 우리 아버지가 관리를 하면서 감나무를 몇 십 그루 심으셨고, 그 후에 아버지와 형님이 돌아가셔서 그 산에서 가장 좋은 명당자리로 아버지가 평소에 잡아 놓은 터에 모셨다.

그 후에 어머니는 일 년에 몇 번씩 큰집에서 있는 집안 제사에는 늘 참석하셔서 분위기가 좋을 때를 잡아 넌지시 그 땅을 우리한테 넘기라는 이야기를 하셨고, 큰집에서는 들은 척도 안했다는데, 신기하게도 어머니가 돌아가시고 그 소원이 바로 이루어졌다.

그리고 다음 해 봄에 우리 형제와 식구들이 모여 한식날 성묘를 가 보니, 선산 입구의 땅에 냇가를 끼고 도는 멋진 순환도로가 생겨 길가에 차를 대고 편하게 산에 오를 수 있게 되었다.

그리고 이 글을 쓰기 바로 며칠 전에 태어나면서부터 키워주고 애지중지하였던 손자가 포스코건설에 최종 합격하였다는 기쁜 소식을 들을 수 있었다.

이번에 《비얼로 간다》를 올리면서 과거에 작성해 두었던 글들을 찾아 편집을 하는데, 'HD-119' 나 'BN-112' 등 최첨단 전략 전술 무기의 새로운 운용 요령을 알게 되어 내 안에 남아있는 못된 적도들을 소탕하는 데 큰 도움이 되있다.

이러한 모든 것들이 어머니가 하늘나라에서 우리 가족을 지켜보시면서 바른 길로 인도해 주신 덕분이다.

율리아나 우리 어머니….

하늘나라에서 평화의 안식을 누리소서. 아멘.

비우기 나이프

내가 YJ를 치료하게 된 것은 몇 개의 인연이 묘하게 이어져서 극적으로 연결이 되었기 때문이다.

내가 어떤 환자를 치료하게 되는 것은 당연히 어떤 인연이 닿아야 되는 것이지만, YJ의 경우에는 좀 더 여러 가지가 미묘하게 겹쳐 있다.

YJ는 대학교 후배이고, 또 내가 다니던 직장의 동료이어서 얼굴과 이름을 알고 있으니 이것만으로도 큰 인연이다.

작년에 누군가가 이야기 중에 YJ가 무슨 암에 걸렸다고 하는데 나를 찾아오지 않으니 아직은 내가 치료할 인연은 아니구나, 하고 넘어갔다.

우리 어머니 상사시에 전에 다니던 직장에서 많은 사람이 조문을 왔고, 감사하다는 인사를 하기 위하여 2007년도 시무식날 오랜만에 전에 다니던 직장을 찾아갔는데, 예전에 절친하게 지내던 동료이자 후배가 요즈음 어떻게 지내느냐고 묻길래, 이리저리 다니며 돌팔이 노릇을 하면서 소일한다고 하니까 자기는 YJ가 아파서 큰 골치라고 그런다.

그래서 어디가 아프냐고 물으니, 뇌종양이라고 그러길래, 나도 얼마 전에 뇌종양에 걸린 친구를 몇 번 치료해 본 적이 있어서 그냥 지나가는 말로 '그것 내가 쉽게 고칠 수 있어!' 했는데, 그 친구가 반색을 하며 정말이냐고 확인을 한 후에 자기가 한 번 YJ의 부인에게 연락하여 본다고 그런다.

YJ의 부인에게서 연락이 온 것은 다음 날 오후인데, 어디에 다녀오느라 조금 전에 나의 이야기를 들었다고 하며 치료를 부탁한다.

나는 그 집 주소를 물어보고, 4시쯤에 찾아갔다. 현관 마루까지 나와서 인사를 하는 YJ를 보니 얼굴이 팅팅 부어있고, 목소리가 갈라지고, 피부색이 거무스레한 것이 현재의 상태가 아주 나쁜 것 같다.

일단 커피를 한 잔 시켜서 마시며 집안 분위기를 보니, 부인, 아들, 딸이 모두 조심조심하며 나의 일거수일투족에 은연중에 관심을 보인다. 이러한 것은 그 집안의 평소 분위기일 수도 있으나 지금 YJ의 상태가 아주 위중한 것을 나타낸다.

YJ는 지금까지의 치료 경과를 설명하는데 나는 바로 중단시키고, 환자가 아픈 경험을 되살리는 것은 치료에 방해되니 꼭 내가 알아야 될 것이 있으면 추후에 물어보겠다고 하고, 일단 치료에 들어가려면 자리에 누워서 해야 하는데, YJ가 평소 느끼기에 집안에서 가장 마음 편한 곳에 자리를 깔으라고 하니 대부분의 환자가 그러하듯이 거실 가운데에 자리를 잡는다.

이곳은 집안 전체를 누워서도 살펴볼 수 있는 곳인데, 환자는 항상 집안 식구들의 동태에 아주 민감하므로 그들을 쉽게 감시할 수 있는 곳이 가장 마음이 편한 법이다.

YJ가 자리에 눕자 바로 부기를 빼는 작업에 들어갔다.

내가 정해 놓은 '비우기'의 제 1단계는 심공인데 이것은 현관에 들어오면서부터 시작하여 YJ가 자리에 눕는 순간까지 충분히 하였으니, 바로 제 2단계인 부기 비우기에 들어간 것이다.

누가 어떤 병에 걸렸든 부기가 있는 상태에서는 어떠한 치료를 해도 좋은 성과를 기대할 수 없다는 것이 나의 지론인데, 다른 분들은 부기는 아프면 생기고 병을 치료하다 보면, 상태가 좋아질 때에 부기가 저절로 빠진다고 생각하는 것 같다.

이러한 주된 이유는 그 분들은 부기 비우기를 할 줄 모르기 때문이리라. 부기는 세포 안에 있어야 할 수분이 어떤 원인에 의하여 세포와 세포 사이의 경계로 삐져 나와 있을 때에 생기는데, 이렇게 부기가 있으면 그 세포로 들어가고 나오는 물류의 이동이 어렵게 되어 제 기능을 발휘하지 못한다.

이러한 부기는 양방에서는 거의 손을 안 쓰고 내버려두는 것 같고, 한방에서는 무슨 탕약을 써서 치료하는 것 같기는 하다.

비우기에서는 최우선으로 하는 것이 부기 비우기이다. 그러한 이유는 비우기는 자연 치유법의 일종이고, 이러한 치료법이 효과를 보려면 그 근본이 되는 세포들이 어느 정도는 제 기능을 발휘해야 하기 때문이다.

내가 부기를 비울 때에 사용하는 방법은 크게 4가지인데, 첫 번째는 내 왼손으로 환자의 오른손 약지 6번 위치 부근을 살며시 잡고 거기에서 나오는 나쁜 기운을 빼내는 것이다.

보통 가벼운 병에 걸린 환자들은 약 5분만 지나면 부기가 거의 다 빠지는데, YJ의 경우에는 역시 중병 치레를 하는지 조금 빠지는 듯하다가 그만 막힌다.

이러한 경우에는 제 2단계로 가는데 왼손은 그대로 두고 오른손으로 기공과 공공을 사용하여 환자의 신장과 방광 부위에 작은 신호를 보낸다. 이러기를 1분여 만에 YJ는 드르릉하고 코를 고는데, 옆에서 내가 치료하는 것을 지켜보던 YJ의 부인이 그 모습을 보고 깜짝 놀란다.

이러한 깜짝쇼는 중환자를 치료하러 가면 늘상 있는 일인데, 중환자의 대부분은 불면증에 걸리고 자기 자신과 보호자를 괴롭혀서 큰 골칫거리인 경우가 많다.

내가 별로 뭣을 한 것 같지도 않은데 환자가 드르릉거리며 잠에 떨어지면 보호자는 내가 무슨 요술을 부리고 있는 것이나 아닌지 하고 내가 하는 일거수일투족을 자세히 들여다본다.

보통의 중환자는 이렇게 하고 10여분 나쁜 기운을 뽑으면 부기가 대충 다 빠지는데, YJ는 얼굴에 부기가 그대로 남아있고, 또 뭐가 불편한지 잠에서 깨어나며 뒤척인다.

이러한 것은 YJ의 상태가 너무 나쁘다는 것을 의미하는데, 아마도 조금이라도 정신줄을 내려놓으면 누군가(?)가 와서 데려갈지도 모른다는 두려움 때문이리라.

'에이…, 된통 걸렸네.'

나는 바로 제 3단계 부기 빼기에 들어가며 속으로 지금의 상황 분석을 해 보니 뭔가가 잘못됐는데 잘 모르겠다.

3단계 부기 빼기는 팔뚝에 있는 신경줄기를 이용하는 것인데 손바닥 크기 정도의 영역을 세밀하게 탐색하여 뭔가 나쁜 기운이 나오는 신경줄기를 찾아야 되는데 항상 시간이 제법 많이 걸린다.

나는 10여 분을 소요하고 겨우 미미한 기운이 나오는 것을 하나 찾았는데, 그곳에서 미약한 기운이 빠져 나오기 시작하자 YJ는 다시 코를 곤다.

일단 안심하고 옆에서 지켜보고 있는 부인에게 YJ가 밤에 잠을 잘 못자는 것 같은데, 얼마나 됐느냐고 물어보니 잠을 못잔 지 거의 3주가 되어간다고 한다.

'와, 무려 3주 동안 잠을 못 자다니….'

나는 부기 비우기 제 1단계에서 제 3단계까지를 이리저리 섞어가며 무려 2시간을 했는데도, YJ의 얼굴에는 아직도 부기가 남아있고, 그동안 YJ는 잠깐씩 코를 고는데 5분도 못되어 뒤척이기를 반복한다.

'에이! 정말 된 통이다.'

나는 YJ를 제대로 공략하기 위한 전략을 전면 수정하지 않을 수 없었다. 내가 YJ를 특별히 생각하는 것은 그 친구가 잘 나거나 예뻐서가 아니고, 내가 필요로 하는 특수한 조건을 두 가지나 가지고 있었기 때문이다.

나는 지난 1998년도 말에 다니던 직장에서 명예퇴직을 당할 때, '지금 죽는 것이 사는 길이다' 라는 생각으로 과감하게 사표를 썼는데, 내가 만약 YJ의 병을 낫게 한다면 연구소 내에 알음알음으로 소문이 날 것이다. 그것으로 옛 동료들에게 내가 비록 돌팔이일망정 다시 살아났다는 것을 무언중에 보일 수 있기 때문이다.

또 하나는 작년 가을에 친구 중 한 명이 뇌종양에 걸렸다는 소식을 듣고 그 집에 찾아가 그 친구가 병원에 입원하기 전까지 비우기를 몇 번 해준 적이 있다.

그 당시에 나는 치료효과가 충분히 있다고 생각했는데, 아쉽게도 그 친구는 나의 치료를 별로 탐탁하게 여기지 않았다. 그런 일이 있어서 내가 YJ의 뇌종양을 치료하여 성공을 하는 것이 꼭 필요하였다.

이런 속사정이 있어서 뭔가 성과를 거두어야 하는데, YJ의 상태는 최악의 조건을 두루 갖추고 있었다. 휴, 뭔가 실마리를 찾아야 되는데 시간은 어느새 2시간이 지난다.

이러한 치료에서 대충 2시간을 치료의 한계로 보는데, 그것은 그 시간을 넘어가면 나도 힘들고 환자도 지치기 때문이다.

나는 일단 치료를 마치고 YJ의 부인에게 술이 있으면 좀 가져오라고 부탁하자, 이리저리 한참 찾아보더니 아들을 시켜 소주를 한 병 사오게 한다.

나는 그것을 마시며 저녁 준비를 하는 부인에게 나도 저녁을 얻어먹고 좀 있다가 간다고 하고, YJ의 발병 경위를 물어 보았다.

YJ는 본래 골수에 생긴 임파종으로 서울에 있는 SS병원에서 치료를 받고 완쾌 선고를 받은 후에 대전에 있는 집으로 돌아와 기분 좋게 휴식을 취하는데, 겨우 하루가 지나기도 전에 갑자기 쓰러졌다.

대전에 있는 병원에서 응급치료를 받았는데, 뇌에 문제가 있을 수 있다고 하며 전에 치료하던 병원으로 가보라고 하더란다.

다음 날 바로 서울에 있는 SS병원에 가서 PET하고 MRI를 찍어보니, 뇌에 큰 종양이 4개, 작은 종양이 10여 개가 있는 것이 발견되었더란다.

그리고 담당 의사가 말하길, 두 달쯤 전에 찍은 PET에서도 뇌 부위에 뭔가가 잡혔는데 그 흔적이 흐릿하고, 또 골수 임파종의 경우에는 뇌로 전이되는 사례가 없어 무시하였다고 하더란다.

참, 그리고 이 정도로 많이 퍼지면 완치될 가능성이 거의 없지만 그래도 가만히 손 놓고 있을 수도 없으니 일단 화학요법을 써 보자고 하더란다.

한 번 치료에 3일이 소요되는데 계속 핏속의 상태를 검사하여 간 수치와 백혈구 수치를 조절하면서 두 가지 종류의 항암제를 맞는데, 사이사이 중화제를 투여하여 부작용을 최소화 한다고 한다.

이것은 본래 3일 만에 끝이 나야 하는데 간 수치나 백혈구 수치를 맞출 수가 없어서 추가로 4일을 더 입원하여 1주일을 채운다고 한다.

이러한 이야기를 빠짐없이 나에게 들려주어야 YJ의 상황을 정확하게 파악하고 필요한 작전 계획을 세울 수 있는 건데, 돌팔이로 온 나한테는 대충 간략하게 이야기를 해 주어 모든 상황을 제대로 파악하는 데 거의 2달이 걸렸다.

저녁 식사는 그 집의 아들과 딸도 같이 했는데, 아들이 모 대학 의예과 본과 1학년이고, 딸은 이번에 대학교 입학시험을 보았다고 한다.

참, 여기에도 큰 문제가 있는데…, 보통 자기 식구 중에 누군가가 양방이나 한방에 적을 두고 있으면 그 가족들은 대체의학을 하는 돌팔이를 무시한다는 것이다.

지금 YJ의 상황이 위급하여 똥오줌을 가릴 처지가 아니겠지만 조금만 상황이 바뀌어도 바로 돌팔이를 무시하는 습성이 나올 것이 뻔하다.

이런 생각이 들자, 과연 어찌할까? 망설여진다.

'참, 된통 외통수에 걸렸네. 쯔쯔쯔….'

나는 저녁 식사를 하며 좀 더 친숙해지려고 했는데, 이런저런 이야기를 하다 보니 더욱 어려움이 느껴진다. 더 이상 있어봐야 뾰족한 묘안이 없을 것 같아 그 집을 나오려는데, YJ부부가 잠깐하고 제지를 한 후에 앞으로의 스케줄과 수고비가 얼마인지 물어온다.

나는 치료시간은 YJ가 일주일은 병원에 있고, 다음 일주일은 집에서 쉬니 그 쉬는 주에 매일 오전에 하기로 하고, 치료시간은 그때의 상황에 맞추어 내가 조절을 할 것이니 그리 알라고 하였다.

수고비는 내가 의사가 아니니 받을 수가 없다. 대신 '비우기 강의' 를 곁들여 하기로 하고, 강의료를 받는데 가장 싼 것인 C급으로 받기로 했다.

물론 YJ의 재산은 C급을 받을 정도로 가난한 것은 아닌 것 같은데, 공부하는 학생이 둘이고, 그동안 병원치료를 받느라 적잖이 재산을 탕진했을 것 같아 그렇게 정했다. 그들 부부도 내가 요구하는 적은 수업료에 잠시라도 안도를 하는 것 같았다.

일주일이 지나 다시 YJ의 집을 찾아갔는데 4식구가 모두 나와 인사를 한다. 그동안 잠은 좀 잤느냐고 물어보니 수면제를 먹고 억지로 좀 잤다고 한다. 부작용에 대하여 물어보니, 그것도 병원에서 중화제를 잘 써서 큰 어려움은 없었다고 한다.

나는 YJ에게 비우기의 기초를 잠시 설명하고, 이어서 치료에 들어갔는데, 전과 마찬가지로 5분 정도 코를 골다가 다시 몸을 뒤척이는 것을 반복한다.

나는 이렇게라도 토막잠을 자는 것이 안 자는 것보다는 낫다는 생각에 내가 버틸 수 있는 한계까지 비우기를 해 주다 보니 연속으로 3시간 정도는 할 수 있었다. 연속 3시간을 할 수 있는 실력이면 바로 비우기 프로 5단에 해당한다.

치료를 마치고 술을 청하니, YJ의 부인이 미리 사다 놓았다며 소주 한 병과 안주를 가져온다.

나는 그것을 마시며 YJ에게 현재의 상태로는 내가 아무리 애를 써도 치료효과가 별로 나오지 않는데, 여러 가지 원인이 있겠지만 가장 시급한 것은 수면제를 먹지 않고 잠을 자는 것이다.

자연 요법에서는 모든 것이 자연스럽게 진행되어야 하는데, 그 중에서 가장 중요한 것이 자연 수면을 취하는 것이다.

이런 설명을 한 후에 잠을 잘 자는 요령 몇 가지를 이야기 해 주고, 오늘부터는 절대로 수면제를 먹지 말 것, 토막잠을 자더라도 밤과 낮을 가리지 말고 기회가 있으면 침대에 누워서 뒹굴어라.

이것은 내가 대신 해 줄 수 없으니, 숙제를 한다고 생각하고 열심히 노력해 봐라, 이런 당부를 하고 내일 다시 보자고 하며 그 집을 나오는데, 이때에도 4식구가 모두 나와 공손히 인사를 한다.

다음 날도 대충 전날의 반복인데, 잠을 못 잤다고 하는 것은 마찬가지고, 달라지는 것은 치료 중에 YJ가 코를 고는 시간이 차츰 길어지는 것이다.

이러기를 3일쯤 하다가 4일째에 내가 그 집에 들어가자, YJ가 반색을 하면서 하는 말이 '형님! 나 숙제 해냈어!' 라며 손을 내민다.

나는 그 손을 붙잡아 주며 '와! 그래, 축하한다! 그런데 어떻게 했어?' 하고 물으니, 어제 저녁에도 잠을 못자서 애를 먹었는데 새벽녘에 깜빡하고 잠시 기절을 했다고 한다.

그게 다인데 신기하게도 온몸의 피로가 다 사라졌다고 한다.

이러한 것은 어떤 사연으로 장기간 잠을 못잔 경우에 피로가 극도로 쌓이면 자기도 모르게, 잠깐 기절을 하는데, 이때에 5분 정도 기절을 하는 것은 8시간 단잠을 잔 것과 거의 유사한 자연수면 효과가 있다.

나는 군대생활을 할 때에 철책선에서 경계근무를 하면서 이와 유사한 경험을 한 적이 있어서 미리 알고 있는 것이었다.

어쨌든 비록 기절을 했을망정 자연수면을 푹 잔 것이 되어 이날부터는 비우기 치료를 정상으로 할 수가 있었다. 즉, 비우기에 들어가면서 내리 코를 골면서 자는데, 3시간이 지나도록 거의 나무토막이다.

가끔 코고는 소리도 안 나고, 숨도 거의 쉬는 것 같지 않아 은근히 겁이 나는데, 그러다가 '휴…!' 하고 길게 숨을 내쉬고는 다시 코를 드르렁거린다. 거참, 거의 한 달간 제대로 잠을 못 잔 것을 한 번에 다 자는 것 같다.

3시간이 지나자 JS의 얼굴에서도 부기가 다 빠지고 불그레하니 혈색이 살아난다.

나는 이날은 여기에서 치료를 끝내고 YJ에게 잠이 보약이니 계속 한숨 더 자라고 말하고, 그 집을 나왔다.

다음 날 YJ의 집에 가자, 4식구가 나를 맞이하는 것은 전날과 같다. 달라진 것은 YJ의 목소리와 행동이 더 커진 것이다.

비우기는 본래 환자의 상태를 바꾸는 것이 목적 중에 하나이므로 YJ의 모든 것이 긍정적으로 바뀌는 것은 일단 성공이라고 보아야 한다.

나는 전날 저녁에 과음을 해서 해장을 해야겠기에 커피에 추가하여 술을 한잔 가져와 달라고 부탁하였는데 안주로 명품 멸치가 나온다.

'와!'

YJ가 멸치 자랑을 한다. 남해안 어디에서 사는 큰동서가 죽방어업을 하는데, 며칠 전에 잡은 명품 멸치를 보내왔다고 한다.

'참, 술안주로 명품 멸치도 다 먹어보네!' 하고 생각하는데, 가실 때에 한 박스 드릴 테니 가져가서 술안주로 하라고 한다.

안주가 좋으면 술을 더 마시기 마련인데, 해장술 서너 잔에 어제 먹은 술이 다시 취기로 올라온다.

YJ는 연신 싱글벙글이다. 나도 기분이 상큼하여 술은 그만 마시고, 치료 위치로 자리를 옮기는데, YJ가 예전에 무슨 병에 걸려 치료를 하다가 한 쪽 눈을 잃고 의안을 했다며, 나머지 한 눈도 실명을 할까 봐 큰 걱정이라고 한다. 그러면서 오늘 치료에서는 자기 눈을 한 번 잘 보살펴 달라고 한다.

'뭐시기라고…라!…?'

나는 깜짝 놀라 하마터면 크게 소리를 지를 뻔했는데, 다행히 그런 내심을 감추고 도사처럼 쿨하게, '그래? 그럼 한 번 잘…, 살펴보지!' 하고 무게를 잡은 후에 치료에 들어갔다.

YJ는 1분도 안 되어 코를 드르릉하고 골기 시작하였으니 내가 뭘 하는지 모를 것이고, YJ의 부인도 명품 멸치를 가져온 작은언니와 형부를 접대하느라 분주하다.

그래서 맘 놓고 상황을 정리해 보는데, 참…, 이건 산 넘어 산으로 악재가 첩첩이 겹쳐 있다.

'휴…!?'

나는 순간 당황하여 YJ 가 걸렸던 병이 무엇이고, 언제 발병하여 어떤 치료를 받았는지를 물어보았어야 하는데, 그런 것을 하나도 물어보지 않은 것이 꺼림칙하다.

하기야 지금의 뇌종양도 상황을 제대로 물어 보지 못했는데, 옛날에 눈 하나 실명한 것을 자세히 물어보아 무엇 하랴…(?) 하는 생각을 하면서도, 그런 중요한 병력도 자세히 물어보지 않는 것은 진짜로 내가 돌팔이임이 분명하였다.

참, 참…, 내심 이런 자책을 하고 있는데, 손님으로 온 분들이 거실로 나와 신기한 듯이 나의 치료 모습을 지켜본다.

10여 분쯤 자세히 지켜보던 남자분이 뭔가를 알겠다는 듯이 고개를 끄덕이며 막내동서의 얼굴이 점점 불그스레하니 혈색이 돌아 참 보기가 좋다고 하며 다시 방으로 들어간다.

나는 오늘 YJ가 부탁한 나머지 한쪽 눈을 실명하지 않게 하려면 어떻게 해야 하는지, 이리저리 통박을 굴려 봐도 알 길이 없다.

나는 작년에 나에게서 비우기를 배우던 시각장애인으로 안마시술소 원장님들에게 해 주던 비우기 치료의 경험에 의하면, 눈 주변이 아주 편안하게 되어 바로 눈을 뜰 것 같은데 그게 안 된다고 안타까워하시던 분이 있었다.

나는 그때 어떻게 했는지 다시 생각해 봐도 도무지 생각이 안 난다. 하기야 내가 그 당시에 할 수 있는 것은 모두 다 해 봤으니, 어떤 것이 어떤 효과를 발휘했는지도 알 길이 없다.

내가 오늘 YJ에게 해 준 것은 어제 한 것과 동일한 것으로 YJ의 몸통에서 나쁜 기운을 비워내는 것이다.

그런데 그것만으로도 YJ의 얼굴에서 혈색이 살아나는 것을 보면, 특별히 눈을 위한 치료를 하지 않아도 실명으로 갈 것 같지는 않다.

YJ의 경우는 뇌종양을 치료하는 것이 최종 목표이기 때문에 몸통과 사지가 거의 정상으로 회복이 되기 전에는 얼굴 부위는 손을 대서는 안 된다.

그러니 눈도 직접치료를 할 수가 없고 기껏 해 봐야 간접치료를 하는 것인데, 그것은 기본 치료에서 간장라인 치료를 겸하고 있으니 추가로 뭔가를 더할 필요가 없는 것이다.

이런 결론이 내려지자 그 다음부터는 막힘이 없이 일사천리로 진행이 된다.

YJ가 다음 정밀검사를 할 때까지 평균 3시간씩 무려 15번에 걸친 비우기 치료를 해 주었는데, 그 중에서 12번은 몸통과 사지의 기능을 회복시키는 데 주력을 하였고, 그 결과 아파트 주변을 20여 분 산책할 수 있을 정도로 체력이 회복됐다.

그 다음 3번은 뇌종양을 없애는 치료인데, 바로 이 글의 소제목으로 사용한 '비우기 나이프' 를 해 주는 것이다.

이 '비우기 나이프' 는 작년에 친구를 치료하면서 개발된 수법인데, 양방에서 뇌종양 치료의 주무기로 사용하는 '감마 나이프' 와 거의 유사한 치료법이어서 이름도 비슷하게 붙였다.

감마 나이프는 작은 에너지의 감마선을 한 곳에 집중시켜 종양을 칼로 도려내듯이 없애는 장치를 말하는데, 비우기 나이프도 오른손의 다섯 손가락에서 나오는 미약한 손가락 기공을 환자의 종양 부위에 집중시켜서 종양을 변화시키는 수법을 말한다.

이러한 것은 전문 기공사가 하면 더욱 효과가 있을 것인데, 나와 같이 자연인의 생명력에서 나오는 아주 미약한 기공도 이것을 잘 모아 꼭 필요한 곳에 적시에 보내주면 의외로 놀라운 효과를 발휘한다.

이것을 할 때의 핵심 요령은 강한 힘을 보내는 것이 아니고, 오히려 힘을 빼고 기공을 이용하여 종양 부위의 동태를 살피다가 거기에서 나오는 신호에 맞추어 이쪽에서도 미세하게 힘의 세기를 변화시키며 응답을 해 주면 어느 순간부터 공진현상이 이루어지면서 자연스럽게 종양에 변화가 일어난다.

이렇게 타이밍을 맞추는 것이 가장 중요한데, 그래서 비우기 나이프는 오른손으로 하고 왼손으로는 환자의 오른손을 감공으로 만지면서 환자의 뇌 속에서 일어나는 미세한 변화를 감지하여야 한다.

후에 이 수법을 좀 더 체계화시켰는데, 바로 오른손으로는 'B-111 비우기' 를 개량한 'BN-112 비우기 나이프' 를 이용하여 공진공을 하고, 왼손으로는 'HD-119 홀로드론' 를 발진시켜서 적의 동태를 세밀하게 정탐하는 것으로 발전이 된다.

이러한 것은 말이나 글로 설명하여도 쉽게 납득이 잘 안 되는 것이고, 실제로 해 보아야 느낄 수 있다.

나는 작년에 서울에 사는 친구가 B병원에서 찍은 CT 검사결과 뇌에 6센티미터 정도의 종양이 생겼다는 소견을 받고, S병원으로 가서 재검사를 받기 전에 3시간씩 3일간 이 비우기 나이프를 해 준 적이 있다. 그때 나는 치료 중에 종양 부위에서 뭔가 변화가 생기는 것을 감지하였다.

그리고 S병원의 재검사 결과에서도 뇌종양은 발견되지 않았고, 조직검사 결과 뇌에 임파종이 생긴 것으로 진단이 내려졌다.

물론 S병원에서는 B병원에서 오진을 하였다고 말하고, 임파종에 따른 치료를 하기 시작했다.

그 후로 나는 그 친구를 만나지 못했는데, 그 당시에는 나의 '비우기 나이프' 가 성공을 하고도 홀대를 받은 것이 무척 서운하였다.

이번에 YJ의 뇌종양을 치료하면서 이 '비우기 나이프' 를 써 먹을 기회를 기다렸는데, 지금까지 장황하게 설명한 대로 YJ에게는 너무나 많은 악재가 있어서 거의 한 달이 다 지나서 YJ가 정밀검사에 들어가기 3일 전부터 겨우 겨우 비장의 비우기 나이프를 사용해 볼 수 있었다.

일주일 후에 만나 YJ에게서 들은 정밀검사 결과는 겨우 절반의 성공이었다.

그래도 YJ는 신이 나서 이야기하는데 제일 큰 것은 다 없어지고, 두 번째와 네 번째 것은 그대로이고, 세 번째 것은 조금 커지고, 나머지 자잘한 것은 그대로라고 그런다.

나는 '그래? 다행이네' 하고 응대를 했지만, YJ의 뇌 속에 종양이 이렇게 많은지는 이때에 처음 알았다.

'아뿔싸! 이럴 수가…!!'

나는 MS의 경우에 뇌 속에 종양이 1개만 있었기에 당연히 YJ에게도 1개만 있으려니 생각했는데, 이렇게 밤하늘에 별처럼 많은 종양이 있었다니 한숨이 절로 나온다.

'휴….'

하기야 지난주의 상황으로는 이것을 미리 알았더라도 별다르게 해 볼 도리가 없었지만, 그때의 상황은 YJ의 기초 체력이 겨우 비우기 나이프를 시도해 볼 정도였고, 또 기간도 3일밖에 여유가 없어서 온 하늘의 별을 모두 따올 그런 상황은 아니었다.

어쨌든 제일 큰 별을 따냈다니 절반의 성공은 한 셈이다.

나는 이런 생각들을 하면서 다시 처음으로 돌아가 YJ의 기초체력 다지기부터 착수하였다.

이때부터는 YJ의 치료시간을 2시간 정도로 줄여서 하였는데 일단 급한 불은 끈 상태이고, 또 다른 이유는 내가 돌보아야 할 중환자가 한 명 더 생겨서 3명이 되는 바람에 더 이상의 시간을 낼 수가 없었다.

YJ의 병원에서의 치료 스케줄은 같은 방식의 화학요법을 4번 반복하고 다시 정밀검사를 하는 것이었다.

그래서 나도 4일간의 기초체력 다지기를 하면서 항암치료의 부작용을 없애는 치료를 하고 3일간은 비우기 나이프를 하여 줘서 뇌 속의 종양을 없애는 치료를 해 주었다.

YJ는 서울로 병원치료를 하러 가서 3번은 1주일을 채우고 왔는데, 마지막 4번째는 건강이 좋아져서인지 처음으로 3일간에 걸친 주사 치료를 하고 추가 요양 없이 귀가하였다.

그래서 마지막 주는 비우기 나이프를 좀 더 많이 해 줄 수가 있었다.

이어서 시행한 정밀검사에서 뇌 속의 종양이 큰 것들은 다 없어지고, 잔 것들만 남아있는 것으로 나와 화학요법은 중단하고, 다음 주부터는 방사선 치료를 받기로 하였다고 한다.

'와…! 3달 만에 비우기 치료 졸업이다!'

YJ는 그 이후에 10회에 걸친 방사선 치료와 후치료로 부작용이 적은 항암주사를 맞아 혹시 있을지도 모르는 잔류 암세포를 제거하는 치료를 받고, 이어서 혈액검사, CT, PET, MRI를 모두 통과하여 완치 선고를 받았다.

'췌장산의 유혹' 계속

다시 췌장산 전투의 용병으로 나를 유혹하였던 JS의 홀로그램으로 돌아가 보자.

내가 그동안 개발한 'H-111 나노드론' 이 비록 어머니의 암을 완치시키는 데는 실패했지만, 그래도 근 8년간 비교적 편하게 지내시게 했으니 절반의 성공은 거둔 셈이다.

이 기술로 췌장암이 재발한 것을 주치료하기에는 역부족일지 몰라도 부작용을 처리하는 정도의 보조치료는 할 수 있을 것 같았다.

다만 췌장암이 워낙 빠르게 악화된다는데 그것이 은근히 마음에 걸린다.

앞에서 췌장산 전투를 양방과 '비우기' 의 합동작전으로 한다고 했는데, 그 수행 내용을 막상 글로 옮기려고 하니 거의 10개월에 걸친 수많은 이야기가 이리저리 엉킨 실타래같이 되어 도저히 풀어나갈 수가 없다.

제길, 틈틈이 메모라도 해 놓았으면 이런 일이 없을 터인데 신무기를 개발하랴, 전쟁을 치르랴, 정신이 없이 바쁘다 보니 그런 것을 쓸 겨를이 없었다.

하기야 실타래 뭉치가 내 머릿속에 있으니 시간을 두고 천천히 풀어 가기로 하고, 가장 최근에 벌인 생생한 전투 장면부터 일단 적어 보자.

이 전투는 2007년 8월 10일 금요일에 있었던 잔당 소탕전이다.

지난 9개월 반에 걸친 합동작전으로 JS의 간에 있는 종양이 1센티미터 크기로 줄어들었고, 혈액검사 결과에서도 암수치가 한 달 이상 정상을 유지하고 있어서 내과에서는 좀 더 두고 보자는 입장이고, 외과에서는 여차식하면 레이저로 간에 있는 종양의 남은 빈껍데기를 지져 버리자고 하였다는데…. 이것은 간으로 전이된 것만 그런 것이고, 원발소인 췌장에는 그 상태가 어떠한지 잘 모르겠고, 혹시 제 3의 장소로 잔당들이 잠적했을 가능성도 있다.

어제 항암주사를 맞으러 병원에 간 JS는 혈액검사 결과 암수치는 정상인데 백혈구 수치 저하로 치료를 못하고 CT촬영 일정을 8월 20일에 하고, 그 다음날 담당 의사를 면담하는 것으로 일정을 조정하였다고 한다.

이것은 좋은 소식일 수도 있는데, 벌써 10개월간 항암치료를 하는 동안 몸과 맘이 많이 지쳐서 쉴 필요가 있다는 신호일 수도 있다. 어쩌면 항암제가 처리해야 할 암세포가 다 사라져서 애꿎은 백혈구가 봉변을 당한 것인지도 모른다.

JS는 어제도 속이 메스꺼워 혼났다고 한다.

주사 노이로제로 병원에 가려고 기차만 타도, 아니 그런 생각만 해도 그런다고 말하는데, 혹시 뭔가 다른 것이 있을지도 모른다는 생각이 들어 오늘은 오랜만에 'HD-119 홀로드론' 을 모두 동원하여 JS도 모르게 몸과 맘 전체를 대상으로 특수작전을 벌이기로 했다.

그것은 JS의 이야기 중에 병원 의자에 앉아 차례를 기다리는데, 너무나 피로가 몰려와 잠시라도 어디에 등을 붙이고 눕고 싶은 것을 겨우 참았다고 한다. 그것은 뭔가가 아주 심각하게 나쁘다는 표시이다.

또 얼굴에 짜증기가 있고, 혈색이 약간 거무스레한 것도 마음에 걸린다. 비우기를 할 때에는 항상 '대본 없는 단막극' 이어서 모든 것이 그 순간의 상황에 맞추어 자연스럽게 변화한다.

오늘의 전투는 1시간 45분이 걸렸는데, 이때에 일어난 세부적인 행동들은 비록 고속 카메라로 촬영하여 분석을 해 봐도, 왜 어떤 순간에 그런 행동을 했는지 밝혀내기가 어려울 것이다.

이것이 뭘까(?) 아마 장에서 오는 것으로 변비하고 관련이 있을지도 모르는데, 하고 생각하다가 이것도 잠시 후에 스르륵 사라진다.

그러다 팔목의 바깥쪽 옆에서 은은한 냉기가 잠시 나오다가 이것도 사라진다.

JS의 얼굴을 보니 그런대로 안정이 되어 있다.

시계를 보니 벌써 1시간 45분이 지났다.

오늘의 치료는 다 끝이 났으니 다음 주 월요일에 보자고 하고 그 집을 나왔다.

월요일 아침 7시에 JS의 집으로 가서 초인종을 누르고 잠시 기다리니 JS의 부인이 문을 열어 주며 인사하는데, 목소리가 안정되어 있다.

나는 현관문 앞에 놓여 있는 신문 뭉치를 주워서 전해주며 슬쩍 안색을 살펴보니 평소와 그대로이다.

휴, 일단 안도하고 먼저 화장실에 들러 소변을 보며 마음을 가다듬고 거실로 들어서자 JS는 평소대로 거실 중앙에 깔아놓은 이불에 모로 누워 TV 채널을 이리저리 고르다 NGC에서 하는 '잊혀져 가는 부족들—중국의 소수민족' 에 고정한 후에 반듯이 돌아눕는다.

이러한 모습은 늘 하던 모습 그대로이고 안색도 그런대로 괜찮아 보인다.

내가 주말에 잘 지냈느냐고 물어보자, '응, 약을 안 먹는 주라서 괜찮았지…' 하는데 약간 어색하다. JS의 오른쪽에 앉아 오른손을 슬며시 잡고 양손으로 잠시 어루만지는데, JS가 체했는지 속이 좀 더부룩하다고 한다.

'그럼 그렇지. 역시 쭉정이였어. 지난 주 금요일 비우기를 해 줄 때에 방귀를 전혀 안 뀌던데, 그것이 역시 문제였어….'

수술을 하고 방구를 안 뀌면 큰일이라더니 비우기에서도 마찬가지인 모양이다.

참! 그날 검지와 중지를 양손으로 더듬어 올라갈 때에 손목에 거의 다 다를 즈음에 엄청나게 나온 황사광풍에 20여 분 맞장 뜬 것이 거의 수술 수준이었다.

"참! 참…! 그런데 방귀 뀌는 것을 확인하지 않다니…, 쯔쯔. 돌팔이!"

이렇게 자책을 하는데, 뭔 생각이 났는지 JS가 말하길 '지난 2주쯤 전부터 전에 수술을 받기 전처럼 심장 부근이 가끔 기분 나쁘게 찌릿거린다' 고 한다.

그 말에 정신이 퍼뜩 든다.

"그래! 지난주에 할 때에 니 심장에서도 나쁜 기운이 엄청나왔어! 제일 처음 간에서 나오고…, 이어서 신장에서 나오고…, 그리고 심장에서도 엄청나오고…, 이어서 위장과 췌장에서도 많이 나왔지! 너 그날 등이 아프다고 했잖아?!"

그런 말을 해 주니 수긍이 가는지 다시 눈을 스르르 감는다.

나는 속으로 열심히 치료 방안을 생각해낸다.

'그래, 등이 아프다고 했지…! 옛날 1차 때에도 병원에서 수술을 한 후에 등이 엄청 아프다고 나한테 전화를 한 적이 있지!? 역시 비우기로도 수술이 가능해! 그런데 방귀는 어떻게 뀌게 만들지…?'

내가 누구에게 비우기를 해 주면 상당히 많은 사람이 하는 도중에 방귀를 뿡뿡 뀌어댔고, JS도 그런 사람 중 한 명이어서 요즈음은 방귀를 뀌든 안 뀌든 별로 신경을 안 쓰는데…. 어쨌든 비우기를 해 주는 것이 방귀를 뀌게 하는 지름길인데, 어째서 그저께는 이 친구가 방귀를 안 뀌었지(?) 참! 비우기에도 종류가 여럿이어서 어떤 비우기는 방귀를 비우고, 어떤 비우기는 방귀를 못 뀌게 하고…, 이런저런 생각을 하며 JS의 오른손을 내 오른손으로 악수하듯이 살짝 마주대고 왼손가락으로 JS의 손목 부근을 어루만지는데 '뿌룽!' 하는 소리가 들려온다. 됐다!

나는 그 자세를 그대로 유지하며 현재의 손 모습이 어떤 의미가 있는지 곰곰이 생각에 잠겼다.

비우기를 하면서 우연히 만들어지는 어떤 동작이나 자세나 손 모습은 어떤 순간에 묘한 효과를 낸다.

예전에는 이러한 것을 일회성으로 만족하고 그냥 스쳐 보냈는데, 요즈음은 그런 순간이 오면 그 의미를 되새기며 내 몸과 맘에 남아 뭔가 도움이 되도록 한다.

오늘의 자세는 지극히 평범하면서도 묘하다.

이 그림의 손은 아주 유명한 레오나르도 다빈치의 '천지창조' 에 나오는 것이다.

여기에서 하느님의 손 모습은 아주 특이하지만 대신 인간의 손 모습은 아주 평범하다.

하느님의 손 모습이 어떻게 특이한지는 공부삼아 독자 여러분들이 스스로 생각해 보시길 바라며, 인간의 손 모습은 우리가 평소에 가장 편안하게 취하는 모습이어서 지극히 평범하다.

이 그림에서는 이 순간에 하느님이 인간에게 생명력을 불어 넣고 있는 중인데, 그래서 여기저기 울퉁불퉁하니 힘이 넘쳐나는 것이 생동감

천지창조

이 있다.

내가 하는 비우기도 환자의 몸과 맘속에 생명력이 되살아나게 하는 것인데, 이때에는 이 그림과는 정반대로 모든 힘을 다 빼고 그저 부드럽게 만지거나 대거나 잡고 있는 것이 고작이다.

자리에 누워있는 JS는 한참 고이 꿈나라를 헤매는데, 이러한 때에는 항상 손의 모습이 자동적으로 위의 그림의 인간의 손 모습과 비슷하게 된다.

대신 축 늘어져서 힘이 다 빠진 상태이니 튀어나온 근육이 전혀 없이 아주 부드러운 손 그 자체이다.

이러한 JS의 오른손에 나의 오른손도 똑같이 평범한 부드러운 손으로 만들어 막 악수를 하려고 내밀다가 두 손이 서로 맞닿는 순간에 멈춘 자세이다.

이 자세도 아주 평범한 것인데 이러한 것이 묘한 작용을 일으켜 JS가 방귀를 뀌게 만든 것이다.

그래서 앞에서 지극히 평범하면서도 묘하다고 한 것이다.

이런 생각을 하며 TV를 보는데 마침 중국의 소수민족 중에 하나인 장족의 풍습 중에 커다란 소라 고동을 부는 소년의 모습이 나온다.

'아, 소라 고동…, 그래! 현재의 손 모습은 소라 고동을 닮았네!'

나는 소라 고동을 불면서 음색에 은은한 변화를 주기 위하여 왼손가락으로 JS의 손목을 이리저리 집어 본다.

"부… 웅…!"

소라 고동의 울림이 멀리 멀리 JS의 몸과 맘속으로 은은하게 퍼져 나가자 그 속에 막힌 이런 저런 잡기운이 조금씩 빠져 나온다.

'그래! 바로 이거야! …? …!?'

"부웅…, 부웅붕…."

나는 음색을 바꾸어가며 소라 고동을 불었다.

간간이 JS가 엉덩이 가죽피리로 장단을 맞춘다.

"뿌룽…, 뿍!"

그것도 무려 1시간이 넘게….

'아이…, 지루해….'

P.S.

이 글을 정리하면서 내비게이터의 흉내를 다시 내보는데, '각종 홀로드론' 에 대한 감이 어설퍼서 이런 걸로 어떻게 벅찬 싸움을 했는지 감회가 새롭고 JS에게 미안하다.

우리 안에 생명력이 가득하게 하여 주는 세 가지 보물

나는 베들레헴 마을의 어느 마구간에서 오피르의 황금과 몰약과 유향으로 단장을 하고 있다.

오피르의 황금으로는 머리를 단장하고, 유향과 몰약으로는 병을 진단하고 치료하며 천상을 노닌다.

1에 해당하는 오피르의 황금은 모든 치료의 시작이다.

우리의 몸 안에서 오피르의 황금과 같은 일을 하는 것은 바로 호르몬이다.

생명 활동이 더 필요한 신체 부위에 각종 호르몬을 공급하면 그 부위와 주변이 활성화 된다.

이런 부위에 삼지안을 해 주면 냉기 또는 열기가 감지되고, 이 냉기 또는 열기가 온기로 바뀌면 치료가 완료된다.

각종 부상이나 수술 후유증으로 고생을 할 때에는 감향이 감지되는 부위에 삼지안을 해 주면 되는데, 이때에는 그 부위의 2에 해당하는 유향, 즉 침 또는 편도선 기능 호르몬이 공급이 되고 죽은 세포를 제거하며 일부는 새로운 세포로 교체하여 어느 정도는 새롭게 복구시킨다.

이 2자는 성화에는 거꾸로 2자로 그려져 있어서 과거의 좋은 시절로 되돌아가려는 우리의 현재 모습을 보여주는데, 이러한 사람에게는 치료 후에 명현현상이 나타나기도 한다.

환자가 각종 통증으로 고생을 할 때에는 통기가 감지되는 부위에 삼지안을 해 주면 되는데, 이때에는 그 부위에 3에 해당하는 몰약, 즉 갑상선 호르몬이나 인터페론이 공급되어 서서히 통증이 사라지고 원기가 회복된다.

환자의 아픈 부위에 공급되는 것은 황금, 유향, 몰약의 세 가지 보물이지만 이것들이 사용되어 몸 안에서 치료 효과를 내는 과정에서 각종 치유 반응이 나타나는데, 환자의 병증에 따라 서로 다른 수많은 종류의 신체 반응과 냄새가 나온다.

일반적으로 우리의 몸 안에서 세 가지 보물이 생성되고 공급이 되는 것은 신체 내부의 자율신경 계통에 의하여 조절이 되지만 이것은 어느 정도는 우리의 생각대로 조절을 할 수가 있다.

이것은 성모송을 그린 성화에 잘 묘사되어 있는데 황금, 즉 호르몬을 조절할 때에는 1번 위치, 즉 귀부위에 1자를 써 주는데, 이 1자를 귀 양측에 좌우로 번갈아 써 주면 된다.

유향, 즉 침 또는 편도선 기능을 조절할 때에는 입 안에 거꾸로 2자를 그리는데 이 거꾸로 2자를 입 안 양측에 좌우로 번갈아 써주면 된다.

몰약, 즉 갑상선 호르몬을 조절할 때에는 3번 위치, 목의 아담의 사과 아래 부위의 양측에 3자를 그리는데, 이 3자를 목 부위에 좌우로 번갈아 써 주면 된다.

다른 사람을 치료할 때에도 이 세 가지 보물을 활용할 수가 있다. 환자의 치료혈 또는 상응혈을 삼지안으로 짚으면 환자의 상태에 따라 냉기, 열기, 감향, 또는 통기가 감지되는데 거기에 맞추어 치료자가 마음속으로 1, 거꾸로 2, 또는 3을 해 주면서 자기 안에 세 가지 보물을 적절히 만들어 환자에게 삼지안을 통하여 보내주면 된다.

편도선의 기능

자료 1 입을 벌려서 거울을 보면 목젖의 양옆으로 활모양으로 펼쳐져 있는 부분을 일반적으로 편도라고 부르고 입 안에는 인후 편도, 귀 인두관 편도, 목구멍 편도, 혀 편도 등 5곳의 편도선이 있다.

편도는 생후 5년까지 점점 확장하다가 이후에는 작아지는 부위로 확실히 어떤 기능을 하는지 밝혀지지 않았다. 하지만 숨을 들이쉬고 내쉬는 부분과 외부에서 음식물이 들어가는 곳에 위치하고 있어 면역계의 일부분으로 알려져 있다.

또한 외부로부터 신체가 세균침범을 당하게 되면 편도염, 편도선염 등의 질환으로 이어지기에 세균을 방어하는 기관이라고 일컫는다.

자료 2 편도선(tonsil)이란 구강내 인두점막 안에서 발달한 면역세포의 집합체로서 점막으로 덮여 있으며 구개편도와 인두편도(아데노이드; adenoid), 설편도, 이관편도가 하나의 고리모양의 형태(Waldeyer' s tonsilar ring)를 이루며 구성되어 있다.

편도선의 기능은 방어기능설(면역기능설), 조혈기능설, 내분비기능설, 비타민생성설, 소화기기능설 등이 있으며 항체생성이 가장 필요한 소아기 때는 편도의 왕성한 활동으로 크기가 증가하나 사춘기를 전후해서 점차로 저항력이 증가하면서 퇴화한다.

자료 3 편도조직이란 코와 입의 후벽(인두) 점막 속에 위치해 있는 림프세포인 여포의 집합체를 말하며, 외부로부터 체내로 들어오는 물질에 대한 방어역할, 특히 태어나서부터 수년간 면역학적 방어기전으로 중요한 역할을 한다. 이중 우리에게 잘 알려진 대표적인 것은 목젖의 양측에 있는 호두모양의 조직으로 흔히 편도선이라고 부르는 구개편도와 목젖의 위쪽에 위치하여 쉽게 보이지 않는 아데노이드라고 부르는 인두편도가 있으며, 그 외에도 여러 종류의 편도들이 입안 뒤쪽에 고리처럼 둥근 모양으로 퍼져 있다.

일반적으로 편도란 목젖의 양쪽에 있는 구개편도를 말하나 실제로는 그것 말고도 코 뒤에 있거나 목젖 위에 있어 눈으로는 보이지 않는 아데노이드라 불리는 인두편도 및 혀뿌리에 있는 설편도 등이 있다.

이들 편도는 임파구(백혈구의 일종)들이 풍부하게 분포되어 있는 조직으로 정상적으로는 이들 편도가 상기도 감염(감기)에 대한 방어체계를 형성하고 있으며, 이들 편도들과 같은 일을 담당하는 작은 림프 조직들이 있어 이들 모두를 통틀어서 '발데이어 편도환(Waldeyer' s ring)' 이라고 부르기도 한다. 그러나 반복적인 상기도 감염이 발생할 경우에는 이들 편도가 비정상적으로 비대해져 문제를 일으키게 된다.

갑상선 기능 저하증

갑상선 기능 저하증의 증상으로는 목소리 변화, 관절통, 기억장애, 얼굴부종, 전신부종, 피부건조, 모발이 거침, 서맥, 추위를 못 견딤, 체중증가, 감각이상, 근육통, 생리불순, 성대부종, 피로감, 산만함, 기운 없음, 땀이 잘 나지 않는다.

장서 힐링

2012년 7월 5일 '현대판 화타' 로 불리는 장병두 옹(張炳斗, 1916~2019)이 대법원에서 '무면허 의료행위' 로 유죄확정 판결을 받았다.

글을 읽지 못하는 장 옹은 증상을 묻지 않고 환자가 왼쪽 어깨를 정면에 대고 앉으면 견갑골 밑과 허리 부분을 손으로 누르면서 목 뒤를 관찰하는 방식으로 병을 진단하고 약을 처방했다고 한다.

상기 판결이 있고 꼭 8년여 후인 2020년 9월 9일에 '비얼로 간다-43' 을 쓰면서, 장병두 옹에 관한 기사를 검색하여 읽어보니 그 어르신의 치료법 중에서 진단법이 아주 독특하여 그 원리를 내가 개발 중인 비얼 힐링과 융합하고 '장서 힐링' 이라고 부르기로 했다.

장 옹의 치료법은 누구에게 전수를 하지 않는다고 하는데, 그래도 장 옹에 대하여 검색해 보면 그 분의 치료법에 대한 원리가 무엇인지 대충 짐작할 수가 있다.

신의(神醫)
장병두 할아버지의
건강의
절대 지혜

그 중에서 내가 관심을 가지는 부분은 상기 기사내용에 나와 있는 '장 옹은 증상을 묻지 않고 환자가 왼쪽 어깨를 정면에 대고 앉으면 견갑골 밑과 허리 부분을 손으로 누르면서 목 뒤를 관찰하는 방식으로 병을 진단하였다' 는 것이다.

이 내용은 겨우 58 글자 밖에 안 되지만 이것을 풀어 보면 아주 많은 원리가 담겨 있는 것을 알 수 있다.

장 옹이 증상을 묻지 않은 것은 환자들이 자기의 문제를 잘못 알고 있는 경우가 아주 많아 잘못된 선입견을 가져 오진을 할 수 있기 때문이다. 또 환자의 왼쪽 어깨 주변과 목 뒤에 환자의 상태가 모두 담겨 있어서 그걸 살펴보면 필요한 처방과 조제를 할 수 있다는 것이다.

보통 의사들은 환자에 대한 진료 기록을 남기고 진단과 처방을 하며 환자의 예후를 보아가며 새로운 처방을 한다.

그러나 장 옹의 경우에는 옹이 글을 몰라 처방전이나 진료 기록을 남길 수 없어 어떤 환자가 다음에 와도 처음 온 환자나 마찬가지로 같은 방식으로 진단을 하고 약을 조제하여 환자에게 주었을 것이다.

이것은 환자의 예후도 환자의 몸에 그대로 나타난다는 것을 의미한다. 즉, 환자의 몸에 진료 기록이 담겨져 있다.

장 옹이 살펴보는 부위는 상기 글에 의하면 좌측 견갑골 밑, 좌측 허리 부분, 그리고 목 뒤 등 3군데이다. 이 3군데의 상태는 장 옹이 처방 조제한 약을 먹으면 바뀌게 되고, 언젠가는 정상으로 돌아온다.

그러면 환자의 병은 모두 나은 것이 된다.

지금까지 살펴본 내용의 요점을 달리 표현하면, 모든 환자의 병증은 그 환자의 좌측 견갑골 밑, 좌측 허리 부분, 그리고 목 뒤에 나타나고 이것을 정상으로 되돌리면 병은 사라진다.

장 옹은 자기 고유의 처방과 조제로 만든 약을 사용하여 환자의 병을 고쳤는데, '장서 힐링' 에서는 약 대신에 '비얼 힐링' 으로 환자의 좌측 견갑골 밑, 좌측 허리 부분, 그리고 목 뒤 등 3군데에 나타나는 병증을 정상으로 되돌린다.

나의 주말농장, 텃밭에 있는 나무와 농작물은 잡초와 공생한다.

장병두 옹의 약의 주원료는 진품 웅담, 사향, 녹용, 삼, 꿀 등 자연식품으로 구성되어 인체의 부작용이나 해를 수반하지 않는다고 되어 있는데, 이러한 자연식품으로 약을 만들어 사용하면 환자의 몸 안에서 병이 공생을 할 수 있다.

나의 텃밭에서는 잡초가 공생해도 나무와 농작물이 자라고, 열매를 맺고, 각종 무공해 먹거리를 생산하는 데 아무런 문제가 없다.

장 옹의 약을 먹은 환자의 몸 안에 어떤 병이 공존해도 환자가 건강하게 되는 데는 아무런 문제가 없다.

장 할아버지의 의학원리는 음양의 원리 내지 상대성 원리를 기본으로 한 것으로 절반은 현재의 한의학과 비슷한 면이 있으나 절반은 완전히 그 성질을 달리한다고 한다. 장 할아버지가 작성한 처방전을 현재 한의학 박사들이 보더라도 그 내용을 이해하지 못한다.

장 할아버지의 치료 방법은 문진 후에 약을 조제하는 것으로 한의학과 달리 대부분의 원료를 10년 이상 발효, 정제시키는 과정을 거치기 때문에 한꺼번에 많은 사람들을 치료할 수는 없고 원료를 진품으로 사용하기 때문에 일정 비용이 들어간다.

어깨 라인 : 엄지발가락 : 심장 : 화
목 라인 : 검지발가락 : 간장 : 목
등 라인 : 중지발가락 : 위장 · 머리 : 토
겨드랑이 라인 : 약지발가락 : 폐 : 금
허리 라인 : 소지발가락 : 신장 : 수

금 〈극〉 목 〈극〉 토 〈극〉 수 〈극〉 화 〈극〉 금
화 〉역극〈 수 〉역극〈 토 〉역극〈 목 〉역극〈 금 〉역극〈 화

깡다구

다음 홀로그램은 환우가 3살 무렵에 걸린 유사 장티푸스를 기적적으로 치료하여 일단 생명은 구했으나 그 후유증으로 생긴 신체의 변화로 각종 어려움을 당하는데, 오로지 깡다구 하나로 50여 년을 버텨오다가

2007년 가을에 나에게서 비우기 대리투병을 받고, 어느 정도 회복이 되는 과정을 글로 쓴 것이다.

이러한 홀로그램은 환우의 프라이버시를 침해할 우려가 있어 익명을 사용하는데 편의상 K사장이라고 부르자.

내가 K사장을 만난 것은 나의 고교동창이며 벤처기업 사장을 하는 JS를 통해서였다.

K사장은 JS와 같이 벤처기업을 하여 평소에 서로 잘 아는데 한 달쯤 전에 동료 사장들과의 회식자리에서 JS를 만나보고 의외로 쌩쌩한 것에 놀랐는데, 그 사연을 들어보니 그 이면에 비우기라는 비밀 병기가 있는 것을 알게 되었다.

이것은 평소에 지병으로 고생하던 K사장에게는 귓구멍에서 '뻥~' 소리가 날 만큼 반가운 소식이어서 회식이 끝난 후에 JS를 별도로 만나 언제 한 번 여유가 생기면 나를 소개해 달라고 부탁을 하였고, JS는 지금은 내가 바쁘니 안 되고 다음에 한가해지면 소개를 해 주기로 했고, 그 후 1달쯤 지나서 K사장 집에서 3자 대면을 하였다.

K사장은 집에 혼자 있었는데 먼저 커피를 끓여오고, 복분자술 한 병과 마른안주를 가져오는데, 선운사 부근에 사는 친척이 자기가 먹으려고 담은 술이라고 그런다.

K사장은 나에게 술을 한 잔 따르고 자기의 병은 아주 특수하여 과거의 병력을 소상히 들어야 치료방법을 찾아낼 수 있을 거라고 한다. 신기하게도 내가 알아야 할 것을 모두 이야기하는데, 그것은 그동안 자기의 병에 대하여 스스로 연구하고 어떻게 하면 고칠 수 있을까 하는 고민을 수없이 했기 때문이었다.

'똑똑한 환우는 자기의 병을 고쳐줄 명의를 알아본다' 고 하는데 K사장이 바로 그러한 환우였다.

K사장이 처음 이야기의 실마리를 풀어 나간 것은 바로 자기가 과거에 죽을 고비를 2번 만났는데, 자기의 사주에 귀인이 들어 있어 다행히 명의를 만나 살 수가 있었다. 최근 몇 년 동안 자기의 몸이 나빠지는데, 고쳐줄 명의를 만나지 못하여 깡다구 하나로 버티고 있다가 당연히 뭔 일이 날 줄 알았던 JS가 건강한 모습으로 회식자리에 나타나서 한 번 놀랐고, 이야기 중에 명의의 도움을 받았다는 이야기를 듣고 한 번 더 놀랐다고 한다.

참, 돌팔이 노릇 몇 년에 명의소리도 다 들어보는데, 어쨌든 듣기에 싫지가 않고, 또 마시는 복분자술도 은근히 더 입맛에 땡긴다.

'누구나 다 아부에는 약하다는데, 나도 그런가…?'

어쨌든 K사장은 굉장히 똑똑한 수완가임이 분명하다. 겨우 몇 마디로 나를 꼼짝없이 자기의 주치의로 만들어 버린다.

K사장이 말한 자기의 병력은 대충 다음과 같다.

자기 나이 불과 3살 때에 유사 장티푸스에 걸려 며칠간을 섭씨 40도의 고열 때문에 생명이 위독하였는데, 마침 인근 마을에 명의가 있어 각종 보약을 사용하여 구사일생으로 생명을 건졌다.

어렸을 때에는 몸은 허약하였으나 깡다구가 있어서 온 동네 골목대장을 하였다.

자기의 아이큐가 150이 넘고 공부, 특히 수학을 잘 하였는데 시험운이 없어 입학시험을 보면 늘 낙방을 하였다.

자기의 고향은 전라도 함평인데, 어렸을 적에는 집안이 부유하여 부친이 동네 유지였다. 자기는 중학교까지는 고향에서 다녔고, 고등학교 때에 서울에 있는 명문고에 지원을 했는데, 시험운이 없어서 낙방을 하였다. 후기시험을 보지 않고 아버지의 백으로 광주에 있는 J고교에 무시험 입학을 하였다.

J고교는 깡패학교로 유명한데 거기에서도 한 가닥을 하였다. 자기의 체격이 비록 왜소해도 깡다구가 있어서 한 주먹 날리면 나가떨어지지 않는 사람이 없었다.

비록 깡패노릇을 했지만 머리가 좋아 공부도 제일 잘 하였다. 대학 때에도 서울 명문대를 지원하였는데 이때에도 이상하게 시험운이 없어서 낙방을 하여 1년간 종로에 있는 학원에 다니며 재수를 하였다.

이때에 이문동에 있는 판잣집에서 기거를 하였는데 겨울에 난방이 안 되는 추운 마루방에서 웅크리고 자다가 몸이 많이 쇠약해졌다.

다음 해에도 전기는 명문대를 지원하여 낙방하고, 할 수 없이 후기로 S대 수학과에 들어갔다.

1학년 1학기 두어 달쯤 지나서 하루는 학교에서 강의를 듣는데, 갑자기 배가 아파 뒹굴다가 기절을 하여 병원에 실려 갔다. 식도가 완전히 졸아붙는 유문협착증으로 진단이 나왔다.

의사들이 이러한 몸으로 지금까지 어떻게 살았는지 잘 모르겠다고 하더란다. 그리고 그 당시의 의술로는 치료를 할 수가 없다고 하여 학교를 중퇴하고 고향으로 내려갔다고 한다.

자기 아버지가 잘 아는 외과 의사가 광주에 있었는데 이 분이 자기의 생명을 구해준 두 번째 명의이다. 아버지와 함께 이 명의한테 가서 다시 정밀검사를 받았는데, 그 분의 소견도 서울에서 내린 소견과 동일하였다.

다만 이 명의는 주기적으로 검진을 하고 응급처방을 해 주면서 자기의 병을 고칠 수 있는 방법을 강구하였고, 드디어 무려 8개월간 연구한 결과 수술로 해결할 방법을 찾아내 날짜를 잡아 수술을 하게 되었는데, 이때에 소문을 듣고 전국적으로 10여 명의 의사가 와서 참관을 하였다고 한다.

K사장은 러닝셔츠를 걷고 그때 한 수술자국을 보여주는데, 배꼽 위에서 왼쪽 갈빗대 쪽으로 비스듬히 갔다가 다시 반대로 비스듬히 명치 위를 지나 목젖 아래로 이어지는 긴 흉터가 남아 있다.

이때에 갈빗대 몇 개를 약 2치정도 톱으로 잘라내고 복부와 흉부를 모두 열어젖히고 하는 대 수술이었는데, 식도는 거의 졸아들어 있어 위와 이어지는 부위까지 모두 제거하고 장의 일부를 떼어내 새로운 식도로 만들어 위의 다른 부분에 구멍을 내고 이어붙이는, 듣기에도 희한한 수술을 하였다고 한다.

이때에 수술시간이 예정보다 길어져서 중간에 마취를 다시 하는 위험한 고비를 넘기고 자기를 살려냈다고 한다. 나는 이러한 외과 수술에 대하여는 전혀 모르지만, 그냥 K사장의 영웅담만 들어도 '와! 과연 명의로구나!' 하는 감탄이 절로 나온다.

K사장이 이야기한 두 분의 명의는 구사일생으로 환자의 목숨을 살렸지만 아쉽게도 후유증에 대하여는 아무런 조치를 취하지 않아 이 환자는 일생 동안 극심한 고통을 당하는데, 다행히 그 후유증들 중에는 깡다구라는 아주 좋은 후유증이 포함되어 있어 그나마 보람 있는 삶을 이어올 수 있었다.

K사장은 비록 삼류대학을 나왔지만 특유의 처세술과 깡다구로 입지전적인 성공을 하였다.

K사장이 호소하는 후유증은 다음과 같다.

먼저 위와 장에 늘 문제가 있다. 위와 장의 연동운동이 다른 사람에 비하여 월등하게 빨라서 그런지 성질이 급하다. 수면장애와 두통이 있다. 심장이 가끔 쩌르르거린다. 매년 한 번씩 식도 확장술을 받는다.

나이가 들면서 당뇨가 있다. 자기는 운동을 좋아하여 테니스와 골프를 즐기는데 오른쪽 어깨의 근육 파열로 고생한다.

K사장이 처음에 이야기한 엄청난 명의 타령에 비하면 현재의 병증들은 중년 남자들이 보통 호소하는 건강상의 문제점들과 거의 유사하다.

이것들 중에서 꼭 명의가 있어야 하는 것은 대체 무엇일까?

그런 의문점을 마음에 담고, 일단 비우기 치료에 들어갔다.

K사장의 경우에도 가장 마음 편한 곳에 자리를 깔으라고 하자 역시 거실 한가운데를 선택한다.

K사장은 이야기를 길게 하느라 지쳤는지, 그의 오른손을 잡고 기본 비우기 1단계에 들어가자 이내 코를 곤다.

나는 'HD-119 홀로드론' 을 조종하여 K사장의 온몸을 탐색하는데, 특히 불편하다고 호소한 부위는 정밀 탐색을 하여 보았다.

몇 군데에서 예리한 경계 신호가 오는데 오늘은 전체 정황 파악이 주목적이어서 적과의 접전은 피하고 은밀하게 곳곳을 탐색하였다.

그러는 내내 50여 년 전의 유사 장티푸스나 35년 전의 대수술이 남긴 후유증을 살펴보아도 조그만 문제점이 몇 개 발견되기는 하였어도 꼭 명의가 치료해야 할 정도의 심각한 것은 찾아볼 수 없었다.

그날 치료를 마치고 자기의 몸이 어떠냐고 묻는 K사장에게, 아주 오래 전에 걸렸던 병들의 후유증 때문에 생긴 문제들이어서 치료에 시간이 좀 걸린다고 하고 적어도 오늘 같은 치료를 일주일에 한두 번씩 3달은 받아야 완치를 시킬 수 있다고 하자, '예! 완치가 되는 거지요…?' 하며 너무너무 좋아한다.

K사장이 꼭 명의가 필요했던 병은 '건강 염려증' 이라는 불치병이었다.

우리의 주변을 살펴보면, 이 병에 걸려 고생하는 분이 의외로 많은데 사실 이 병은 평범한 명의 정도의 수준으로는 도저히 고칠 수 없는 불치병중의 불치병이다.

시간과 돈에 어느 정도 여유가 있는 분이 이 병에 걸리면 전국 각지, 아니 해외까지 포함하여 어디에 유명한 명의가 있다고 하면 꼭 찾아가서 치료를 받는데, 매번 깜짝 효과를 보고 좋아하다가 결국에는 치료에 실패를 하고 다시 더 유명한 명의를 찾아다닌다.

K사장의 경우에는 늘 바쁘게 사느라고 소문난 명의를 찾으러 갈 시간이 없었는데, 다행히 깡다구라는 아주 쓸모가 무궁무진한 도깨비 방망이를 후유증으로 달고 다니는 바람에 지금까지 잘 먹고 잘 살 수가 있었다.

그 외에 K사장의 병은 '운동과다증' 과 '워커홀릭' 이라는 난치병도 같이 가지고 있어, 어쨌든 명의의 손길이 필요하였다.

K사장의 병명은 '건강 염려증', '운동과다증', '워커홀릭' 인데, 이러한 것을 환자에게 이야기해 주면 오히려 그 병을 고치기가 어려워져서 난치병이니, 불치병이니, 불치의 불치병이니 하고 궁색한 변명을 하여야 한다.

그러니 아예 이러한 병명은 들먹이지 말고 아주 똑똑한 환자가 전혀 예상하지 못한 것을 고친다고 해야 한다.

두 번째 치료를 하러가서 K사장에게 며칠간 열심히 치료법을 생각해 보았는데, 아무래도 사장님이 성질이 급한 것이 좀 문제인 것 같고, 또 위와 장의 연동운동이 다른 사람에 비하여 조금 빠른 것도 문제인 것 같다. 그래서 이것을 최우선으로 먼저 고치고, 그 다음에 불면증, 두통 같은 것을 고치고, 어깨 아픈 것과 당뇨는 어차피 장기간 치료를 해야 하니 맨 마지막에 고치는 것이 좋겠다고 하였다.

그러자 위와 장의 연동운동도 조절할 수 있느냐고 물어온다.

그렇다고 대답하고 조금 부연설명을 해 주었는데, 사장도 잘 아시다시피 위와 장의 연동운동은 자율신경에 의하여 이루어지므로 사람의 의지로 조절하는 것은 쉽지 않다.

기공수련을 몇 십 년 하신 분은 어느 정도 가능한데 내가 하는 '비우기' 는 조금 특수한 효력이 있어서 별도로 기공의 도움이 없이도 조금은 조절할 수가 있다.

K사장의 경우도 일단 해 보아야 정확하게 알 수 있지만 지금 생각에는 아주 조금만 손을 보면 될 것 같으니 한 번 시도를 해 보자고 설득을 하니 고개를 갸우뚱하는 것이, 아마도 내가 명의여서 그런 것도 다 하는 모양이라고 스스로가 스스로를 설득하는 것 같다.

어쨌든 치료 일정을 합의하고 바로 치료에 들어갔는데 K사장은 1분도 안 되어 드르릉하고 코를 곤다.

사실 오늘 K사장에게 하는 치료법은 최근에 개발된 'HD-119' 의 자동모드를 시험해 보는 아주 중요한 기회였다.

K사장의 위와 장에 생긴 연동운동 이상은 50여 년 전에 앓은 유사 장티푸스의 치료 후유증인데, 이것이 K사장의 성격과 생활 습관에 영향을 주어 지금 K사장이 겪는 모든 병은 그 뿌리가 여기에 있다고 할 수 있다.

그래서 K사장의 병을 고치려면 먼저 그 병의 뿌리를 잘라야 한다.

최근에 개발된 'HD-119' 의 자동모드는 한 번 발진을 시키면 스스로 환자의 몸속을 은밀하게 돌아다니며 미리 주어진 특수임무를 수행한다.

오늘 하는 K사장의 위와 장에 생긴 연동운동 이상을 바로 잡는 것도 이러한 특수임무중 하나인데, 이것을 시험 확인하는 자리인 만큼 오늘의 치료는 나에게 아주 귀중한 기회인 셈이다.

'홀로드론' 의 자동모드는 모든 것이 환자의 상황에 맞추어 저절로 진행이 되므로 내비게이터는 단순히 상황 보고를 받는 것이 전부이다.

그래서 이 모드로 치료를 하면 별로 재미가 없는데 그래도 자율신경계통의 이상과 같은 것을 치료하는 가장 쉬운 방법이 이것이니 어쩔 수가 없다.

나는 K사장의 손을 잡고 가만히 앉아 있자니 나도 모르게 꾸벅거리며 졸기 시작했는데, 이것은 'HD-119'가 제대로 임무를 수행하고 있을 때에 나오는 현상이다.

'아유! 졸려….'

K사장의 경우에는 '홀로드론'의 자동모드가 단 한 번에 성공을 거두어 위와 장의 연동운동 이상이 무려 50년 만에 정상으로 되돌아갔다.

이것은 며칠 후에 다시 K사장의 집을 방문했을 때에 부인이 나를 맞이하고 커피를 내오면서 바깥양반의 성질을 누그러뜨려 주어 고맙다는 인사를 하며, 그런데 이 양반한테는 깡다구를 빼면 시체나 마찬가지니 그것은 절대로 빼내지 말라고 부탁을 한다.

나는 '아, 예! 그러지요…!' 하고 대답은 했는데 사실은 그것도 모두 K사장 맘대로 되는 것이다.

'HD-119'의 자동모드는 환자 자신의 자기 암시에 의해 모든 치료효과가 나온다.

그래서 K사장의 경우와 같이 나를 명의로 믿는 마음이 확고하면, 내가 아주 조금 암시를 주어도 환자가 그것을 스스로 증폭시켜서 절대적인 믿음으로 받아들이고, 그러는 과정에서 환자가 원하는 쪽으로 몸과 맘이 변화를 하게 된다.

이러한 것은 대부분의 종교에서 하는 심령치료와 비슷한데, 나의 경우에는 설교를 하는 대신 'HD-119'를 자동모드로 발진시켜 환자의 몸과 맘속의 나쁜 기운을 비워내고 안정과 평화를 갖게 하여 스스로가 스스로를 변화시킬 수 있는 여건을 만들어주는 것이다.

K사장의 위와 장의 연동운동을 느리게 만드는 것은 단 한 번에 성공을 하였는데, 그것을 몸과 맘이 자연스럽게 받아들이게 하는 데는 무려 두 달이 걸렸다. 즉, K 사장은 나를 보면 위와 장의 움직임이 느려져서 그런지 소화가 좀 덜 되는 것 같다고 그러는데, 나는 그 때마다 '사장님은 억지로라도 좀 느리게 느리게 하는 습관을 들여야 오래 살 수 있다' 고 하고, 위와 장도 한 두어 달만 지나면 모든 게 정상으로 여겨질 것이라고 대답을 한다.

그러는 사이사이 K사장의 나머지 고질병도 하나씩 하나씩 고쳐 주었다.

두통과 같은 것은 K사장의 '워커홀릭' 과 연관이 있는데, 하는 일 자체가 과도하게 머리를 써야 하는 것이어서인지 K사장의 좌측 목에 있는 인영혈이 새끼손가락 굵기만큼 불거져 있었다.

동양의학에서 인영혈은 촌구맥과 함께 음양맥진법에 이용되는 중요한 혈인 것 같은데, 나는 그것에 대하여 잘 알지는 못하고 다만 이 인영혈이 불거진 것이 어쩌면 K사장이 호소하는 여러 가지 병증의 원인일 수도 있다는 생각이 들어 일단 정상으로 되돌려놓고 병증의 변화를 살펴보기로 했다.

동양의학에서 인영혈에 관한 것을 대충 살펴보면, 그곳이 매우 중요한 곳이어서 선불리 손을 대지 말라고 하는데, 내가 하는 '비우기' 는 환부에 거의 힘을 가하지 않아도 스스로 이상 상태를 정상으로 돌려놓게 할 수가 있어서 위험 부담이 거의 없이 1시간여 만에 시술을 완료할 수가 있었다.

이러한 치료를 한 후부터 K사장은 불면증이나 두통은 거의 사라지고 편한 잠을 잘 수가 있었다.

다만 한 1주일쯤 지나서 요즈음 자기 머리가 샤프하게 잘 돌아가지 않는다고 푸념을 하는데, 나는 좀 쉬면서 일을 하라고…, 몸이 알아서 그러는 것이라고 얼버무린다.

성령 비우기

나는 천주교인이 되기 위하여 2010년 2월부터 대전광역시 유성구에 있는 도룡동성당에서 예비신자 교육을 받고 있는데, 약 6개월의 교육을 받은 후에 8월 15일에 세례를 받을 예정이다.

나는 현재 대전 외곽 구룡동에 있는 주말농장에 하우스를 짓고 그 안에 방과 거실 그리고 창고를 각각 하나씩 들이고 그곳에서 살고 있다.

그래서 성당에 나가려면 가장 가까운 봉산동성당에 가는 것이 맞는데 예전에 살던 도룡동성당으로 나가는 이유는 하느님이 내가 그곳에서 세례를 받을 것이라는 예언이 있었기 때문이다.

이러한 예언은 내가 작년에 들은 것인데 그때에는 내가 무신론자였기 때문에 직접 들을 수가 없었고 천주교에 다니는 집사람이 예언 은사를 받은 H부인에게서 듣고 나에게 지나가는 말로 들려준 것이다.

H부인은 나의 예전 직장 동료인 H박사의 부인이며, 나의 집사람과도 절친하여 친동기간같이 지내는 사이인데, 독실한 기독교 신자이고 어떤 계기로 예언의 은사를 받아 무슨 난감한 문제에 대하여 기도를 하면 하나님의 응답을 들을 수 있는 능력이 생긴 분이다.

'천주교에서는 하느님, 기독교에서는 하나님이라고 부른다.'

그래서 이것을 아는 주변의 몇몇 사람들이 어떤 어려운 일이 생기면 H부인에게 자문을 구하는데 우리 집사람도 그중에 하나이다.

우리 집사람은 수시로 H부인과 통화를 하는데 그중에는 나에 관한 질문도 상당히 많은 듯하다.

내가 작년에 들은 것 중에는 도룡동성당에서 세례를 받을 것이라는 것이 있었는데, 아쉽게도 언제 받는다는 말씀은 없었다.

그런데 그 후에 집사람이 하는 여러 가지 이야기를 들어보면 H부인의 예언이 아주 잘 맞는다는 것을 어렴풋이 느낄 수 있었다.

'신기하게도 하나님에게 기도하면 하느님이 하시는 일도 다 알 수 있다는 이야기이다.'

일례로 나에게서 비우기 치료를 받고 이상 신장변형이 치유된 어르신이 계시는데, 그 어르신 부인이 금년 1월에 사고로 돌아가시게 되는 예기치 못한 일이 있었다.

이 분들은 나의 막냇동생의 장인과 장모님이시다. 나는 동생한테서 자기의 장모님이 신종 인플루엔자 예방주사를 맞으러 어딘가로 가다가 계단에서 굴러 머리를 크게 다쳤고 수술을 했는데 아직 깨어나지 못하고 중환자실에 있다는 전화를 받았고, 깨어나면 연락할 터이니 시간이 되면 서울로 와서 비우기 치료를 해달라는 부탁을 받고 '그래 알았다' 하는 답을 하고 다시 연락이 오기를 기다리고 있었다.

그런데 우리 집사람이 그 사연을 듣고 바로 전화로 H부인에게 기도를 부탁하였고, 약 5분 후에 응답이 왔는데 하나님의 말씀이 다치신 분이 벌써 하늘나라로 왔다는 것이다.

이 말을 듣고 집사람은 바로 나에게 이야기한 후에 문상에 입고 갈 옷을 이것저것 챙기는 것이었다. 그런 일이 있은 후에 약 1시간쯤 지나서 동생한테서 전화가 왔는데 자기 장모님이 방금 돌아가셨다는 것이다.

다음날 문상을 가서 들어보니, 돌아가시기 1시간 전쯤에 심장에 쇼크가 와서 심폐소생술을 받았었다고 한다.

이 사연에 의하면, 누구에게 어찌어찌하여 심장이 일시적으로 멎는 그 순간에 영혼이 저승으로 간다는 것인데, 그렇다면 저승은 그리 멀지 않은 가까운 곳에 있든지, 아니면 영혼이 저승이나 하늘나라로 오가는 속도가 빛의 속도보다 훨씬 커서 진정한 무한대라는 뜻이다.

어느 것이 맞든지 참 신기하다.

내가 천주교에 입문하여 예비신자 교육을 받고 있는 요 몇 달 동안에 참 신기한 경험을 많이 하고 있다. 또 전에는 전혀 생각해 보지 않았던 것들에 대하여 곰곰이 따져보는데, 이러한 것이 하느님이 나에게 보내주시는 어떤 예언이나 계시들 때문인 것 같다.

이러한 경험들은 나에게 무척 소중하여 모두 잘 받아들이고 오래오래 기억하기 위하여 글로 남기고 싶은 것들이 많은데 선뜻 그러지 못하는 것이 아쉽다.

교육 중에 받는 기도문이나 교리들 중에는 그냥 외우고 무조건 믿으라고 하는 것들이 많은데, 나는 아주 예전의 학창시절에 공부하던 습관 때문인지, 어떤 것을 배우면 그것을 뇌리에 묻어두고 수시로 되씹어보면서 스스로 각종 질문을 만들어 내고 그것의 해답을 찾아보곤 한다.

그러는 과정에서 보석알갱이처럼 작은 깨달음이 하루에도 몇 번씩 수시로 찾아오니 그 즐거움으로 세월 가는 것도 잊는다.

이러한 것들은 나에게는 보석이지만 다른 분들에게는 바닷가의 조약돌이나 모래알, 조개껍질들처럼 그냥 흔히 접하는 그런 평범한 것일지도 모른다.

일례로 요즈음 영혼에 대하여 이런저런 생각을 해 보면서 참 신기한 보석들을 많이 접하는데, 예전의 사람에게는 몸과 맘이 전부라고 생각했던 나로서는 생소한 영혼의 세계가 당연히 너무나 신기한 나라이지만, 이미 그 안에서 살고 계시는 다른 분들에게는 새롭거나 신기한 것이 별로 없을 것이다.

예비신자, 특히 나처럼 환갑이 지나서 입문한 예비신자에게는 하느님께서 특별히 더 많은 은총을 내려주시는 것 같다.

물론 요즈음 내가 받는 은총이 내가 어려서 입문하였다면 60여 년 동안 누릴 수 있었던 모든 은총에 비하면 양적으로는 많이 부족하겠지만, 질적으로는 알알이 최상급의 보석 같아서 내심 흐뭇하다.

이러한 것은 어려서부터 세례를 받고 오랜 기간 동안 독실한 신자로 지내시는 분들의 대부분이 타성에 젖어 안이한 신앙생활을 하시는 분이 많기 때문이다.

하느님이 요즈음 나에게 내려주시는 크나큰 은총을 영광스럽고 보람되게 하려면 어떻게 하여야 할까?

오늘 신부님의 강론 중에 예수님의 12제자에 대한 말씀이 있었는데, 자칫 교만해지려는 내 자신을 다시 돌이켜볼 수 있어서 감사하였다.

내 자신의 능력이 어찌어찌하여 아무리 커진다 해도 하느님의 전능하심에 비하면 반딧불 같은 것인데, 하찮은 나의 재주를 은근히 자랑스러워한 내가 부끄럽다.

재주는 힘, 기, 지혜 등 인간적인 것이어서 조금만 깊이 들어가려 해도 극복하기 힘든 한계에 부딪치는데, 하느님의 무한한 사랑과 은총에 어찌 견줄 수 있으랴.

다만 인류 역사의 전통에 따라 살아있는 그날까지 좀 더 높은 곳을 바라보고 뚜벅뚜벅 발걸음을 재촉한다.

대전교구 도룡동성당에는 40여 개의 조그마한 스테인드글라스 유리창이 있다.

본당인 한빛당에는 23개의 유리창이 있는데, 좌우 벽면에는 높이 2미터, 폭 1미터 정도 크기의 아치형 창문이 각각 6개씩 있고, 뒷벽에는 같은 크기의 창문이 11개가 있다.

이들 유리창은 모두 스테인드글라스로 되어 있는데, 다른 성당의 스테인드글라스에 비하여 너무 소박하여 찬란하다거나 장엄하다는 느낌은 거의 없고, 대신 평온하게 뭔가를 사색하도록 하는 분위기를 연출한다.

이것은 아마도 이 성당이 대덕연구단지의 연구원들과 그 가족이 주로 다니는 곳이어서 거기에 걸맞게 한빛당의 스테인드글라스의 디자인을 모두 다양한 연구에 몰두하는 연구원들의 상반신 그림으로 채워 놓아서일 것이다.

이러한 것은 성당에 장식한 스테인드글라스로는 아주 특이한 것인데, 대부분의 성당에 있는 스테인드글라스는 하느님, 예수님, 성모님, 그리고 구약성서나 신약성서에 나오는 이야기들을 소재로 만들어져 있기 때문이다.

한빛당의 스테인드글라스에 있는 23명의 연구원은 누구를 모델로 하여 만들어졌는지는 잘 모르지만, 아마도 이 성당이 건축되기 이전인 1980년대에 도룡동성당에 다니시던 연구원들이 모델이 되었을 것이다.

나는 그 당시에 신자는 아니었지만 이 시기에 연구단지에서 연구원 노릇을 하였으니 내가 아는 동료들 중에 어느 분이 모델이 되었을지도 모른다는 생각에 열심히 스테인드글라스를 들여다보았지만 반구상화의 기법을 사용하여서인지 도무지 알아볼 수가 없다.

그래서 그냥 그런 것이 거기에 있다는 정도만 뇌리에 남긴 채 매주 예비자 교리를 받은 후에 미사에 참여하러 한빛당에 드나드는데, 지난 7월 초순경에 H부인으로부터 내가 세례를 받기 전에 성령의 도움으로 새로운 것을 터득하게 될 것이라는 하느님의 계시가 있었다고 최근에 뭔가 색다른 경험을 하지 않았느냐고 물어 온다.

나는 성지순례로 솔뫼성지에 갔는데, 그곳에서 특이한 손 모습을 보았다고 하니까 H부인의 말은 이번에는 손에 관한 것은 아니고 몸에 관한 것인데 천천히 잘 생각해 보라고 한다.

이 이야기를 듣고 한참 생각해 보니 어쩌면 도룡동성당의 본당인 한빛당의 스테인드글라스가 몸에 관한 모종의 계시를 담고 있을지 모른다는 생각이 들었다.

다음날 미사가 없는 오후 시간에 도룡동성당에 가서 전등이 모두 꺼지고 오로지 스테인드글라스 창으로만 은은한 햇빛이 들어오는 한빛당으로 들어갔다.

성수를 손끝에 찍어 성호를 그리고 제대를 향해 목례를 한 후에 전에 성지순례를 할 때에 집사람에게서 배운 대로 먼저 성체조배를 하기 위하여 맨 앞줄로 가서 무릎을 꿇고 성호경을 한 후에 주모경으로 기도를 하려는데, 한 구절도 채 못가서 갑자기 가슴이 콱 막히면서 눈물이 막 쏟아진다.

막힌 가슴을 뚫으려고 '끄~억~ 끄~억~'을 10여 번 하고 나니 좀 진정이 되는데 다시 주모경 구절을 이어가려니 다시 눈물이 쏟아지며 가슴이 막혀 온다.

'아! 나는 아직도 준비가 덜 되었구나!'

나는 기도하면서 울고 또 울면서 끄억거리고 조금 괜찮아지면 다시 기도를 하면서 아직 준비가 덜된 이 몸으로는 하느님의 계시를 우러러 볼 수가 없으니 오늘은 이만 돌아가고 다음 기회에 하느님의 말씀을 따르기로 하고 조용히 한빛당에서 물러났다.

P.S.

> 이 글을 읽으시는 분께서는 시간을 내어서 한 번 대전광역시 유성구 도룡동에 있는 도룡동성당에 방문하시어 스테인드글라스를 감상해 보시길 바란다.

나의 준비가 미비하여 하느님이 나에게 허락하신 귀중한 계시가 담겼을 것으로 판단되는 스테인드글라스를 감히 올려다볼 엄두도 못 내고 물러난 후에 집에 돌아와서도 며칠간 내내 집 주변을 산책하면서 주모경을 암송하고 가슴 속에 남겨진 야릇한 회한을 끄억거리며 뱉어냈다.

하느님이 내려주실 성령의 은총을 온전히 받으려면 사전에 나의 몸과 맘, 그리고 영혼을 온당하게 가져야 된다는 생각에 그동안 즐겨하던 술을 끊기로 한 것이 지난 주님승천대축일(2010.05.16)이었으니, 거의 2달이 지났다.

하기야 미사 중에 다른 신자 분들이 영성체를 하기 전에 하는 기도 중에 '주님, 제 안에 주님을 모시기에 합당치 않사오나, 한 말씀만 하소서. 제 영혼이 곧 나으리이다' 라는 대목이 있는데, 아직 예비신자인 내가 준비가 덜된 것은 당연하지만 대신 하느님의 허락 말씀이 있었으니 경건한 자리, 즉 미사 시작 전과 미사 중에 스테인드글라스에 담긴 하느님의 계시를 올려다보면 될 것 같았다.

그 후에 7월 18일 주일미사, 7월 22일 매일미사, 7월 25일 주일미사 등 3번의 미사에 참여하여 23개의 스테인드글라스 유리창에 담긴 계시 중에서 처음 3개의 계시를 받들어 모시고 이 글을 쓴다.

물론 도룡동성당의 스테인드글라스에 담긴 모든 계시를 모두 받들어

모신 후에 글을 남기는 것이 온당하지만 그리하면 자칫 글에서 생동감이 사라질 것 같아 감히 충분한 체험을 하지 않은 상태에서 글로 옮긴다.

스테인드글라스 유리창에 순번을 매길 수는 없지만 그래도 편의상 십자가의 길 1처 위에 있는 유리창을 1번이라고 하고 벽을 따라 빙 돌아 순서대로 번호를 매기면 십자가의 길 14처 위에 있는 유리창이 23번이 된다.

나는 한 번의 미사 중에 오직 하나의 스테인드글라스만 올려다보았는데, 미사 시작 전과 미사 중에 간간이 올려다보며 그 안에 담긴 계시를 나름대로 묵상하여 내 안에 모시고, 집으로 돌아와 그 계시에 따라 내 안에서 성령이 강림하여 나를 온당하게 하도록 기도하였다.

1번 스테인드글라스에는 왼쪽 가슴이 보이는 옆모습의 반신상이 모셔져 있는데, 심장과 그 주변의 혈관, 입안, 눈썹, 그 위의 뇌 속에 어떤 계시가 있는 것이 느껴졌다.

또 반신상의 머리 꼭대기 바로 위에는 옆으로 길다란 마름모 문양이 3층으로 있는데, 아마도 하늘나라의 성부, 성자, 성령의 삼위일체를 표현한 것 같다. 이 문양은 다른 스테인드글라스에도 공통으로 있다.

이 반신상들의 머리 바로 위에 하늘나라가 있는 것은 아마도 이 분들이 모두 성인 또는 그 이상의 거룩한 분들이기 때문인 것 같다.

대덕단지의 연구원들 중에도 그런 분이 계셨는지(?) 아리송하다.

도룡동성당 홈페이지(www.doryong.or.kr)에 들어가 역사를 살펴보니 1986년 3월에 가건물을 완성하고, 1996년 10월에 성전축성 봉헌식을 가졌으니 지금 있는 성당의 스테인드글라스는 아마도 1990년대에 어느 분이 만드신 것 같다.

가능하면 이 분을 만나서 작품에 대한 설명을 들어보는 것이 가장 좋을 듯한데, 모든 작품은 만드는 사람의 의도보다는 보는 사람의 감상이 더 의미가 있으므로 내가 이들 작품을 보고 느낀 것을 그대로 적는다.

지난 10여 년간 비우기를 공부한 나로서는 이들 작품 속에서 내가 새로 터득해야 할 것은 영적인 어떤 것, 즉 성령에 대한 어떤 것이라는 생각이 들었다. 즉, 이들 작품 속에는 성령 비우기의 비결이 계시되어 있다는 것이다.

성령 비우기는 성령의 도움을 받아 자기의 몸과 맘, 그리고 영혼 속에 있는 나쁜 것들을 모두 비워내는 것이다.

이 성령 비우기라는 용어는 내가 한 달쯤 전부터 사용하기 시작하였는데, 어찌된 일인지는 잘 모르지만 20여 년 전에 만들어진 도룡동성당의 스테인드글라스에 이 성령 비우기의 요결이 계시되어 있는 것이다.

또 이곳에 이런 계시가 있다는 것을 보름쯤 전에 H부인을 통하여 하느님이 나에게 알게 하신 것이다.

이러한 모든 것은 우리 인간의 시간적인 개념으로는 거꾸로 가는 것이어서 절대로 불가능한 것인데, 하느님께서는 우리를 위하여 어떤 일을 하실 때에는 미리 모든 것을 준비하시고, 우리가 받아들일 준비가 되는 상황을 살펴보시고 가장 적절한 시기에 가장 적합한 방법으로 우리에게 계시를 주시기 때문에 어떤 때는 시간이 뒤바뀌는 것같이 느껴지기도 하고, 어떤 때는 불가능해 보이는 것이 이루어져서 기적이라는 느낌을 받기도 한다.

돌이켜 생각해 보면, 작년에 있었던 하느님의 계시 말씀 중에 내가 도룡동성당에서 세례를 받을 것이라는 것도, 하느님이 20여 년 전에 나를 위하여 이 성당의 본당에 23점의 스테인드글라스를 만들게 하셨기 때문이 아닐는지….

아마 이때에도 스테인드글라스를 만드시는 작가님에게 어떤 영감의 계시를 보내시어 하느님이 원하시는 성령 비우기의 요결을 이 작품 속에 암시하도록 하셨을 것이다.

다만 이러한 하느님의 배려를 내가 온당히 받들어 모실 수가 있을지, 하는 두려움이 앞선다.

지금까지 3개의 작품을 받들어 모시면서 다행스럽게도 뭔가 새로운 것을 조금씩이라도 터득하는 귀한 은총이 있었는데, 앞으로 남아있는 다른 작품에서도 하느님이 베풀어주신 것을 만분의 일이라도 온당하게 내 안으로 모셔올 수 있을는지….

또 이들 작품 속에 암시된 계시들은 상황에 따라 여러 가지 방향으로 서로 다른 해석을 할 수가 있고, 또 이것을 내 안으로 받아 모시는 방법도 상황에 따라, 또는 보는 사람에 따라 서로 달라지므로 지금은 잠시 내 안에 묻어두고, 앞으로 시간을 두고 여러 가지를 시험해 보고, 차후에 좀 더 효과적인 요결이 터득되면 그 때에 공개할 예정이다.

이상으로 내가 도룡동성당 스테인드글라스에서 성령 비우기의 요결을 일부나마 터득하게 된 경위를 밝히며, 앞으로 그곳에서 터득하게 될 무궁한 보고는 다음에 기회가 있으면 다시 쓰고자 한다.

오늘(2010.07.28) 매일미사에 참석하여 십자가의 길 4처 위에 있는 스테인드글라스를 관상하였다.

여기에 모셔진 반신상은 베일을 쓴 여인인 듯 얼굴 윤곽을 알아볼 수가 없다. 다만 왼쪽 눈과 왼쪽 귓구멍만 겨우 알아볼 수가 있는데, 그냥 검은 색의 구멍이어서 그 깊이나 내면을 들여다볼 수가 없다.

또 이들 구멍은 다른 곳과의 연결이 전혀 없으니 아마도 눈으로 보는 것이나 귀로 듣는 것에 좌지우지 흔들리지 말라고 하는 것 같다.

아니 반신상의 다른 부위에 있는 모든 유리 무늬가 여러 가지 색깔의 작은 물결무늬로 만들어져 있는 것이 아마도 몸과 맘, 그리고 영혼이 우리가 사람인 이상 보고 듣는 것에 의해 어쩔 수 없이 조금씩은 흔들릴 수밖에 없겠지만, 우리의 안에 있는 성령만은 보고 듣는 것에 흔들리지 않는다는 계시인 듯하다.

즉, 하느님의 계시가 담긴 스테인드글라스를 보거나 미사에 참여하여 신부님의 성스러운 강론을 듣거나 하더라도 그것만으로는 우리 안의 성령은 바뀌지 않는다는 계시인 듯하다.

자기 안의 성령이 조금이라도 바뀌려면 1처 위의 스테인드글라스에 계시된 대로 마음을 기울여 자기 스스로 기도를 하거나 성가를 부르든가 하여야 하고, 이것도 아니면 다른 곳에 계시된 다른 방법을 찾아야 할 것이다.

오늘 반신상의 머리 위를 다시 보니 이곳에 있는 문양이 마름모가 아니고 납작한 반원형, 즉 비행접시 모양의 문양이 3층으로 새겨져 있었다.

오늘 성당에 다녀온 후에 집사람이 H부인과 통화를 하였다.

지금 내가 관상하고 있는 도룡동성당의 스테인드글라스가 하느님이 나에게 계시한 것인지를 물어보았는데, 이것이 맞고 내가 자주 자주 들여다보노라면 어느 순간 바로 이것이로구나 하는 깨우침이 있을 것이라고 한다.

7월 29일 미사는 저녁에 하상당에서 있었다.

이곳 하상당에도 몇 개의 스테인드글라스가 있지만 여기에는 성령 비우기의 요결이 되는 계시를 발견할 수 없었다.

그래서 미사 시작 전에 한빛당으로 가서 5처 위에 있는 스테인드글라스를 잠시 관상하였다.

여기에는 정면을 바라보는 반신상이 있는데, 입 부위에는 2마리의 물고기가 새겨져 있고 그 위에는 5개의 빵이 새겨져 있다.

이미 위에는 IXOYC(예수그리스도 하느님의 아들 구세주)라는 글자가 새겨져 있고, 명치 부위에는 커다란 검은색의 십자가가 있고, 그 아래에는 약간 찌그러진 감자 모양의 원이 새겨져 있다.

이 스테인드글라스에 있는 문양들은 성경에서 나오는 오병이어(五餠二魚)의 일화를 그 소재로 하고 있는데, 예수님의 기적을 온전히 받아들이고 가슴 깊이 새기면 성령이 절로 우러난다는 뜻인 것 같다.

7월 30일 금요일의 매일 미사에서는 6처 위의 스테인드글라스를 관상하였다.

이곳에는 지복직관(至福直觀)의 요결, 즉 천국을 직접 마주 볼 수 있는 요결이 담겨 있는 것 같다.

8월 1일 일요일 마지막 교리 시간을 마치고 그동안 수고하신 수녀님과 봉사자님에게 감사를 드린 후에 잠시 교육을 받은 소감을 이야기할 기회가 있었는데, 그 자리에서 하느님의 은총으로 한빛당에 있는 스테인드글라스에 새겨진 하느님의 계시를 관상할 수 있게 된 것에 대한 고마움을 이야기하자 수녀님이 난해한 작품이라 생각을 하셨다고 말씀을 하시는데, 아마 그런 계시가 있는지는 미처 모르신 것 같았다.

봉사자로 매주 교리에 참석하여 수고를 해 주시는 고참 신자분이 나의 이야기를 듣고 이 작품들이 조광호 신부님이 만든 것이라고 알려주신다.

집에 와서 인터넷으로 검색을 해 보니 놀랍게도 조광호 신부님은 우리나라에서 가장 유명한 스테인드글라스 작가이셨다.

신부님은 1990년 이후 부산 남천성당 유리화(60×27m), 숙명여대박물관 로비 유리화(10×10m) 및 서소문성지기념을 위시하여 국내외 20곳의 가톨릭교회 내에 대형 이콘화 및 제단 벽화, 유리화를 제작하였으며, 서울지하철 2호선 당산철교 구간 대형 벽화(250×6m)를 제작하셨고, 또 시인이자 문학가로도 이름이 높으신 분이셨다.

인터넷을 좀 더 열심히 검색해 보니, 신부님의 작품들이 제법 많이 소개되어 있는데 아쉽게도 도룡동성당의 스테인드글라스에 대한 것은 찾을 수가 없다.

조광호 신부님의 작품들을 좀 더 잘 이해하기 위하여 인터넷에 올라온 글들 중에서 관련되었다고 생각되는 구절들을 모아 보았다.

● 사람은 누구나 '구체적인 시간과 공간에 연계된 인상' 으로 깊은 감동과 체험을 한다.
● '눈에 보이는 환경' 은 '눈에 보이지 않는 정신과 영혼의 내용' 을 전하고 있기 때문이다.
● 성체를 모신 성당 내부의 주인은 예수님이시다.
● 그분은 침묵 속에 현존하시지만 말씀도 그분이 하고 계신다.
● '예술이란 행복의 지켜지지 않는 약속' (아도르노)
● 인간은 불안정하고, 시간과 공간 속에서의 유한성을 늘 절감하며 살기에 인간에게는 그리움이 있다.
● 이러한 그리움은 시간의 차원에서 영원을, 공간의 차원에서 무한에 대한 그리움으로 인간은 회피할 수 없는 '목마름' 을 지닌 존재이다.
● 그림이라는 것도 '볼 수 없는 그 무엇' 을 보고자 하는 '그리움' 에서 나온다.
● 천국은 지복직관(至福直觀)이다.
● 즉, '행복 그 자체(하느님)을 내가 직접 마주 보는 것' 이다.
● 행복은 느끼는 것, 상상하는 것이 아니라 직접 만남, 즉 마주 보는 것이 가장 확실하다.

- ‘내면에서 바라고, 희망하는 어떤 그리움의 총화’
- ‘시공에 갇힌 인간이 무한한 상상으로 더 자유롭게 그 행복(예를 들어 예수님이 하신 많은 기적들)을 눈으로 보기 위하여 그림을 그린다.’
- 그림이란 절망하는 인간의 희망
- ‘보이지 않는 진리를 드러내 주는 것이 예술이자 종교이다.’
- 로고스(logos)는 말씀이고 도(道)이며 진리 자체이다.
- 이 세상에서 우리는 진리, 혹은 말씀을 직접 접할 수도 있지만 대부분 우리는 그것을 암호로서 해독하여 알게 된다.
- 로고스란 상징적인 암호체계, 즉 우리가 풀어야만 그 내용을 알 수 있는 상징적인 암호이다.
- 초월자의 실존 내용(메시지)을 인간이 알아듣기 위해서는 결국 ‘암호’ 를 해석해야만 하는 구조를 피할 수 없다.(야스퍼스, Karl Jaspers)
- 회화는 그 무엇을 묘사하는 것이 아니라 내면을 표현하는 것이고, 그 내용은 내면에 떠오르는 주제를 회화적 요소(점, 선, 색채 등)로 표현하는 것이다.
- 그림을 그리는 근본적인 동기는 내면에 가득한 신비의 문 앞에서 애써 그 빗장을 당겨보는 것.
- ‘00:00’ 라는 아이콘은 ‘순수한 현재’, ‘창조적으로 충만한 시간’, ‘새로운 운명의 성서적 시간’ 을 의미한다.
- ‘하느님의 뜻이 붓을 든 나의 손길에 있을지도 모른다’ 는 독일 유학 시절의 고백
- ‘그리스도의 사랑이 깃들고, 사람과 어우러지며, 눈으로 보기에 더 없이 아름답도록 해야 한다.’
- ‘신이 이끄는 길이니 나는 자유롭게 이 길을 간다.’

P.S.

위에 열거한 구절들을 새기면서 도룡동성당의 스테인드글라스에 새겨진 로고스의 암호들을 이리저리 해독해 보지만 아리송하기는 마찬가지다. 휴…!

도룡동성당 한빛당에 있는 23개의 스테인드글라스는 신약성경에 나오는 말씀(로고스)들을 그 소재로 하여 조광호 신부님이 묵상을 통하여 얻은 것이 로고스의 암호로 표현되어 있다.

예를 들어 5처 위에는 오병이어에 관한 로고스의 암호들을, 6처 위에는 최후의 만찬을, 7처에는 6개의 스테인드글라스가 있는데, 유다의 배반에서 시작하여 십자가의 길에서 나오는 로고스의 암호들을, 8처에는 5개의 스테인드글라스가 있는데, 예수님의 죽음과 부활 등과 연관된 로고스의 암호들이 묘사되어 있다.

이러한 로고스의 암호들은 우리가 그냥 보기만 해서는 그 내용을 알 수가 없고, 만든 분이 한 것과 같이 묵상을 하면서 암호를 해독하여야만 그 내용을 파악할 수가 있다.

도룡동성당 한빛당의 스테인드글라스에 있는 로고스의 암호들은 그것을 제대로 해독하면 그 안에 자기의 몸과 맘과 영혼에 있는 나쁜 것들을 모두 비워 낼 수 있는 요결들이 담겨 있어서 성령 비우기를 터득할 수 있는 길이 열리는데, 그러려면 묵상의 단계를 거쳐서 먼저 그 내용을 파악한 후에 그것을 자기 것으로 하기 위하여서는 기본적으로 관상을 하여야 하고, 더 나아가 자기의 몸과 마음과 영혼에 세기는 각상, 성령 비우기를 간절하게 필요로 하는 다른 사람에게 전달하는 투상 등의 관문을 거쳐야 한다.

이러한 것이 갖추어진 다음에는 가장 어려운 관문인 사랑과 희생과 봉사의 길을 하느님이 인도하는 대로 열심히 가는 것이다.

서금석 살바토르는 오는 8월 15일부터 내가 사용할 정식 명칭이다. 물론 애칭 비우기는 그대로 계속 사용한다.

나의 세례명은 3월 18일이 영명 축일이신 성인 살바토르님을 본받기 위하여 선택하였다.

나는 1949년 3월 2일(음력 2월 3일)에 태어났는데, 양력 3월 2일이 영명 축일인 성인님들 중에는 아쉽게도 나하고 잘 맞는 분이 안 계셔서 궁리 끝에 금년(2010년) 나의 생일인 2010년 3월 18일(음력 2월 3일)에 영명 축일이신 분 중에서 살바토르 성인님으로 정하였다.

살바토르님은 가난한 집에서 태어나 젊어서 많은 고난을 겪었지만, 수사님이 된 후에 끊임없이 정진하여 성인이 되신 분이다.

내가 그분처럼 엄격한 수행을 할 수는 없겠지만, 이번에 세례를 받은 후에 나도 나름대로 열심히 정진하여 먼발치로라도 그분의 뒤를 따르려고 한다.

나는 이번에 세례를 받기 위한 예비신자 교리공부를 하는 동안에 세례를 합당하게 받기 위하여 나름대로 이런저런 노력을 기울였다.

예를 들면 평생 금주를 선언하고 그것을 굳게 지키고 있으며, 나의 몸과 맘과 영혼을 새롭게 하기 위하여 태중 비우기를 창안하여 수행중이며, 나아가 성령 비우기의 기초가 되는 도룡동성당의 스테인드글라스를 묵상 · 관상 · 각상 · 투상을 하고 있는 중인데, 어찌된 일인지 뭔가 잘되고 있는 듯하면서도 전에 없던 심한 두통이 하루에도 몇 시간씩 생긴다.

이러한 두통은 한 번의 미사에 하나의 스테인드글라스만 관상하다가 욕심을 부려 여러 개의 스테인드글라스를 동시에 관상하면서부터 생긴

세 번째 것은 놀랍게도 내가 이번에 세례를 받기 전에 꼭 완벽하게 터득해야 될 것인데, 바로 예수님에 관한 것이었다.

것 같다.

참, 욕심을 부린 대가를 치루는 것 같다고 생각하면서도 세례 전에 모든 스테인드글라스를 전부 대충이라도 볼려면 어쩔 수 없다는 생각에 나름대로 두통을 완화시키는 비우기를 하면서 '수도하는 사람의 고행이 다 이런 것이지' 하며 견뎌왔다.

오늘 미사 중에 처음 것부터 다시 살펴보는데 뭔가가 이상하다.

나는 어제 평생 처음으로 성경책에서 마태복음의 앞부분에 있는 말씀들을 읽어봤는데, 별로 재미도 없고 또 다시 두통이 와서 겨우 4장까지 읽고 책장을 덮었다.

그 정도이니 신약성경의 주요 사건이나 내용을 주제로 하여 만들었을 것으로 추정이 되는 도룡동성당의 23개의 스테인드글라스에 있는 성경의 말씀을 모두 알아본다는 것이 무리이다.

뒤에 있는 것들을 관상할 때에는 그런대로 대충이라도 뚜드려 맞추어

이 작품의 주제는 이것이다 하는 느낌이 있었는데, 어쩐 일인지 처음에 그처럼 열심히 관상하여 그 안에 있는 성령 비우기의 요결을 충분히 터득했다고 생각한 4개의 스테인드글라스는 그 주제가 성경안의 어떤 말씀인지 아리송하다.

즉, 내가 처음 이곳의 작품들을 관상할 때에는 그 작품의 주제에는 조금도 관심이 없었고, 오직 그 안에 있을 것으로 추정이 되는 어떤 비밀에만 관심이 있었던 것 같다.

예전에 골드러시 시대에 금을 찾아나서는 사람들이 오로지 금을 좇아가느라 다른 모든 것을 내팽개친 것도 어쩌면 이와 같으리라.

그분들이 내팽개친 것 중에는 어쩌면 금보다 더 소중한 것도 많이 있었을 것이다.

다시 처음에 있는 스테인드글라스를 보면서 주제가 무엇인지를 추정해 보니, 처음 것은 아마도 천주교 신자가 평생 가야 할 길을 주제로 한 것 같고, 두 번째 것은 예수님의 잉태와 탄생에 관한 것이고, 세 번째 것은 놀랍게도 내가 이번에 세례를 받기 전에 꼭 완벽하게 터득해야 될 것인데, 바로 예수님의 세례에 관한 것이었다.

즉, 내가 세례를 받기 전에 이 세 번째에 있는 모든 것을 가능하면 많이 터득해야 하는데, 이것을 대충 넘어가고 다른 작품들을 터득한답시고 귀중한 시간을 낭비하고 있으니 하느님이 나에게 극심한 두통을 내려주셔서 나의 잘못을 바로 잡도록 하신 것이다.

[전능하신 하느님, 저를 바른 길로 이끌어 주셔서 감사드립니다]

'저의 일생에 단 한 번뿐인 성스러운 세례식까지 겨우 2일밖에 남지 않았지만, 저의 몸과 맘과 영혼을 온당히 갖추도록 노력 · 정진하겠습니다. 아멘.'

품안 비우기는 태중 비우기의 다음 단계이다.

태중 비우기는 예비신자일 때에 배우는 것이고, 교리공부를 마치고 세례 성사를 받으면 모든 죄를 속죄 받은 깨끗한 사람이 되어 정식 신자로서 이 세상에 다시 태어나는 것이 되므로 태중 비우기는 더 배울 수가 없고, 이 후에는 견진 성사를 받을 때까지 우리 모두의 어머니이신 성모님의 품안에서 돌봄을 받으면서 품안 비우기를 배울 수가 있다.

품안 비우기는 개인의 취향에 따라 성모님, 예수님, 또는 하느님의 품안을 선택할 수도 있는데, 나에게는 성모님과의 인연이 많고 가장 잘 맞는 것 같다.

태중 비우기의 마지막이자 품안 비우기의 시작은 바로 세례 성사이다. 나는 이 세례 성사를 잘 받기 위하여 나름대로 노력을 하였는데, 아쉽게도 세례 성사 중에는 영적으로 별다른 변화를 느끼지 못하였다.

다만 세례 성사에 이어 본 미사가 있었고 첫 영성체를 받았다. 성체를 혀로 받고 내 자리로 돌아와 기도를 하면서 성체가 저절로 녹아 조금씩 내 안으로 스며드는데, 갑자기 온몸에 약간 고통스러운 느낌의 떨림이 오면서 오른쪽 귀를 통하여 아주 특이한 노랫소리가 들려온다.

이 노랫소리는 나의 오른쪽 통로로 영성체를 하러 나가는 신자들의 행렬 중에서 어느 분이 맑고 고운 하이 소프라노로 성가를 부르는 소리 같았다. 그리고 이분이 부르는 성가소리가 나의 옆을 지나 성체를 나누어주는 본당 신부님 앞으로 이어지다가 소리가 점점 작아지면서 다른 통로로 자기 자리로 돌아가는 것같이 여겨졌다.

이러한 이야기를 집에 돌아와 집사람에게 들려주니, 영성체를 하고 난 후에는 한동안 노래를 부를 수가 없는데, 신부님을 지나서 소리가 점점 작아지기는 하였지만 계속 들려온 것은 뭔가 이상하다고 하면서 바로 H부인에게 전화하여 어찌된 일인지 물어본다.

잠시 후에 H부인이 기도를 하여 알아본 바로는 하나님이 내가 그 동안 세례를 온당히 받기 위하여 여러 가지로 노력한 것을 기쁘게 여기셔서 나의 첫 영성체 중에 하늘의 문을 조금 열어 나에게 천상의 축복을 주셨다고 한다.

"할렐루야! 하느님 감사합니다."

내가 들은 천상의 축복소리는 다른 신자들이 영성체 성가를 부르는 소리를 뚫고 먼 하늘에서 들려오는 소리였는데, 나의 귀에는 성가는 거의 들리지 않고 오직 천상의 축복소리만 마치 보이지 않는 이어폰을 통하여 들려온다.

굴곡이 아주 적은 지극히 높은 톤의 소리가 나에게 잠시 살며시 커지면서 다가왔다가 점점 살며시 작아지면서 사라졌다. 그런데 곡조는 어렴풋이 기억이 나는데 노래의 가사는 전혀 알 수가 없었다.

아마 천상에서는 우리나라 말로 축가를 부르지 않는 모양이다.

이날은 내가 평생에 가장 많은 꽃다발 3개와 축하 선물 10여 개를 받았는데, 미사 후에 가진 축하식에서도 최연장자 남자 대표로 축하 케익을 자르고 개근상도 받았다.

또 전날에는 수녀님에게서 특별상을 받았는데, 2척 크기의 아주 아름다운 루르드의 성모님상이었다. 루르드의 성모님은 치유의 은사가 있으셔서 나에게 잘 어울릴 거라고 하신다.

개근상으로 받은 상품은 신약성경인데, 영어와 한글이 같이 있다.

처음 몇 장을 읽어 보았는데, 한글판보다 영어판의 성경 구절이 좀 더 실감나게 나에게 와 닿는다.

처음 읽는 성경이 개근상으로 받은 것이고, 또 읽는 재미도 있어서 참 다행이라는 생각이 든다.

삼지안

삼지안은 우리의 몸과 맘과 영혼에 깃든 모든 나쁜 기운을 들여다보고 비워내는 세 개의 손가락으로 이루어진 치유의 눈이다.

삼지안으로 병의 근원을 들여다보고, 거기에 깃든 나쁜 기운을 동시에 비워내며, 나쁜 기운들의 이동경로를 따라가면서 그것을 모두 소멸시켜서 우리의 몸과 맘과 영혼을 건강하게 만드는 새로운 개념의 자연치유법이다.

도룡동성당의 제6번 스테인드글라스 성화에는 지복직관(至福直觀; Visio beatifica; beatific Vision)과 건강법의 관점에서 보면 일지 건강법의 핵심요결인 삼지안(三指眼)이 담겨 있다.

삼지안(三指眼)의 요결은 첨부한 성화를 관상하면서 루카복음 11장 33-36절 말씀인 '눈은 몸의 등불' 을 잘 묵상하면 알 수 있다.

33. 아무도 등불을 켜서 숨겨 두거나 함지 속에 놓지 않는다. 등경 위에 놓아 들어오는 이들이 빛을 보게 한다.

34. 네 눈은 네 몸의 등불이다. 네 눈이 맑을 때에는 온몸도 환하고, 성하지 못할 때에는 몸도 어둡다.

35. 그러니 네 안에 있는 빛이 어둠이 아닌지 살펴보아라.

36. 너의 온몸이 환하여 어두운 데가 없으면, 등불이 그 밝은 빛으로 너를 비출 때처럼 네 몸이 온통 환할 것이다.

삼지안은 우리 몸 안의 어둠을 밝히는 등불이다. 즉, 우리의 몸 안에 있는 어둠인 나쁜 기운과 온갖 질병을 몰아내는 치료법이다.

삼지안은 우리의 손가락 중에서 3개를 골라 위의 성화에 나오는 눈처럼 삼각형 모양으로 만들어 주면 된다.

손가락 중에서 엄지, 중지, 약지 등 3개의 손가락을 사용하면 염소머리 삼지안이 되고, 엄지, 검지, 중지 등 3개의 손가락을 사용하면 양머리 삼지안이 된다.

도룡동성당의 제6번 스테인드글라스 성화인 지복직관(至福直觀; Visio beatifica; beatific Vision)

양머리 삼지안은 침술에서 보법에 해당하여 우리 몸의 기운을 보충해 줄 때에 사용하고, 염소머리 삼지안은 침술에서 사법에 해당하여 우리 몸의 나쁜 기운을

염소머리 삼지안

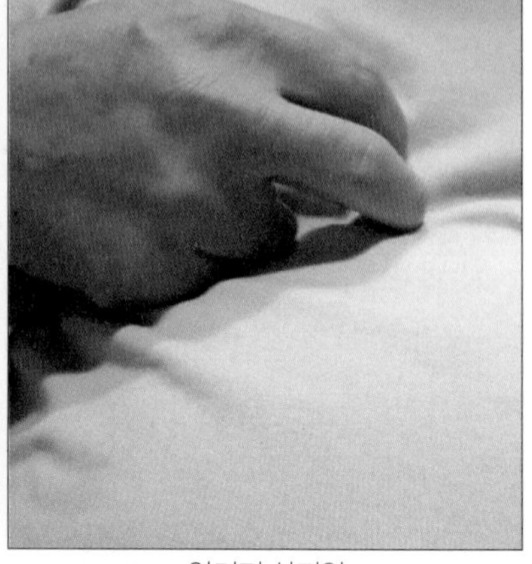
양머리 삼지안

비워줄 때에 사용하면 된다.

침술에서는 보법과 사법을 동시에 쓰지는 않지만 삼지안에서는 한 손은 양머리, 다른 손은 염소머리를 하여 양손의 손가락을 맞붙여서 치유성화의 곳곳에서 발견되는 다양한 종류의 3을 만들면 아주 치료효과가 좋은 등불이 된다.

치유성화의 곳곳에서 발견되는 다양한 종류의 3은 다양한 종류의 죽음과 부활을 의미하지만, 치유법의 관점에서 보면 다양한 종류의 질병과 치료법이 되기도 한다.

이러한 삼지안 등불은 어디에 놓아야 들어오는 이들이 빛을 볼 수가 있을까?

위의 성경 말씀에서는 함지 속에 놓지 말고, 등경 위에 놓으라고 하셨다.

함지는 우리의 몸 밖을 비유한 것인데, 우리가 세상일을 하느라 우리의 손을 이리저리 사용하다 보면 그 손으로는 우리의 몸 안을 밝힐 삼지안 등불을 만들 수가 없다.

등경은 현재 환자의 몸에서 나쁜 기운이 모여 있는 곳이라고도 생각할 수 있는데, 한의학에서는 아시혈이라고 한다. 아시혈은 환자에 따라 모두 달라지고, 또 어떤 때에는 이곳을 쉽게 알 수 없는 경우도 허다하여 아무리 경험이 많은 분도 쉽게 그 장소를 찾을 수가 없다.

내가 스스로를 치료할 때에는 우리의 몸에서 가슴 한가운데에 있는 명치 부위, 또는 배꼽 부위가 삼지안 등불을 놓는 데 가장 효과적인 등경에 해당되는 것을 알았다.

그러니 삼지안을 처음 배우는 분이 누군가를 치료할 때에는 일단 이 성화의 하단에 그려진 대로 명치 부위, 또는 배꼽 부위에 삼지안 등불을 켜 주는데, 왼손은 염소머리로 하고 오른손은 양머리를 만들면 그분의 몸 안에 있는 어둠을 서서히 몰아낼 수가 있을 것이다..

이것은 누구나 쉽게 할 수 있으니, 어디가 아프신 분은 스스로 해 보시고, 또 주변에 아픈 분이 있으면 시험 삼아 한 번 해 주기 바란다. 여기에 올린 삼지안은 그저 하나의 등잔에 해당한다.

이 등잔이 치료의 효과를 발휘하려면 이 등잔에 기름을 가득 채우고, 산소가 충분히 공급되게 하고, 불을 붙여서 불꽃을 만들어 주어야 한다.

그런데 3개의 손가락으로 만들어지는 삼지안 등잔에 어떤 기름을 어떻게 넣어야 하고, 또 산소 공급은 어떻게 하고 불꽃은 어떻게 피워야 하는지, 알아야 할 것이 참 많이 있다.

본 홀로그램에는 삼지안을 이용하여 자기 자신과 다른 사람을 건강하게 만드는 다양한 방법을 소개할 예정이다.

그럼 하느님의 자비와 사랑과 은총으로 이 글을 읽는 모든 분들에게 건강과 평화가 함께하기를 기도드리며…, 아멘.

생명나무

첨부한 사진은 도룡동성당의 제 1번 성화인 '주님의 기도' 이다.

이 '주님의 기도' 성화 안에는 요한 묵시록에 나오는 '생명나무' 가 그려져 있다.

'그 천사는 또 수정처럼 빛나는 생명수의 강을 나에게 보여주었다. 그 강은 하느님과 어린양의 어좌에서 나와 도성의 거리 한가운데를 흐르고 있었다. 강 이쪽저쪽에는 열두 번 열매를 맺는 생명나무가 있어서 다달이 열매를 내놓는다. 그리고 그 나뭇잎은 민족들을 치료하는 데에 쓰인다.' (요한 묵시록 제 22장 1절과 2절)

삼지안은 이 생명나무의 나뭇잎이며 민족들을 치료하는 데에 쓰인다.

생명나무의 나뭇잎이 민족들을 치료하는 데에 쓰여 제대로 효과를 발휘하려면, 그 나뭇잎이 달리는 생명나무에는 생명력이 충만하여야 한다.

'주님의 기도' 성화 안에는 이 생명나무에 생명력을 충만시키는 모든 방법이 그려져 있다.

여러분은 필자가 전에 '성화 비우기' 나 '주님 119' 에 발표한 글들을 다시 한 번 읽어보고, 자기 자신의 생명나무에 생명력을 가득 충만시키며 자신의 나뭇잎으로 민족들을 치료해 보시기 바란다.

예전에 발표한 '주님의 기도' 성화 해설에서는 기도문을 중심으로 설명을 하였는데, 최근에 필자에게 생긴 병을 치료하면서 하느님의 인도로 성화 안에 '생명나무'가 있는 것을 알아보고, 나의 병을 치료할 수 있게 되었다.

도룡동성당의 제1번 성화인 '주님의 기도'

위 성화에서 어린 양의 어좌는 예수님이 십자가를 어깨에 짊어지고 걸어가시는 꼬부랑길이고, 하느님의 어좌는 성화 안에는 그려져 있지 않지만 십자가의 길이 이어진 그 끝 안쪽에 있다.

생명수의 강은 어좌에서 나와 도성의 거리(그림의 중앙) 한가운데를 흐르고, 강 이쪽저쪽에는 열두 번 열매를 맺는 생명나무가 있어서 다달이 열매를 내놓는다.

이 도성의 곳곳에는 수많은 사람들이 모여서 뭔가를 하고 있다. 다달이 나오는 생명나무의 열매로는 무엇을 하고, 또 나뭇잎으로는 누구를 치료하고 있을까?

기초 삼지안

기초 삼지안은 도룡동성당 제 4번 성화 '나는 참포도 나무다' 를 잘 보면 배울 수 있다.

이 성화에 대한 해설은 이미 다른 곳에서 하였으니 그곳을 찾아가 읽어 보길 바라며 이곳에서는 '기초 삼지안' 과 연관된 부분만을 다룬다.

이 성화의 최 하단에는 포도나무의 줄기가 그려져 있는데, 이 줄기 위를 잘 보면 자기 손으로 줄기 위에 삼지안을 하고 있는 모습이 그려져 있다. 이 줄기는 우리 몸의 배꼽 또는 명치에 해당하는데, 이곳에 삼지안을 하고 있으면 포도나무가 건강해지고 가지에는 싱그럽고 풍성한 포도송이가 달린다.

우리의 몸에는 배꼽과 명치 이외에도 삼지안을 하고 있으면 누구에게나 도움이 되는 곳이 있는데, 양쪽 귀밑, 양쪽 눈꼬리, 양쪽 코밑 부근, 양쪽 입꼬리, 목 중앙 부위의 인후혈 주변, 양쪽 견정혈, 양쪽 젖꼭지 하단 늑골 부위, 그리고 양손의 팔목에 있는 저골과 고골이다.

이 '기초 삼지안' 은 삼지안의 핵심 기술인 '삼지안으로 우리 몸 안의 건강상태를 들여다보는 능력' 이 아직 없는 사람이 자신의 기초 건강을 좋아지게 할 때에 사용하는 방법이다.

이 '기초 삼지안'을 한동안 하다 보면, 자기의 몸 여기저기에서 여러 가지 자연반응, 즉 떨림, 트림, 방귀, 가벼운 통증이나 가려움증, 열기, 하품, 졸음증 등이 오고, 또 자기의 몸과 맘이 어느 정도는 저절로 편안해지는 것을 느끼게 되며, 그러다 보면 언젠가는 자기의 손끝을 통하여 자기의 몸 안에서 여러 가지 기운이 움직이는 것을 감지하게 된다.

이것이 되면 다음 단계인 '기본

기초 삼지안은 도룡동성당 제 4번 성화 '나는 참포도 나무다'를 잘 보면 배울 수 있다.

삼지안' 과 '응용 삼지안' 을 배울 수 있게 된다.

삼지안의 기본은 3개의 삼지안을 익히는 것이다. 삼지안은 양손에 있는 손가락을 적절히 이용하면 누구나 쉽게 2개의 삼지안을 만들 수 있다. 그러나 제 3의 삼지안은 많은 노력을 기울여야 만들 수 있다.

'기초 삼지안' 을 어느 정도 수련하여 양손의 손가락으로 몸 안의 상태를 들여다볼 수 있으면 '양손의 삼지안' 을 터득한 것이 된다.

이 '양손의 삼지안' 만으로도 어느 정도는 삼지안 흉내를 낼 수는 있으나, '삼지안의 기본 원리' 을 제대로 하려면 지복직관 성화를 잘 관상하면서 '제 3의 삼지안' 을 얻어야 하고, 그러면 아래에 쓰인 삼지안의 기본 원리를 배울 수 있다.

[삼지안의 기본 원리]

"물속에 담긴 가시는 양손의 삼지안으로 다스리고, 불꽃 속에 숨은 연기는 제 3의 삼지안으로 거두어라."

"물속에 담긴 가시"는 바로 우리의 몸은 대부분 물로 되어 있고, 그 안에는 여러 종류의 가시가 들어 있는 것을 말한다.

이들 가시가 어떤 문제를 일으키면 우리의 몸 안에는 다양한 종류의 아시혈이 생기는데, 대부분의 아시혈은 양손의 삼지안을 적절히 이용하면 비교적 쉽게 다스릴 수가 있을 것이다.

"불꽃 속에 숨은 연기"는 우리가 어떤 생명 활동을 하려면 여러 가지 종류의 생체 에너지를 사용하게 되는데, 이러한 불꽃 속에 간혹 어떤 못된 것이 숨어 있어서 우리의 건강을 해친다.

이 숨어 있는 연기를 거두려면 제 3의 삼지안을 사용해야 된다.

위의 설명만으로는 삼지안의 원리를 바로 알기에는 많이 부족하다.

그러나 그림 속의 세 개의 눈을 보면, 하나는 그런대로 삼지안의 모양을 갖추고 있으나, 다른 두 개는 많이 부족하게 그려져 있다.

이것은 우리가 아무리 열심히 수련을 하여 터득한 삼지안도 실제로 사용을 하려면 항상 많은 것이 부족하게 느껴지기 때문이다.

우리가 잘 모르는 것, 또는 부족하게 느껴지는 삼지안으로 자기의 건강도, 누군가의 건강도 잘 돌볼 수 있다는 것이 삼지안의 진정한 매력이 아닐는지….

기본 삼지안

'기본 삼지안' 은 형식상으로는 배꼽, 명치, 귀밑, 눈꼬리, 코밑, 입꼬리, 인후혈, 견정혈, 늑골 부위, 팔목에 있는 저골과 고골에 삼지안을 하는 '기초 삼지안' 과 거의 유사한데, 근본적인 차이점은 시술자의 삼지안이 눈을 뜨고 있어서 환자의 몸에서 일어나는 기의 흐름을 보고, 거기에 맞추어 치료 방법을 변화시켜서 최적의 치료 효과를 얻어내는 것이다.

또 다른 차이점은 '기초 삼지안' 에서는 시술자가 양손의 삼지안만 사용할 수 있는데, '기본 삼지안' 에서는 시술자가 양손 삼지안과 제 3의 삼지안을 모두 사용하여 자기 자신, 또는 환자를 돌볼 수 있다는 것이다.

환자에게 삼지안으로 치료를 할 때에는 치료 장소와 시간, 환자의 성

별, 나이, 질병의 종류 및 상태에 따라 양손 삼지안 만으로는 충분한 시술을 할 수 없는 경우가 허다한데, 이러한 때에 시술자가 제 3의 삼지안을 사용할 수가 있으면 아주 편안하고 효과적으로 환자를 돌볼 수 있다.

[기본 삼지안 진단 요령]

삼지안의 특징 중의 하나는 환자를 시술하면서 처음부터 끝까지 진단과 시술을 동시에 한다는 것이다.

초보 수준의 시술자도 삼지안의 눈이 어느 정도 열려 있으면, 양손 삼지안 만으로도 환자의 몸 상태를 어느 정도 짐작할 수가 있고, 현재 자기가 삼지안을 하고 있는 부위에서 기의 흐름이 어떻게 바뀌는 지를 파악해서, 다음 치료를 어떻게 할지를 결정할 수가 있다.

〈기본 삼지안〉에서는 20개의 미리 정해진 정혈 위치에서만 삼지안을 하므로, 조금만 경험이 쌓이면, 환자의 현재 상태에서 어떠한 정혈에서 어떻게 삼지안을 할 것인지 알 수가 있다.

이렇게 삼지안을 하면서, 그 정혈 위치에 "어떤 종류의 기가 어떻게 흐르고 있는지"를 알아보는 것이 바로 기초 삼지안의 진단법이다.

삼지안에서 진단에 사용하는 기의 종류에는 크게 나누어 '좋은 기운'과 '나쁜 기운'이 있고, '좋은 기운'은 온기, 즉 따스하고 부드러운 느낌이 나는 기운을 말하고, '나쁜 기운'은 냉기, 열기, 동기, 통기, 번개, 악기, 사기(감향), 요기의 7가지만을 사용한다.

냉기는 찬 기운, 열기는 뜨겁게 느껴지는 기운, 동기는 기의 움직임이 감지되고 통기는 통증이 감지되는 기운, 번개는 기가 갑자기 튀어나와 몸을 움찔하게 만드는 기운, 악기는 기가 나오면서 뭔가 이상한 악취를 풍기는 기운, 사기(감향)는 항상 몸의 어딘가에서 죽은 세포가 분해되면서 나오는데 입 안에 달콤한 느낌이 돌게 하는 기운, 그리고 요기는 뭔지는 구체적으로 잘 알 수 없지만 기이하고 요상한 느낌이 드는 기운을 말한다.

삼지안에서는 어느 혈자리에 삼지안을 하고 있는데, 어떤 종류의 '나쁜 기운'이 감지가 되면, 가능하면 그 기운이 '좋은 기운'으로 바뀔 때까지 그 위치에서 삼지안을 계속하는 것이 기본 요령이다.

나쁜 기운은 한 가지 종류에서 시작을 하였다가 그 세기가 변화하거나 중도에 다른 기운으로 바뀌는 경우가 허다한데, 이러한 것은 현재의 시술이 모종의 치료 효과를 발휘하여, 신체의 해당 부분이 점점 건강해지고 있다는 의미이다.

현재 시술을 하고 있는 혈자리에서 냉기가 느껴지는 경우에는 그곳과 연결이 되어 있는 환자의 몸 어딘가가 어떤 이유로 제대로 그 기능을 발휘하지 못하고, 그 주변의 조직이나 세포로 기의 순환이 잘 안 된다고 판단하면 된다.

열기가 느껴지는 경우에는 어딘가에 염증이 있는 경우가 많다.

동기는 기의 움직임이 평소보다 빠르게 느껴지는 경우를 말하는데, 병증이 있을 때 이외에도, 심한 운동을 한 직후, 일상생활, 예를 들면 먹은 음식을 소화 · 흡수시키기 위하여 특정부위의 활동이 활발해지는 경우 등에도 나타난다. 따라서 어디에서 동기가 나타나면, 그 원인이 어디에서 온 것인지를 잘 따져보아야 한다.

통기가 느껴지는 경우에는 어딘가에 통증이 있는 경우가 많고, 번개가 칠 때에는 나쁜 기운이 과도하게 모여 있어서 이므로 좀 더 신중하게 삼지안을 해 주어야 한다.

악기가 느껴질 때에는 환자의 상태가 심각할 때이고 사기(감향)가 느껴질 때에는 어딘가에 죽은 세포가 있다고 판단하면 된다.

요기가 느껴질 때에는 먼저 자기의 마음을 편안하게 다스리고 온기가 나오기를 기도드린다.

요기가 나타나면 뭔지는 잘 모르지만, 일단 환자가 모종의 약, 또는 특이한 음식을 먹었다고 판단하면 된다.

[삼지안 시술 시나리오]

의사나 한의사들이 진료일지를 쓰는 것과 비슷하게 삼지안 시술을 할 때에는 '삼지안 시술 시나리오' 를 마음속으로 작성하고 시술이 끝난 후에는 가능하면 '시술일지' 를 남긴다.

이 시나리오는 시술자가 환자를 처음 만나는 순간부터 마음속으로 작성을 하면서 어느 장소에서 어떤 자세로 시술을 시작하고, 어떠한 정혈에서 어떤 손으로 어떻게 삼지안을 시작할 것인지를 정한다.

이 시작점에서 반응이 나오는 것을 기다리면서 환자에게 어디가 어떻게 아프고, 이전에 어디에서 어떤 치료를 받았고, 그 결과가 어떠하였는지 등을 문진하면서 좀 더 구체적인 시나리오를 작성한다.

이 이후부터는 시술이 완료될 때까지 계속 삼지안의 진단결과를 반영하여 새로운 시나리오를 쓰고 거기에 맞추어 선택된 어떤 정혈에 삼지안을 해 주면 된다.

[건강관리에 효과적인 기본 삼지안]

'기본 삼지안' 은 누구나 쉽게 배울 수 있고 자신의 일상적인 건강관리에 아주 효과적이다.

'기본 삼지안' 에서는 20개의 미리 정해진 정혈 위치에서만 삼지안을 하므로 조금만 경험이 쌓이면 오늘 자기가 어떤 정혈에서 어떻게 삼지안을 할 것인지 미리 정하고 할 수가 있다.

이렇게 삼지안을 하면서 그 정혈 위치에 '어떤 종류의 기가 어떻게 흐르고 있으며, 이것이 예전에 흐르던 기와 어떻게 달라지고 있는지?' 를 살펴보면서 삼지안을 하는 것이 바로 삼지안을 이용한 건강관리법이다.

건강관리를 위하여 자기 스스로 삼지안을 할 때에는 언제, 어디서나 가장 편하게 할 수 있는 정혈은 바로 배꼽과 명치이며, 이 두 부위가 누구에게나 일상적인 건강관리를 할 때에는 가장 중요한 혈자리가 된다.

배꼽은 우리가 어머니의 뱃속에 있을 때 탯줄을 통하여 모든 영양소를 공급받던 위치이며, 탯줄을 자른 이후에도 우리가 입으로 먹은 음식이 결국에는 배꼽 주변에 있는 소장에서 흡수가 되므로 배꼽 주변이 건강하면 우리의 기본 건강과 체력은 항상 유지가 잘 된다.

명치는 생명 활동에 절대적으로 필요한 피가 심장으로부터 다른 주요기관으로 흘러가고, 다시 흘러 들어오는 주요 통로이며 명치를 통과하는 피가 좋은 기운으로 가득차고, 순조롭게 잘 소통이 되면 우리 몸의 모든 주요기관은 자기가 맡은 일을 아무 탈 없이 잘 수행할 수 있다.

우리가 배꼽과 명치에 삼지안을 하고 있는데 모종의 나쁜 기운이 감지가 되면 자기의 건강에 이상이 생겼다고 판단을 하면 되고 일단은 그 나쁜 기운이 좋은 기운으로 바뀔 때까지 계속 삼지안을 해 주어야 한다.

이때 양손에 감지가 되는 나쁜 기운의 종류와 그 세기가 어떠냐를 살펴서 현재 자기에게 생긴 문제점이 어떠한 것인지를 어느 정도 짐작을 하고, 양손 중에서 어느 한 손에서 먼저 좋은 기운으로 바뀌면 그 손을 다른 정혈 부위로 이리저리 옮기면서 어디에서 나쁜 기운이 나오는지를 찾아야 한다.

즉 귀, 눈, 코, 입, 인후, 견정, 늑골, 저골, 고골의 좌우에 있는 18개 정혈 중에서 어느 한 곳에서 나쁜 기운이 감지가 되면 바로 그 부위와 연관된 어느 부위에 이상이 생겼다고 판단을 할 수가 있고, 이때에도 양손의 모든 위치에서 좋은 기운이 나올 때까지 기다리면서 삼지안을 해 주어야 한다.

정혈 위치 이외의 장소에서 나쁜 기운이 감지가 되는 경우에 삼지안에서는 이런 혈자리를 아시혈과 은시혈의 2종류로 구분하여 부르는데, 이곳에서 나쁜 기운이 감지되는 경우에는 다음에 소개하는 '응용 삼지안' 을 해 주어야 한다.

[자유 변심 삼지춤]

'자유 변심 삼지춤' 은 삼지춤을 추면서 자기의 내면의 다양한 스트레스를 다스리는 수행법 중 하나이다.

스트레스는 그 사람의 현재 상태를 닮은 그림자인데 다만 세월이 지나도 잘 지워지지 않는다.

어살은 과거의 어떤 사건 현장에서 그 당시의 스트레스가 남긴 어떤 흔적들이 쌓여 만들어진 것이다.

우리 몸을 정밀 탐사해 보면 곳곳에 다양한 형태의 어살을 세월의 유적처럼 발견할 수가 있는데 그 중에서 어떤 것은 아직도 우리를 이리저리 괴롭힌다.

이런 어살을 지우려면 어느 정도는 그때로 돌아가야 하는데 대부분의 경우에 그것은 불가능하다.

이럴 때에는 첨부 동영상처럼 '자유 변심 삼지춤' 을 한 번 추면서 어살을 이리저리 구슬러 보면 의외로 그 어살이 슬그머니 사라질 때도 있다.

삼지안을 하거나 삼지춤을 추면서 어떤 병을 고치려고 마음을 먹고 하면 '유심' 이고, 그런 마음을 내려놓으면 '무심' 인데, '자유 변심' 은 이러한 마음을 먹었다 내려놓기를 자유자재로 하는 것이다.

이러한 마음의 변화를 손으로 표현한 것이 바로 '자유 변심 삼지춤' 이